Zu diesem Buch:
In Manhattan und seinen Schlupfwinkeln erlebt der Privatdetektiv Callaghan aufregende und gefährliche Abenteuer.

Seine reiche und schöne Freundin hilft ihm, seine Abenteuer heil zu überstehen. Ihre kleine Detektei wird immer bekannter und sie können sich die interessantesten Aufträge aussuchen. Ein Weihnachtsmann stellt sich als sehr gefährlich heraus, unser Held muss Weihnachten und den Jahreswechsel 1947/48 im Gefängnis verbringen. Nur seine schöne Partnerin und seine Freunde können ihn jetzt noch vor der Todeszelle bewahren.

Ich bedanke mich bei meiner Frau, meinem größten Fan und gleichzeitig meiner größten Kritikerin, für ihre unermüdliche Arbeit am Manuskript und die schöpferischen Diskussionen.

PETER ECKMANN, geboren 1947, lebt im Niederelbe-Dreieck in der Nähe von Cuxhaven Ingenieur der Verfahrenstechnik, schreibt unter dem Pseudonym Allan Greyfox Wildwest- und Detektivromane.
Unter seinem realen Namen Peter Eckmann ist der erste Lokalkrimi aus der Wahlheimat des Autors an der Niederelbe entstanden. Er heißt „Der Kreidestrich"
Jahrelange Praxis mit dem Schießen von echten Waffen, und insbesondere das „Western-Action-Schießen" haben ihm ausreichend Kenntnisse über die Waffentechnik seiner Bücher vermittelt.

Seit Ende 2015 gibt es den ersten Thriller. Er spielt in Manhattan wenige Jahre nach dem Ende des zweiten Weltkrieges. Der Held ist Michael Callaghan, der Enkel des Revolverhelden der Wildwest Serie.

Allan Greyfox

Schwarze Weihnachten in Manhattan

© 2016 Peter Eckmann
Rosenstraße 14
21755 Hechthausen
Herstellung und Verlag:
BoD – Books on Demand, Norderstedt.
ISBN: 3-978-3-7431-6659-2
Version: 5

Inhaltsverzeichnis

Die Personen	7
Der Juwelenraub	9
Die neue Sekretärin	27
Candys erster Fall	56
Kofferdiebe und der gestohlene Schmuck	79
Der Weihnachtsmann	93
Der Geldtransport	115
15. Dezember	119
16. Dezember	123
23. Dezember, hinter Gittern	133
24. Dezember	151
25. + 26. Dezember	164
27. Dezember	168
29. Dezember	174
30. Dezember	183
31. Dezember	189
1. Januar 1948	193
2. Januar	194
3.- 7. Januar	197
8. Januar	212
9. Januar	217
12. Januar	224

Die Personen

In der Reihenfolge ihres Auftretens:

Eric Wilkinson	Captain des 10. Polizeireviers (Midtown Manhattan)
Rita Levenworth	Dessen reiche und kapriziöse Freundin
Clyde Joslink und Frank McLloyd	Zwei Juwelendiebe, sie sind Cousins
Martha McLloyd	Die Schwester von Frank McLloyd und Freundin von Clyde Joslink
Michael Callaghan	Mike, 35 Jahre alt, groß und gut aussehend, er hat Jura studiert und drei Jahre als Angestellter in einer Detektei gearbeitet, er war acht Jahre beim Militär in der Abwehr, davon drei Jahre während des Krieges gegen Deutschland. 1947 hat er sich mit einer kleinen Detektei selbstständig gemacht
Candice Evans	Candy, sie ist die Schwester von Annie Millburgh, 25 Jahre alt. Sie ist unvorstellbar vermögend und genauso gut aussehend, sie liebt ihren Mike und arbeitet als Partnerin in ihrer gemeinsamen Detektei. Sie hat ebenfalls Jura studiert, um später einmal einen Posten in der Firma ihres Vaters übernehmen zu können. Aber dann kam Mike Callaghan…

Eduard Costein	Eddie, Anfang vierzig, einer von Mikes beiden besten Freunden, hat ein paar Jahre im Gefängnis verbracht und ist durch die Ehe mit seiner Frau Marita geläutert, mit Kontakten zu Manhattans Unterwelt, Eigentümer und Barkeeper des 'Grey Dog', einer kleinen Kneipe in Chelsea
Willy Murdoch	Mitte dreißig, mit unübersehbarer roter Haartolle. Ein weiterer, sehr guter Freund von Mike, er ist ein lustiger Kerl und erheitert seine Freunde immer wieder mit seinen Anekdoten. Er fährt Taxi in Manhattan
Janet Wilson	Sekretärin der Detektei Callaghan & Evans, Mitte dreißig, hat zwei Kinder aus einer geschiedenen Ehe mit einem Mexikaner, sie ist die gute Seele der Detektei
Hector Hunnicut	Sicherheitschef des Kaufhauses Macy's
Jesaja Milton	Schwarzer Schuhputzer am Herald Square, Mitte fünfzig
Annie Millburgh	Mitte dreißig, geborene Evans, die ältere Schwester von Candice Evans. Verheiratet mit Ernest Millburgh. Sie ist Mitinhaberin und im Aufsichtsrat der Lackawanna Steel und leitet so die Geschicke der Firma ihres verstorbenen Vaters

Ernest Millburgh	Ernie, der Mann von Annie Millburgh, erfolgreicher Manager in der Firma seines Schwiegervaters, des verstorbenen Horace Evans
Robert Willers	Chefermittler im 10. Polizeirevier

Der Juwelenraub

Manhattan, Ende September 1947. Der viele Regen, der die ganze letzte Woche die New Yorker von den Straßen vertrieben hatte, ist endlich vorbei. Lediglich ein starker Wind fegt noch durch die Streets und Avenues und jagt Reste von dunklen Wolken über den Himmel und Fetzen von Papier über die Bürgersteige. Immer scheinen ein paar Sonnenstrahlen und brechen sich vieltausendfach in den Fenstern der Wolkenkratzer, die bis in den Himmel zu reichen scheinen. Die Bürgersteige sind weitgehend abgetrocknet, nur in den Rinnsteinen stehen gelegentlich ein paar Pfützen.

Ein Taxi hält in der 50. Straße West vor dem Geschäft mit der Nummer 54. Es gehört dem Juwelier Louis Martin, sein Schmuckladen befindet im Erdgeschoss des Rockefeller Center.

Der Juwelier Martin ist einer der ganz großen in New York, die Ladenfront ist etwa 40 Schritte lang und besteht aus vier großen Schaufenstern.

Ein Pärchen verlässt das Taxi. Der Mann ist Anfang vierzig, die auffallend hübsche Frau ist Anfang dreißig. Er hält ihr die Autotür auf und bezahlt anschließend den Fahrer.

Die Frau sieht in die Auslagen des Juweliers. Sie ist schlank und klein, ihre schwarzen Haare reichen in großen ondulierten

Locken bis auf den Kragen. Ihr Kostüm ist cremefarben, es ist geschmackvoll ausgewählt und kontrastiert perfekt mit der Farbe ihrer Haare.

Ihr eleganter Begleiter lässt das Taxi zurück und hält seiner Freundin die Ladentür auf. Seine Kleidung ist ebenfalls stilvoll ausgewählt, er trägt einen dunklen Anzug mit bunter Krawatte, er hat volles Haar mit dunklen Locken.

Im Laden halten sich einige Kunden auf. Die sechs Verkäufer, es sind zwei Damen und vier Herren, haben gut zu tun. Das Geschäft besteht aus einem großen Raum mit mehreren Nischen, es befinden sich dort über zehn Glasvitrinen, wertvoller Schmuck glitzert darin, teure Uhren ticken leise.

Das Paar muss einen Moment warten, bis der Inhaber des Geschäftes, Mr. Martin, zu ihnen kommt. Er ist ein etwas älterer Herr, der elegante Anzug kaschiert geschickt seine zur Fülle neigende Gestalt. Er scheint immer zu lächeln, wenige graue Haare umsäumen einen ansonsten kahlen Kopf. Freundlich wendet er sich an das Paar, das nicht zum ersten Mal seinen Laden betritt.

„Guten Tag, die Herrschaften, gedulden Sie einen kleinen Moment, ich bin gleich für Sie da."

„Keine Eile, wir haben Zeit mitgebracht", sagt der Mann mit einer freundlichen, wohlklingenden Stimme. Er blickt hinter sich und mustert neugierig die edlen Preziosen in den Vitrinen.

Wenige Minuten später erscheint Mr. Martin wieder, sein freundliches Gesicht trägt den Ausdruck einer immerwährenden Entschuldigung.

„So, meine Dame und mein Herr. Jetzt bin ich ganz für Sie da. Was darf es denn sein?"

Die Frau antwortet mit heller Stimme: „Ich habe vor einer Woche Geburtstag gehabt und mein Freund möchte mir etwas Schmuck schenken. Ich dachte an ein Collier, das zu diesem Kostüm passt."

Mr. Martin mustert die junge Frau sorgfältig. „Wir haben einige schöne Stücke, die kann ich Ihnen zeigen. Im Übrigen wünsche ich Ihnen noch nachträglich alles Gute zum Geburtstag!", der Juwelier verbeugt sich leicht.

Die junge Dame nickt und schenkt ihm ein reizendes Lächeln.

Mr. Martin wendet sich an ihren Begleiter: „Soll ich eine obere Preisgrenze bei der Auswahl berücksichtigen?"

Der Begleiter schüttelt den Kopf. „Zeigen Sie uns doch bitte Ihr Angebot, wir werden uns sicher einig."

„Sehr wohl, der Herr!"

Mr. Martin verbeugt sich devot und verschwindet für einen Moment. Die Dame, sie heißt Rita Levenworth, nutzt die Gelegenheit, mit einem kleinen Spiegel ihr Makeup zu überprüfen. Ihr Begleiter mustert wieder aufmerksam die Vitrinen. Sein Blick schweift durch die Räume, über die Fenster und Türen.

Seine Gedanken drehen sich um Geld. Geld, das er nicht besitzt. Sein Gehalt als Leiter eines Polizeireviers ist ganz ordentlich, aber begrenzt. Seine Freundin glaubt jedoch, dass er auf Grund seiner hohen Position bei der Polizei und seinen begüterten Eltern genügend Geld zur Verfügung hat. Er hat sie in dem Glauben gelassen. Er fürchtet, dass sie sich von ihm abwenden würde, falls sie seine wahren finanziellen Verhältnisse erfahren würde.

Rita Levenworth ist die jüngste Tochter eines reichen Vaters. Er war vor dem Krieg Bürgermeister in New York City gewesen. Sie hatte zwei ältere Brüder gehabt, die beide im

Kampf gegen Deutschland gefallen waren. Ihr Begleiter hatte nie selbst gedient, das mag ein Grund sein, warum er ihr gegenüber immer Schuldkomplexe empfindet.

Sie ist ungewöhnlich hübsch und er ist vernarrt in sie. Vor einem Monat hatte er ihr eine Pelzjacke aus Polarfuchs geschenkt. Sie sieht umwerfend darin aus, ihr schwarzes Haar bildet einen wunderbaren Kontrast zu dem Silberglanz des Pelzes. Sie ist wirklich sehr schön, umso weniger ist es ihm möglich, ihre Wünsche zurückzuweisen.

Mr. Martin kommt mit einem Tablett zurück, auf dem einige von ihm ausgewählte Halsketten liegen. „Gnädige Frau, ich habe hier einige besonders schöne Stücke, die Ihnen bestimmt gefallen werden."

Er rollt eine Unterlage aus dunkelblauem Samt auf dem Tisch aus und stellt das Tablett ab. Er greift sich eine Kette und legt sie ihr um den Hals, wieder eine und noch eine andere. Miss Levenworth kann sich nicht entscheiden und probiert immer neue Colliers. Ihr Favorit ist eine Kette aus Gold mit in blauer Farbe sprühenden Diamanten, die von zahllosen, hellblauen Aquamarinen eingefasst sind. Mr. Martin ist ganz Verkäufer, er versteht es, ihr zu schmeicheln. „Darf ich Ihnen sagen, dass diese Kette Ihre Schönheit noch hervorhebt? Die gnädige Frau sehen atemberaubend damit aus."

Rita Levenworth lächelt zu seinen Komplimenten, sie hört so etwas nicht zum ersten Mal. Sie wendet sich an ihren Begleiter. „Eric, sag du doch mal etwas!"

Er tritt hinter sie und mustert sie im Spiegel. „Es steht dir wunderbar, mein Schatz."

Er wendet sich an den Juwelier. „Ich habe es gewusst, auf ihren Geschmack kann man sich verlassen, Mister Martin. Wir nehmen diese Kette."

Er sieht zu seiner Freundin hinunter. „Oder was meinst du dazu, Rita?"

Rita lächelt ihr Ebenbild im Spiegel an. „Sie gefällt mir sehr, ich würde sie gerne tragen."

Mr. Martin nickt und legt das Collier sorgfältig in die dazu gehörende Schatulle aus dunklem Holz. Die Diamanten der Kette strahlen mit hellblauem Feuer über dem dunkelblauen Samt.

Ihr Begleiter zückt sein Scheckbuch und sieht den Juwelier fragend an.

„Das macht 23,000 Dollar. Sie erhalten dafür auch ein ganz besonders schönes Stück, das ihrer Begleiterin hervorragend steht."

Der Herr schluckt kurz und zückt schließlich seinen Füller. Nach diesem Kauf wird sein Konto praktisch keine Deckung mehr aufweisen. Auf Dauer muss er sich etwas einfallen lassen. Die Wünsche seiner Freundin, oder besser seine Unfähigkeit, ihr diese Wünsche abzuschlagen, werden ihn eines Tages ruinieren. Wenn er sie nur nicht so furchtbar lieben würde!

Es ist eine bedingungslose Liebe, seine Freundin wickelt ihn immer um den Finger. So wie jetzt gerade, das Schmuckstück hat den Gegenwert von fast drei Jahresgehältern.

Mister Martin folgt seinen Blicken, als er die Vitrinen mit dem Schmuck mustert. „Sie staunen mit Recht, es sind besonders schöne und auch besonders wertvolle Schmuckstücke, die wir vorrätig haben."

Der elegant gekleidete Herr nickt. „Sie wissen, dass ich Captain bei der Polizei bin?"

„Natürlich, das hatten Sie bei einem Ihrer früheren Einkäufe erwähnt."

„In dem Zusammenhang würde mich interessieren, wie Sie Ihren wertvollen Schmuck absichern. An den Vitrinen kann ich keine Sicherung erkennen."

Mister Martin stimmt ihm zu. „Sie haben recht. Deshalb haben wir eine Alarmanlage an allen Fenstern und Eingängen. Die werden außerhalb der Geschäftszeiten aktiviert. Das Alarmsignal wird im Falle eines Einbruches, wie Sie sicher wissen, zum 10. Polizeirevier übertragen."

„Ja, das ist mir bekannt. Ich hoffe für Sie, dass Sie auch in Zukunft von Einbrüchen verschont bleiben. Sie sind doch bestimmt gegen Diebstahl versichert?"

„Ja, aber nicht in vollem Umfang. Die Prämien sind sehr hoch, sodass ich mich nur zu etwa 50% Deckung durchringen konnte."

Seine Freundin Rita hat das Kästchen mit dem Schmuck in ihrer Handtasche verstaut und wartet schon ungeduldig auf das Ende des Gespräches. Ihr Freund verabschiedet sich mit Handschlag vom Juwelier und dreht sich zu ihr um. „Na, mein Schatz, bist du zufrieden?"

„Ja, sehr, ich liebe deine Geschenke!" Sie hebt ihren Kopf und gibt ihm einen zarten Kuss. Er ist von der Berührung seiner schönen Freundin überwältigt. Wegen eben dieser Momente, hat er sich jetzt bis zum Bankrott verschuldet.

Eine Woche später, es ist der dritte Oktober. Die Cousins Clyde Joslink und Frank McLloyd befinden sich in der Wohnung von Frank und warten auf einen Telefonanruf. Sie sind bei der Polizei nicht unbekannt und haben beide ein paar Jahre im Gefängnis hinter sich.

Die Wohnung liegt in East Village, im dritten Stock in der 7. Straße West. Die Gegend hat schon bessere Tage gesehen, Müll liegt auf dem Bürgersteig, die Wände der Erdgeschosse sind noch an vielen Stellen mit Plakaten beklebt. Eines muss dort schon über zwei Jahre hängen, denn der große Krieg in Übersee ist seit über zwei Jahren vorbei. Die blasse Schrift fordert die Bevölkerung auf, Lebensmittel zu sparen, damit die Soldaten an der Front damit versorgt werden können.

Die Wohnung ist leidlich sauber. Würde Martha, die Schwester von Frank, nicht von Zeit zu Zeit einen „Aufräumfimmel" bekommen, wären die Geschwister wohl schon im Dreck erstickt.

Clyde hat das Sagen bei den beiden. Er ist der ältere von ihnen, jetzt spricht er eindringlich auf seinen Cousin ein.

„Ich sag dir doch, der Typ weiß Bescheid. Wenn der uns einen Tipp gibt, dann hat das Hand und Fuß. Und wenn wir wirklich geschnappt werden sollten, wird er uns aus dem Gefängnis rausholen."

„Und woher weißt du das so genau?", fragt Frank, noch nicht völlig überzeugt.

„Ich habe mit ihm telefoniert, er hat es mir haarklein erklärt."

„Wie, nur erklärt? Und du glaubst das alles?"

„Du wirst ihn gleich hören, bilde dir ein eigenes Urteil."

Frank brummt etwas Unverständliches.

Frank McLloyd und Clyde Joslink sind 25 und 28 Jahre alt. Sie sind beide schlank und kräftig. Clyde sieht recht gut aus, Frank dagegen hat irgendwie ein schiefes Gesicht.

Es klopft an der Tür, bevor die beiden eine Antwort geben können, wird sie geöffnet und eine junge Frau kommt herein. Es ist Martha, die Schwester von Frank. Sie ist schlank und hübsch, sie mag etwa zwanzig Jahre alt sein. Nussbraune Locken fallen ihr auf die Schulter.

„Martha, du sollst uns jetzt nicht stören!", ruft ihr Bruder, „wir erwarten einen wichtigen Anruf, dabei können wir dich nicht gebrauchen."

„Nun habt euch nicht so, ich wollte nur wissen, wie lange das hier noch dauert."

Sie blickt Clyde an. „Ich wollte nachher zum Tanzen gehen, möchtest du mitkommen?"

Clyde nickt und antwortet ihr: „Ich denke, das wird nicht länger als eine halbe Stunde dauern, mach dich schon mal zurecht, sonst ich muss nachher wieder warten."

Martha lacht. „Das ist wohl eher umgekehrt. Aber schön, ich freue mich schon darauf. Wir waren schon lange nicht mehr zusammen aus." Sie beugt sich zu ihrem Freund hinunter und gibt ihm einen Kuss. In dem Moment klingelt das Telefon.

„Nun aber raus hier!", ruft Clyde und greift nach dem Hörer.

„Ja, doch!", schnell huscht sie aus der Tür.

Frank greift nach der zusätzlichen Hörkapsel, die an das Telefon angeschlossen ist und lauscht aufmerksam hinein. Dieser zusätzliche Hörer ist der Grund, warum Clyde sich gerade hier mit Frank getroffen hat. Der zweite Grund ist Franks jüngere Schwester Martha, er ist seit einem halben Jahr mit ihr befreundet.

Clyde hat den Hörer am Ohr. „Ja, wir sind alleine. Sie können unbesorgt sprechen." Er horcht wieder in den Hörer. „Einen kleinen Moment, ich will mir das notieren."

„Gut, gut, ich verstehe. Nur das Datum und die Uhrzeit, keine Namen aufschreiben, ich habe verstanden."

Er hört wieder eine Weile zu. Schließlich sieht er seinen Cousin an. „Ich werde es wiederholen, Sir, damit Sie hören können, dass wir alles verstanden haben. Also…", er räuspert sich, „in der 42. Straße West, Nummer 82, steht ein verlassenes Lagerhaus, dort finden wir ein Auto, in dem der Zündschlüssel steckt. Damit fahren wir zum Juwelier Martin im Rockefeller

Center. Wir gehen in den Laden und verriegeln die Tür von innen mit der Stange, die im Auto liegt. Einer von uns hält die Kunden und die Verkäufer in Schach und der andere räumt die Vitrinen aus."

Clyde macht eine Pause und lauscht der Stimme im Hörer.

„Ja, gut. Wir leeren nur die Vitrinen entsprechend der Skizze, die wir noch erhalten. Das ist gut, dann sind wir schneller fertig. Danach fahren wir mit dem Auto zurück zu dem Lagerhaus. Dort treffen wir Sie und Sie erhalten den Schmuck von uns."

Er blickt zu seinem Cousin Frank, der mit Daumen und Zeigefinger das Zeichen für Geld macht, und fragt den Unbekannten am Ende der Leitung:

„Wie sieht es mit unserer Bezahlung aus?" Er lauscht wieder in den Hörer.

„Ja, gut. Wir erhalten also jeder 500 Dollar in den nächsten Tagen und nach der Übergabe des Schmuckes bekommen wir beide noch je 4000 Dollar."

Clyde macht eine Pause. „Ja, natürlich. Wir schießen nicht, wir schüchtern die Leute nur ein."

Frank sagt leise: „Frage doch mal, wieso er uns helfen kann, falls wir geschnappt werden."

Clyde nickt und spricht in die Sprechmuschel: „Welche Sicherheit haben wir, dass Sie uns nicht verpfeifen und dass Sie uns befreien, falls wir geschnappt werden sollten?" Er lauscht eine Weile in den Hörer, am anderen Ende der Leitung wird lange gesprochen. Immer wieder nickt er, auch Frank an der Hörkapsel macht große Augen und nickt gelegentlich. „Okay, ich verstehe, den Termin und die Uhrzeit erfahren wir noch."

Frank hat noch eine Frage auf dem Herzen. Er tauscht mit Clyde den Hörer. „Hallo?", ruft er hinein. Er horcht auf eine Antwort. „Wieso haben Sie gerade uns ausgewählt?" Er hört dem Anrufer eine Weile zu. „Okay, okay, ich wollte nur mal fragen."

Frank legt den Hörer auf und sieht seinen Cousin an. „Was hältst du davon?"

„Das scheint mir leicht verdientes Geld zu sein. Wir wären dumm, wenn wir da nicht zugreifen würden."

„Und wieso weiß er so viel über uns?"

„Ja, das verstehe ich auch nicht. Er wusste alles, wo und wann wir geboren sind, wo haben wir warum und wie lange gesessen und so fort. Es klang sehr überzeugend, ich habe ein gutes Gefühl dabei."

Die Tür wird geöffnet und Martha kommt herein. Sie hat sich ein gelbes Kleid angezogen und Lippenstift aufgetragen, sie sieht bezaubernd aus. Sie sieht zu Clyde hinunter, der mit ihrem Bruder noch vor dem Telefon sitzt. „Siehst du, ich bin fertig, nur du noch nicht!"

Clyde sieht zu ihr hoch, seine braunen Augen strahlen sie an. „Nur noch einen kleinen Moment, heute haben wir einen guten Grund zum Feiern."

Er steht auf und nimmt sie in den Arm. Martha lacht, fragt jedoch misstrauisch: „Du hast doch nicht schon wieder ein krummes Ding vor?"

Clyde stupst mit seinem Finger auf ihre Nase. „Du dich nicht immer in die Dinge von Erwachsenen stecken. Wir haben eine tolle Sache vor, fast ohne Risiko und es dauert nur ein paar Minuten."

Das Lächeln von Martha verschwindet für einen Moment. „Du hast mir doch versprochen, nicht wieder straffällig zu werden!"

Clyde gibt ihr einen Kuss und sieht sie an. „Du brauchst dir keine Sorgen zu machen, dieses Mal ist es ganz einfach."

„Wenn du sitzen musst, bin ich zu deiner Entlassung eine alte Jungfer. Das sage ich dir, ich warte nicht auf dich!"

Clyde nimmt sie in die Arme und lacht sie an. „Du bist sehr hübsch, wenn du dich so aufregst. Komm, lass uns tanzen gehen, dazu habe ich jetzt Lust!"

Eine Woche später wird in der Wohnung der McLloyds ein Brief eingeworfen. Er enthält 1000 Dollar in Scheinen und eine Skizze des Juwelierladens. Die Vitrinen sind darauf eingezeichnet, diejenigen, die ausgeraubt werden sollen, sind besonders markiert.

Am 17. Oktober, es ist ein Dienstag, ist es endlich soweit. Fünf Minuten vor Ladenschluss, um 6:25 p.m., soll das Ding steigen.

Clyde Joslink und Frank McLloyd sitzen in der Wohnung von Frank. Vor ihnen auf dem Tisch liegt eine große Tasche. Clyde hat eine Pistole in der Hand, die er sich jetzt in einen Holster unter der Jacke steckt. „Hast du die Strümpfe dabei?"

Frank nickt und greift in die Tasche. „Die sind hier. Ich habe sie von meiner Schwester. Wenn die wüsste, was wir damit vorhaben, müssten wir uns jetzt etwas anhören!"

Clyde lacht. „Ja, Martha. Wenn das Geld da ist, möchte sie auch etwas davon. Hinterher ist es ihr egal, wo es herkommt."

„Aus den Weibern wird man nicht schlau!"

„Da sagst du was, ohne sie kommt man aber auch nicht aus."

„Frank, du kümmerst dich um die Vitrinen. Nimm sicherheitshalber ein Brecheisen mit, damit schlägst du die Scheiben ein und ich halte die Kunden mit der Pistole in Schach."

„Gibt es eigentlich einen Alarm?"

„Nein, da ist nichts. Der wird erst zum Geschäftsschluss aktiviert. So hat es uns jedenfalls unser mysteriöser Auftraggeber gesagt."

Frank trägt die Tasche, in der sich die Strümpfe zum Maskieren, zwei Paar Handschuhe und die kleine Brechstange befinden. Mit einem Taxi fahren sie bis zur 12. Avenue in der Nähe des Lagerhauses. Das letzte Stück des Weges gehen sie zu Fuß, so kann man später von dem Taxifahrer keine brauchbaren Informationen bekommen.

Das Lagerhaus ist ein hässlicher, riesiger Schuppen. Während des Krieges haben hier Vorräte für den Fall gelagert, dass New York von einer Versorgung mit Lebensmitteln abgeschnitten werden sollte. Jetzt steht das Gebäude leer. Einige der Fenster sind zerbrochen, andere sind trübe und schmutzig. Ein großes Tor mit zwei Flügeln ist der einzige Zugang zur Straße.

Clyde zieht die große Tür auf und sieht hinein. Es ist stockfinster, es riecht unangenehm. „Scheiße, wir hätten eine Taschenlampe mitnehmen sollen."

Clyde stolpert im Dunkeln über eine Kiste. Frank tastet die Wand nach einem Schalter ab. Er findet einen und betätigt ihn. In einer Ecke leuchtet ein schwacher Schein und taucht den großen Raum in ein geheimnisvolles Licht. Er ist fast leer, an den Wänden stehen leere Paletten, der Boden ist verdreckt. Eine große Pfütze befindet sich in der Mitte, das Dach scheint nicht dicht zu sein. In der Mitte steht ein Auto, ein schwarzer Ford Sedan.

„Das mit dem Auto hat schon mal geklappt", sagt Clyde, „wir ziehen uns jetzt die Handschuhe an und fahren los. Vor dem Juwelier ziehen wir uns die Strümpfe über das Gesicht."

Frank nickt, dann steigen sie ein. Clyde sieht sich um, hinter den Sitzen liegt eine Stange, mit der die Tür des Juweliers während des Überfalles von innen blockiert werden soll. Auf ihren Auftraggeber ist Verlass.

Clyde sitzt hinter dem Steuer, Frank auf dem Beifahrersitz und hält die Tasche, die später die Beute aufnehmen soll. Es ist schon dunkel, er hat das Fahrlicht eingeschaltet. Die Schaufenster sind alle erleuchtet, auf den Bürgersteigen eilen die Passanten auf der Jagd nach dem letzten Einkauf vor Ladenschluss vorbei.

Vor dem Juwelier Martin ist kein Platz zum Parken, sodass Clyde auf der gegenüberliegenden Seite der 50. Straße hält. Er bleibt noch einen Moment sitzen, um den Ablauf mit Frank durchzusprechen.

„Das haben wir doch mindestens schon zwanzigmal durchgekaut!", sagt sein Cousin genervt.

„Besser einmal zu viel, als einmal zu wenig!"

Sie ziehen sich die Strümpfe von Martha über das Gesicht. Ihre Nasen werden breit gequetscht und sie sind nun unkenntlich.

„So, los jetzt!", ruft Clyde und springt aus dem Wagen, die Waffe in der Hand. Clyde kommt hinterher, er hat die große Tasche mit dem Brecheisen in der einen Hand und trägt die Absperrstange in der anderen. Sie laufen über die Straße und Clyde öffnet die Tür zum Juwelier. Mit zwei Sätzen erreicht er die Mitte des großen Verkaufsraumes und schießt mit der Pistole in die Decke.

„Alle mal herhören! Dies ist ein Überfall! Jeder bleibt an seinem Platz und bewegt sich nicht! Wer sich trotzdem rührt, wird erschossen!"

Währenddessen hat sich Frank die lange Stange genommen und sie in zwei Laschen auf beiden Seiten der Tür eingehängt. Er ist überrascht, wie gut sie passt. Er dreht sich zum Verkaufsraum und läuft auf die beiden Vitrinen zu, die auf der Skizze gekennzeichnet waren. Er reißt die Brechstange hoch und zerstört mit wenigen Schlägen das Glas. Laut klirren die zerbrechenden Scheiben, eine der Käuferinnen kreischt erschrocken. Clyde hat die Kunden und das Personal im Griff. Sein grimmiges Gesicht und die furchteinflößende Waffe halten sie in Schach. Frank greift mit einer Hand in die Vitrine und nimmt eilig das Geschmeide heraus. Mit wenigen Griffen hat er sie leergeräumt. Die anderen Vitrinen wecken seine Begehrlichkeit, aber Clyde drängt zur Eile. „Das reicht, mehr ist nicht vorgesehen!"

Clyde läuft zur Tür und entfernt den Riegel, Frank folgt mit der Tasche. Sie laufen über die Straße und springen in den dunklen Ford. Clyde startet den Wagen und fädelt sich in den Verkehr ein. Die 50. Straße ist hier One-Way Street, sodass er erst zur 5th. Avenue fährt und dort rechts abbiegt. Er passt sich dem Fluss der anderen Autos an, er fährt bis zur 42. Straße und biegt dort ab. Sie haben sich die Strumpfmasken vom Gesicht gezogen und grinsen sich an.

„Das hat geklappt wie am Schnürchen! Hast du das Gesicht des einen Verkäufers gesehen?"

Frank stimmt in das Lachen mit ein. „Es hat sich niemand getraut, uns anzugreifen. Was meinst du, wie lange es gedauert hat?"

„Vielleicht drei oder vier Minuten? Höchstens fünf, würde ich schätzen."

Das letzte Ende der 42. Straße West ist wie so oft einsam, kein Mensch befindet sich jetzt in der dunklen Straße. Clyde stoppt den Wagen dicht vor dem Tor und Frank steigt aus. Er zieht das Tor auf und sein Cousin lenkt den Wagen geschickt hinein. Rasch schließt er das Tor wieder. Drinnen lässt Clyde noch kurz den Motor mit eingeschaltetem Licht laufen, damit sein Cousin den Lichtschalter finden kann. Ein blasses Licht strömt aus der Ecke, in der sich die Lampe befindet, Clyde schaltet die Zündung aus.

Es ist jetzt still, bis auf das schwache Licht ist es dunkel. Beide sitzen in dem schwarzen Wagen und sehen einen Moment schweigend in das gespenstische Licht vor ihnen.

„Jetzt bin ich mal gespannt, wie es weitergeht. Vielleicht bekommen wir unseren geheimnisvollen Unbekannten doch noch zu Gesicht."

Frank hat den Satz noch nicht zu Ende gesprochen, da löst sich ein Schatten aus der Dunkelheit. Ein Mann kommt auf sie zu. Er hat eine Waffe in der Hand, er trägt einen dunklen Ledermantel, über das Gesicht hat er eine schwarze Mütze gezogen, in die zwei Löcher für die Augen geschnitten worden sind.

Er kommt auf den Wagen zu, die Waffe hat er erhoben und auf das Auto gerichtet. Clyde dreht die Scheibe herunter.

„Ich bin Ihr Auftraggeber", sagt er mit einer wohltönenden Stimme, „hat alles geklappt?"

„Ja, ja. Es war hervorragend geplant und wir waren in wenigen Minuten wieder draußen." Clyde ist nervös, der Unbekannte flößt ihm Furcht ein.

„Zeigen Sie mir erst die Beute, dann erhalten Sie ihren Lohn!"

Frank öffnet die Tür, er steigt aus und reicht dem Mann die Tasche. Der leuchtet mit seiner Taschenlampe hinein.

„Das sieht gut aus. Sie haben das sehr anständig gemacht!" Er greift in die tiefe Innentasche seines Mantels und holt zwei Bündel mit Banknoten heraus. „Hier, das ist für Sie. Warten Sie noch so lange, bis ich das Lagerhaus verlassen habe, dann können Sie gehen!"

Die beiden jungen Männer sehen mit großen Augen auf die Geldbündel in ihrer Hand. Als sie wieder aufsehen, ist der Fremde verschwunden.

Mit glänzenden Augen halten sie das Geld und fangen an zu zählen. Jeder von ihnen hat 4000 Dollar in der Hand.

„Mensch, wir sind reich!", ruft Frank.

„Juchhe, das war leicht verdientes Geld!", freut sich Clyde.

„Was machen wir jetzt damit?"

„Ganz einfach, wir nehmen ein Taxi nach Hause."

„Wie, einfach so nach Hause? Du bist ja langweilig!"

Frank brennt vor Ungeduld. „Lass uns doch zu »Coogans Lilly« in der 2nd. Avenue fahren, dort machen wir noch einen los."

„Na gut, du kannst von dort aus Martha anrufen, sie kann mit uns feiern!"

„Wie kommen wir dahin, was ist jetzt mit dem Taxi?", fragt Frank.

„Ja, das könnten wir machen. Auf der anderen Seite haben wir hier ein schönes Auto, lass uns doch das nehmen!"

„Gut, du bist der Boss!"

Laut singend fahren sie auf die Straße.

»Coogans Lilly« ist ein Lokal in der Nähe ihrer Wohnung, in das sie häufiger einkehren. Nach zwanzig Minuten Fahrt haben sie die Gaststätte erreicht. Clyde stellt den Wagen ab und sie gehen sich laut unterhaltend hinein.

Lilly ist die Chefin, ihr und ihrem Mann gehört die Gaststätte. Sie steht hinter der Bar und sieht ihre beiden Kunden hereinkommen.

Clyde und Frank lehnen sich mit leuchtenden Augen an die Theke. „Hallo, Lilly! Eine Runde für alle!" Frank hebt eine Hand mit ein paar Geldscheinen und dreht sich einmal im Kreis.

Lilly sieht die beiden skeptisch an. „Bezahlt lieber erst eure Schulden!"

Clyde und Frank lachen beide gleichzeitig. „Hier, das ist für dich!", ein fünfzig Dollar-Schein flattert auf die Theke.

Lilly ist skeptisch. „Woher habt ihr denn so viel Geld?"

„Frag nicht so viel, fang schon mal an, einzuschenken - ach ja, kann ich telefonieren?"

„Du weißt ja, wo das Telefon ist. Warte, ich gebe dir Kleingeld, du scheinst ja nur große Scheine zu haben."

Clyde nimmt den Dime und geht zum Telefon. Es hängt auf dem Weg zu den Toiletten an der Wand. Er wählt die Nummer, die er so gut kennt und wartet das Rufzeichen ab. „Hallo, Martha! Frank und ich sind hier bei Lilly. Wir machen einen drauf und ich wollte fragen, ob du Zeit hast?" Clyde lauscht mit einem Grinsen in den Hörer. „Ja? Das ist schön. Wir warten hier auf dich."

Er geht zurück in das Lokal zu seinem Cousin. „Martha kommt gleich." Er nimmt sein Glas und trinkt einen langen Zug, er stellt es ab und klopft seinem Cousin auf die Schulter. So heftig, dass der sich verschluckt und prustend sein Glas abstellt. „Sag mal, hat das eben nicht sahnemäßig geklappt? Das sollten wir häufiger machen!"

Sie lachen beide wieder. Frank ruft zu der Wirtin: „Lilly, füll unsere Gläser, wir haben etwas zu feiern!"

Und wieder stößt er mit seinem Cousin an. Als Martha endlich kommt, sind sie nicht mehr ganz nüchtern.

„Was habt ihr denn zu feiern?", fragt sie misstrauisch und setzt sich zu ihnen an den Tisch.

„Sieh dir das an!", sagt Clyde und hält ihr ein Bündel Fünfziger vor das Gesicht.

Anstatt sich zu freuen, so wie Clyde und Frank es erwartet hatten, sieht sie erschrocken auf das viele Geld. „Scheiße, Clyde! Was habt ihr gemacht?"

Der verzieht missmutig sein Gesicht. „Wir haben gedacht, du freust dich, und nun du bist du nur doof."

„Ihr habt so viel Geld doch niemals mit ehrlicher Arbeit verdient, oder?"

„Na, ja. Ganz ehrlich nicht. Aber wir sind immerhin nicht erwischt worden, das ist fast dasselbe."

Die Tür der Gaststätte wird geöffnet und zwei Cops in ihrer dunkelblauen Uniform kommen herein. „Gehört jemandem der schwarze Ford draußen vor der Tür?"

Clyde und Frank sind plötzlich ganz leise. Frank hebt den Arm und fragt zaghaft. „Was ist denn damit, Officer?"

Sein Cousin sieht ihn entsetzt an. „Mensch, halt doch die Klappe!", zischt er ihn an.

Die beiden Polizisten haben plötzlich ihre Hand in der Waffe. Der eine der beiden sagt laut: „Dieser Wagen ist vor einer Stunde bei einem Raubüberfall gesehen worden."

Frank springt auf. So heftig, dass der Stuhl nach hinten fällt und läuft so schnell er kann nach hinten. Am Ende des Ganges weiß er eine Tür, die nach draußen führt.

Doch die Polizisten sind schneller. „Stopp!", ruft einer der beiden Cops mit einer mächtig dröhnenden Stimme durch das Lokal. Seinen Revolver hat er erhoben und zielt auf den Flüchtenden. „Stehenbleiben, oder ich schieße!"

Frank sieht ein, dass er verloren hat. Er hebt die Hände und dreht sich um, Clyde werden gerade Handschellen angelegt.

Martha sieht ihren Bruder und ihren Freund traurig an, dann sagt sie zu den Polizisten: „Das kann nicht sein, Officer, wir sind doch schon über zwei Stunden hier!"

Der ältere der beiden sieht zu Lilly hin. Die schüttelt den Kopf.

Er lächelt müde. „Noch so einen Versuch, und wir müssen sie auch festnehmen, junges Fräulein!"

Die neue Sekretärin

Seit Anfang Oktober arbeiten Mike und Candy in ihrem neuen Büro. Sie haben viel zu tun, immer wieder läutet das Telefon. An manchen Tagen klingelt es bis zu dreißig Mal.

Die ungewöhnlich hübsche Besitzerin, Candice Evans, sitzt bei ihrem Freund und Partner auf dem Schreibtisch. Michael „Mike" Callaghan, hat den Stuhl weit zurückgeschoben und hat die Schuhe neben ihr auf den Tisch gelegt.

Er lächelt sie an, seine Blicke freuen sich an ihrer Figur und ihrem lieblichen Gesicht. Candice, oder Candy, wie er sie nennen darf, sieht aus, wie einem Modemagazin entsprungen. Dazu passt die teure Kleidung, die sie trägt. Ihre weiße Bluse, die sich über ihrem wohlgeformten Oberkörper spannt, ist aus reiner Seide. Ihr rosa Kostüm hat sie beim teuersten Schneider in der 5th. Avenue anfertigen lassen.

Sein Blick fällt auf ihr langes blondes Haar, das in leichten Wellen bis auf den Rücken fällt. „Ist dir nie in den Sinn gekommen, deine Haare so zu tragen, wie alle anderen Frauen auch?"

Candy rümpft die Nase. „Ich habe das schon mal versucht, bevor wir uns kennengelernt haben. Das Gefummel mit den Lockenwicklern dauert mir zu lange und ich finde, dass es die Haare auf Dauer schädigt. Und überhaupt, mir sehen ohnehin alle hinterher, ganz egal, was ich für eine Frisur habe. Oder gefallen dir meine Haare nicht?"

„Doch, doch!", beeilt Mike sich zu korrigieren. „Das habe ich damit nicht sagen wollen. Mir fällt es nur gerade auf."

„Was hältst du davon, wenn wir eine Sekretärin einstellen würden?", fragt sie ihren Schatz.

„Das halte ich für eine ausgezeichnete Idee. Wir können dann beide das Büro verlassen, ohne einen wichtigen Anruf zu verpassen. Ich wollte das schon vorschlagen, aber du bist ja der Goldesel von uns beiden."

Candy stößt ihm ihre kleine Faust auf den Arm. „Esel verbitte ich mir!"

Mike schmunzelt. „Okay, gefällt dir Goldstück besser?"

„Du sollst das nicht immer sagen, dir gehört hier alles, genauso wie mir. Ohne dein detektivisches Gespür wärst du nicht so bekannt geworden. Denk nur an den Rauschgiftschmuggel, den du vor zwei Monaten aufgedeckt hast."

Mike gibt ihr recht, er lächelt vor sich hin. „Ja, dabei habe ich dich kennengelernt. Und ohne deine Hilfe hätte es nicht geklappt."

„Siehst du. Jetzt werde ich mich um eine Sekretärin kümmern."

Sie steht auf und geht in ihr Büro, das seinem gegenüber liegt. So können sie sich beide bei der Arbeit sehen. Mike nimmt die Beine vom Schreibtisch und zieht eine Schublade auf. Er holt einen Bilderrahmen und ein Schild heraus, beide will er oberhalb seines Schreibtisches an der Wand anbringen.

Das Messingschild mit der Gravur hatte er bisher neben dem Eingang seines ersten kleinen Büros in der 17. Straße hängen gehabt. »Wir setzen uns seit über achtzig Jahren für Sie ein«, ist darauf eingraviert. Er wollte damit Reklame für seine neue Detektei machen. Sein Großvater, Mickey Callaghan, war 1868 Marshall in Abilene gewesen und das ist nun fast achtzig Jahre her. Mike greift sich Hammer und Nagel und macht sich an die Arbeit.

So, das Schild hängt an der Wand. Das Foto, das seinen Großvater zeigt, ist dagegen neu, Candy hat es noch nicht gesehen. Er hat das Bild von seinem Vater bekommen, nachdem er ihn gebeten hatte, doch einmal nach Bildern seines vor über zwanzig Jahren verstorbenen Großvaters zu suchen.

Candy hat das Hämmern gehört und kommt neugierig in sein Büro. „Was machst du denn für einen Lärm?" Sie bemerkt das Schild und das neue Foto an der Wand. Das gravierte Messingschild kennt sie schon von seinem alten Büro, ihr Blick fällt auf das Bild. „Der Mann sieht dir ähnlich, du kannst das nicht sein, oder?"

„Nein, das sind mein Großvater und meine Großmutter. Dahinter stehen einige Mitglieder der Stadtverwaltung. Das Foto ist anlässlich der Einweihung der elektrischen Straßenbeleuchtung in Gillette aufgenommen worden. Mein Großvater hatte das initiiert und mit dem Geld aus seiner Kupfermine gefördert."

Candy geht näher auf das Bild zu. „Jetzt weiß ich, warum du so gut aussiehst, du kommst nach deinem Großvater! Und seine Frau, deine Großmutter, ist wohl die schönste Frau zu ihrer Zeit gewesen."

Mickey räuspert sich verlegen. „Äh, hm. Auf dem Bild müsste sie mit meinem Vater schwanger gewesen sein, man kann es nur noch nicht erkennen."

Candy mustert das Bild noch eine Weile, dann wechselt sie das Thema. „Ich habe eben mit meiner Schwester telefoniert. Sie will sich um eine Sekretärin für uns kümmern".

„Das ist doch schön. So wird es ihr in ihrem großen Haus nicht langweilig."

„Ja, so viel hat sie nicht zu tun. Ab und zu mal die Teilnahme an einer Vorstandssitzung, gelegentlich eine Wohltätigkeitsveranstaltung, da hat sie noch viel Zeit für andere Dinge. Sie hat meinen Vorschlag auch gerne angenommen. Davon abgesehen, hat sie auch mehr Geschäftssinn als ich. Sie sagt immer, ich kann das Geld meines Vaters besser ausgeben, als etwas verdienen."

Mike lacht. „Da bin ich mit meinem Detektivjob genau zur rechten Zeit gekommen!"

Candy sieht ihn an, Mike genießt ihr Lächeln und den Blick ihrer blauen Augen, die ihn gerade verträumt mustern. „Das stimmt! Und ich habe mich sofort in dich verliebt." Sie beugt sich zu ihm hinunter und gibt ihm einen Kuss. „Und, bereust du es schon?"

„Nein, ich liebe die reichste und schönste Frau in Manhattan, die außerdem noch meine Partnerin ist. Wie sollte ich das je bereuen?"

„Es wird sicher noch Gelegenheiten geben, bei denen du dich über mich ärgerst, vielleicht wirst du auch mal eifersüchtig. Dann möchte ich nicht in der Haut des Anderen stecken!"

„Ganz einfach! Ärgere mich nicht und fange nichts mit anderen Männern an."

„Ach! Und du darfst das alles, oder wie?"

Mike steht auf und nimmt seine Freundin in den Arm. Er zieht sie an sich und gibt ihr einen langen Kuss.

Candices Telefon klingelt. Sie löst sich ungern aus seinen starken Armen und eilt in ihr Büro. Sie horcht einen Moment in den Hörer und ruft zu Mike hinüber: „Es ist Annie, sie ruft wegen der Sekretärin an!" Sie hält den Hörer wieder ans Ohr und spricht noch eine Weile mit ihrer Schwester.

Annie und sie haben nach dem Tod ihres Vaters dessen Anteile am Lackawanna Stahlkonzern geerbt, das hat sie zu den reichsten Frauen Amerikas werden lassen. Annie ist Mitglied im Vorstand, Candice sollte auch einen Job in der Firma erhalten, deshalb hatte sie ein paar Jahre Jura studiert und mit einem Zertifikat abgeschlossen. Die Arbeit im Büro verdross sie immer mehr, sodass sie der Firma mit der Filiale in New York immer häufiger den Rücken gekehrt hat. Diese Abneigung wurde durch den Tod ihres geliebten Vaters, der sie immer motiviert und gefördert hatte, noch verstärkt.

Zufällig wurde sie in eine Ermittlung von Mike Callaghan hineingezogen. Er hatte die Aufgabe gehabt, ihren Schwager Ernest, den Mann ihrer Schwester Annie, zu überwachen. Der anfangs einfach erscheinende Fall bekam beängstigende Dimensionen. Als sich die Gelegenheit ergab, Mike zu helfen, war sie zur Stelle gewesen und seitdem war es um sie geschehen. Sie hat sich unsterblich in den kantigen Kerl verliebt und Gefallen an der Detektivarbeit gefunden.

Candy legt den Hörer auf und geht zu Mike hinüber. „Annie hat Kontakt zu einer Arbeitsvermittlung aufgenommen. In den nächsten Tagen wollen sie uns Bewerberinnen schicken, die als Sekretärin in Frage kommen."

„Das ist doch prima, vielen Dank an deine Schwester."

„Ich werde es ihr ausrichten. Übrigens, ich wollte morgen zur Stadtverwaltung fahren, meine Lizenz als Privatdetektiv sollte jetzt bereitliegen."

Mike sieht sie erstaunt an. „Ist es schon soweit? Das ist ja schön, ich freue mich für dich!"

Der Jura-Abschluss seiner Freundin hat bei der Beantragung einer Lizenz als Privatdetektiv sehr geholfen, obwohl seine eigene Jura-Ausbildung genügt hätte. So kann Candy ihn bei Bedarf vertreten oder selbstständig die Detektei leiten. Man weiß ja nie, was alles passieren kann.

Im Moment verstehen sie sich beide sehr gut, Probleme könnte es immer geben, auch wenn er es sich nicht wünscht. Alleine aus der Tatsache, dass sie vermögend ist und er nicht, könnten sich Konflikte ergeben. Was hat er denn schon? Er selbst nagt eigentlich am Hungertuch. Lediglich seine Tanten sind begütert, ihnen gehört die Wyoming Copper Company, die sein Großvater vor siebzig Jahren gegründet hatte.

Der letzte Fall, die Heroinsache in Brooklyn, hatte ihn als Detektiv bekannt werden lassen, sodass er sich jetzt um Aufträge, anders als zu Beginn, nicht sorgen muss. Dank des Vermögens von Candy können sie auch Aufträge annehmen, die keinen oder nur wenig Gewinn abwerfen. Das ist ein großer Vorteil gegenüber seinen Konkurrenten. Trotzdem, das monetäre Gefälle ist erheblich und könnte bei einer dummen Gelegenheit zum Streit führen.

Ein weiterer möglicher Konfliktpunkt ist ihre Schönheit. Er fragt sich - nicht zum ersten Mal - warum eine reiche und schöne junge Frau, sich ausgerechnet in einen Niemand wie ihn verlieben konnte. Sie liebt ihn, heiß und innig, aber andere Männer scharen sich um sie, und irgendwann ist vielleicht doch jemand dabei, der ihre Zuneigung gewinnen könnte.

„Was machst du für ein trübes Gesicht?" Candy steht neben ihm und sieht ihn an. „Du hast doch keine Sorgen?"

Mike schüttelt den Kopf. „Nein, um Gottes willen, nein." Er macht eine Pause und sieht sie an. „Ich bin, wenn ich es recht überlege, sicher der glücklichste Mann auf der Welt. Und den Hauptanteil daran hast du. Mir ist nur gerade durch den Kopf gegangen, was wohl passieren würde, wenn etwas zwischen uns gerät. Mir ist vor Schreck ganz schlecht geworden."

„Du Ärmster!" Candy beugt sich zu ihm hinunter und legt ihre Arme um ihn. Warm spürt er ihren Körper. „Ich werde immer zu dir halten, darauf kannst du dich felsenfest verlassen."

Seine trüben Gedanken verschwinden wie Schnee in der Sonne. Er lächelt wieder und nickt. „Ich weiß das, mein Liebling. Trotzdem, ich fühle mich nie ganz sicher."

„Vergiss das endlich und freue dich mit mir!"

Das Telefon in ihrem Büro läutet und Candy eilt hinüber. Nach einem kurzen Gespräch kommt sie zurück. „Das war die Arbeitsvermittlung. Die erste Bewerberin als Sekretärin kommt morgen um 8 Uhr, um sich vorzustellen."

„Oh, das ging ja schnell. Ich bin gespannt, wer es sein wird."

„Wenn sie sehr hübsch ist, können wir sie nicht nehmen!", lacht Candy ihn an.

„So? Und wenn sie nun eine gute Sekretärin ist?"

„Wir müssen alle mal Opfer bringen!"

Mike springt auf und läuft hinter seiner Freundin her, die sich eilig in Sicherheit bringt. Lachend läuft sie vor ihm her und lässt sich von ihm einfangen. Sie schließt die Augen und erwidert seinen langen Kuss.

Sie lösen sich voneinander und schnappen nach Luft. Mike sieht ihr tief in die blauen Augen. „Wie kannst du glauben, dass ich mich für andere Frauen interessieren könnte?"

Sie lacht ihn an. „Gut, die Entschuldigung ist angenommen!"

Mike streicht sich die Haare aus dem Gesicht. „Jetzt mal ernsthaft. Wir müssen uns bald zusammensetzen und unsere Aufträge durchsprechen. Wer macht was, welche Aufträge müssen wir beide bearbeiten und in welcher Reihenfolge gehen wir vor."

„Spielverderber! Ich sehe jedoch ein, dass du recht hast. Uns wachsen die Aufträge noch über den Kopf. Ich gehe davon aus, dass wir uns noch vergrößern müssen, Räume haben wir hier genug." Candice hat recht. Sie hat das Büro gleich groß genug gekauft. Das war Ende September gewesen, gleich nach dem Abschluss ihres ersten gemeinsamen Falles.

Früh um acht am nächsten Morgen kommt eine Frau in mittleren Jahren in ihr Büro. Sie ist schlank, sie hat dunkle

Haare, die in großen Locken onduliert sind und ihr auf die Schulter fallen. „Ich bin Mary Collins, ich interessiere mich für die Stelle als Sekretärin."

Candy und Mike fragen sie aus. Wo hat sie vorher gearbeitet, welche Erfahrungen hat sie, ist sie jetzt beschäftigt oder arbeitslos. Sie erfahren, dass ihre Bewerberin Schreibmaschine schreiben kann und bisher als Sekretärin in einer Versicherung gearbeitet hat. Nach einer guten Stunde hat sie die Vorstellung überstanden.

„Das war doch sehr erfreulich. Wir werden uns bei Ihnen, beziehungsweise bei Ihrer Agentur, bis spätestens Ende nächster Woche melden."

Sie ist kaum aus der Tür, da sieht Mike Candy an: „Was hältst du von ihr?"

„Na, ja. Nicht schlecht, würde ich sagen, irgendwie sprang kein Funke über."

Mike gibt ihr Recht. „Ja, das sehe ich genauso. Mal sehen, wie die anderen Bewerberinnen sind."

Die zweite heißt Kimberley Harcort. Sie ist eine Frau Ende zwanzig. Ihre Haare sind blond gefärbt, sie trägt eine modische Brille. Es stellt sich heraus, dass sie noch nie in einem Büro gearbeitet hat, die Tätigkeit in einem Detektivbüro fand sie so interessant, dass sie sich dafür beworben hatte.

Nachdem sie ihr Büro verlassen hatte, fragt Candy: „Was war das denn?", sie sieht Mike irritiert an.

„Tja, meiner Meinung nach hat sie zu wenig Erfahrung mit der Büroarbeit. Ablage, Termine vereinbaren und so weiter, das müsste sie alles noch lernen."

Wenig später stellt sich wieder jemand vor. „Guten Tag! Ich heiße Janet Wilson und suche eine interessante Arbeit im Büro."

Sie ist eine adrette Frau Mitte dreißig. Sie hat dunkle, gelockte Haare und sieht Mike und Candy unternehmungslustig an. Sie arbeitet hin und wieder im Büro, erzählt sie, zuletzt war sie Sekretärin in einem Architekturbüro. Sie schreibt Schreibmaschine blind und beherrscht auch etwas Kurzschrift. „Meine Kenntnisse in Stenografie sind etwas eingerostet", sagt sie entschuldigend. Sie war eine Weile verheiratet und ist seit drei Jahren geschieden. Aus der Zeit hat sie zwei schulpflichtige Kinder, deswegen müsste sie jeden Nachmittag schon früher nach Hause, um die Kinder von der Schule abzuholen. „Was unterscheidet die Arbeit bei Ihnen von der in anderen Büros? Gibt es in einem Detektivbüro irgendwelche Besonderheiten?"

Mike grinst. „Sie müssen im Büro immer bewaffnet sein!"

„Sie wollen mich auf den Arm nehmen, Mister Callaghan!"

Jetzt lachen alle drei. Die Augen von Janet Wilson leuchten, ihr gefallen ihre möglichen neuen Arbeitgeber.

Nachdem sie das Büro verlassen hat, setzen sich Mike und Candy zusammen. „Das waren die Bewerberinnen der ersten Runde. „Wenn keine passende dabei war, sollen wir uns melden", erklärt Candy.

„Für mich ist der Fall klar", sagt Mike. „Und für dich?"

„Ja, ganz eindeutig. Die letzte der drei, Janet Wilson, gefiel mir am besten. Sie scheint tüchtig zu sein und ich habe den Eindruck, dass sie gut zu uns passt. Und sie ist nicht zu hübsch!"

Mike lacht und schüttelt den Kopf. „Ich dachte, das Thema hätten wir hinter uns!"

„Nein, im Ernst jetzt. Ich werde bei der Agentur anrufen und denen sagen, dass wir Janet Wilson einstellen möchten. Hast du mitbekommen, wann sie anfangen kann?"

Mike schüttelt den Kopf.

„Hm, na gut, das werde ich bei der Gelegenheit gleich erfragen." Das Telefon klingelt, sie eilt in ihr Büro.

Nachdem sie aufgelegt hat, geht Mike zu ihr. „Gab es etwas Besonderes?"

„Ja, ein wenig. Zuerst zu unserer künftigen Sekretärin: Janet Wilson ist gerade ohne Beschäftigung, sie könnte sofort anfangen. Ich habe gesagt, dass wir uns auf sie freuen, und sie soll so früh kommen, wie sie es einrichten kann."

Mike nickt zufrieden. „Ja, das gefällt mir gut. Und wer war noch am Telefon?"

„Das war meine Schwester Annie. Sie und Ernest laden uns zum Essen ein. Sie wollte wissen, ob wir am Freitag Zeit haben."

„Ich denke schon. Das ist nett von den beiden. Gibt es einen bestimmten Grund?"

„Da ist irgendetwas…. Annie tat geheimnisvoll und wollte nicht damit herausrücken."

Am Freitagabend machen sich Mike und Candy für die Einladung fein. Mike hat sich seinen besten Anzug angezogen, er hat ihn vor zwei Wochen von seiner Liebsten geschenkt bekommen.

„Damit du neben mir nicht so abfällst!", war ihr Kommentar dazu gewesen. Mike hatte ihr daraufhin in einem unbeobachteten Moment die Zunge rausgestreckt. Leider hatte sie recht, die Kleidung, die er besaß, war schon ziemlich abgetragen, da war dieses gute und teure Stück wirklich notwendig. Er hatte immer davor zurückgeschreckt, so viel Geld für Garderobe auszugeben. Candy dagegen verfügt über ein nahezu unerschöpfliches Bankkonto, deshalb hat sie nicht lange überlegt.

„Solange du in meiner Nähe bist, sieht mich sowieso niemand an!", war seine Antwort gewesen.

Daraufhin hat Candy gelacht. „Du Armer!", dazu gab es einen Kuss.

Candy sieht wieder atemberaubend aus. Sie trägt das rosafarbene Kostüm vom Vormittag – rosa ist Candys Lieblingsfarbe - mit einer weißen Bluse. Ihre blonden Haare hat sie zu einem Knoten im Nacken zusammengesteckt.

Mike und Candy gehen in die Garage zu Candys Wagen. Der rote Sportwagen aus dem Nachlass ihres Vaters ist schon lange nicht mehr bewegt worden. Für kurze Strecken lohnt es sich nicht, ihn in Betrieb zu nehmen, mit einem Taxi, Bus oder der Subway ist es in Manhattan häufig einfacher und schneller, weil die Suche nach einem Parkplatz entfällt.

Der Weg führt sie zum »Daniel«, einem Edelrestaurant in der 65. Straße Ost. Das Restaurant liegt auf der gegenüberliegenden Seite des Central-Parks, das ist etwa zwei Meilen entfernt. Candy fährt routiniert durch den Verkehr, der wegen der fortgeschrittenen Zeit nicht mehr so zäh fließt, wie noch während des Tages. Mike sitzt auf dem Beifahrersitz und hält ein Geschenk für Ernest. Es ist eine Schachtel Zigarren seiner Lieblingsmarke. Candy findet einen Parkplatz in der Nähe des Restaurants. Es ist inzwischen dunkel geworden und der Eingang, als auch die Fenster der Gaststätte, sind mit einer Kette aus Glühbirnen hell erleuchtet.

Das »Daniel« ist ein exklusives Restaurant. Als sie es betreten, drehen sich die anderen Gäste, hauptsächlich die männlichen, zu Candy um und lassen sie nicht mehr aus den Augen. Mike beobachtet das mit einem zwiespältigen Gefühl. Einerseits ist er stolz, dass seine Freundin so viel Aufmerksamkeit erregt, andererseits beschleicht ihn jedes Mal ein ungutes Gefühl. Sie ist sehr hübsch, ob sie sich nicht eines Tages einem anderen Mann zuwenden könnte?

Annie und Ernest warten bereits auf sie. Sie sitzen an einem reservierten Tisch und freuen sich, als sie die beiden erblicken. Candy umarmt ihre Schwester, ihr Schwager Ernest erhält ein Küsschen auf die Wange, Mike gibt beiden die Hand.

Mit dem Schwager seiner Freundin versteht er sich immer besser. Ernest war anfänglich etwas reserviert gewesen, da Mike ihn im Auftrag seiner Frau beschattet hatte. Nicht zu Unrecht, wie sich später herausstellte. Vielleicht war es gerade das, was Ernest gegenüber Mike zu Beginn befangen machte, inzwischen ist er deutlich entspannter. Ernest war der Freundin eines Verbrechers auf den Leim gegangen, als Mann einer vermögenden Frau sollte er erpresst werden. Dank Mikes Eingreifen konnte das abgebogen werden. Wegen der Affäre mit der jungen Frau, die sehr hübsch gewesen war, blieb ein herber Beigeschmack, der nur langsam aus ihren Köpfen verschwindet.

Doch das ist inzwischen vergessen. Der smarte Manager Ernest Millburgh hat sich zu einem guten Freund gemausert.

Ihre bestellten Getränke werden gebracht und der Kellner füllt ihre Gläser für einen ersten Schluck. Annie sieht ihre Tischgenossen freudestrahlend an. „Ich freue mich, euch hier bei mir zu haben. Und nun lasst uns auf Ernie anstoßen!"

Candy und Mike wissen noch nicht warum, sie heben beide ihr Glas und prosten Ernie zu. „Alles Gute für dich, Ernest!"

Sie setzen ihre Gläser ab und sehen ihn neugierig an. Ernest räuspert sich, er bemüht sich um eine lockere Haltung. „Ich bin letzte Woche in den Vorstand gewählt worden!"

Mike nickt anerkennend. „Alle Achtung, das ist jetzt ein echter Aufstieg! Meinen Glückwunsch, alter Freund!"

„Nun erzähl doch mal, wie ist denn das gekommen?", Mike ist neugierig.

„Wie ihr wisst, bin ich seit drei Jahren Prokurist in der Firma meines leider vor ein paar Jahren verstorbenen Schwiegervaters. Immer, wenn im Vorstand jemand zurücktritt, stirbt, oder auf eine andere Art ein Mitglied ausfällt, wird ein neues bestimmt. Und dieses Mal hat man mich ausgewählt."

Annie möchte noch etwas ergänzen. „Ernest hat sich wirklich außerordentlich viel Mühe gegeben. Er hat ein gutes Gespür für die Entwicklungen in der Stahlbranche und hat einige Projekte angeschoben, die sich bereits als gute Entscheidungen herausgestellt haben." Sie sieht ihn an und legt herzlich einen Arm um ihn.

Die Beziehung zwischen den beiden war nicht immer so gut gewesen. Nach der Entdeckung seines Verhältnisses mit dem Gangster-Liebchen hatte die Ehe schon sehr auf der Kippe gestanden. Annie als auch Ernest haben sich viel Mühe gegeben, um ihre Ehe nicht auseinanderbrechen zu lassen. Und nun ist sie – beinahe - wieder so frisch und gut wie zu Beginn.

Candy sieht ihre Schwester an. „Wenn Ernie so tüchtig ist, kannst du dich doch weiter aus der Firma zurückziehen, oder?"

Annie schüttelt energisch den Kopf. „Nein, das ist nicht meine Absicht, das bin ich schon unserem Vater schuldig. Ich bin Mitglied im Aufsichtsrat, wie du weißt. Man kann dort jedoch nur sinnvoll arbeiten, wenn man immer auf dem Laufenden ist." Sie macht eine Pause. „Ich will das auch nicht anders. Im Gegensatz zu dir, hängt mir der »Geschäftskram« nicht aus dem Hals."

Sie lachen und Candy schmiegt sich an ihren Freund. „Ich bin so froh, dass ich Mike und seine Detektei kennengelernt habe. Es war genau das, was mir fehlte."

„Mike oder die Detektivarbeit?"

Candy streckt allen die Zunge heraus und gibt Mike ein Küsschen.

Ernest wird als erster wieder sachlich und fragt: „Jetzt mal ernsthaft. Wie ergeht es eurer gemeinsamen Detektei? Habt ihr genug zu tun?"

Mike nickt. „Doch, wir sind zufrieden. Wir haben gerade eine Sekretärin eingestellt, sie soll uns die Arbeit am Telefon und manchen Schreibkram abnehmen." Er sieht zu Annie. „Vielen Dank übrigens für deine Bemühungen, das hat sehr gut geklappt."

Er blickt Candy an. „Die Aufträge reißen nicht ab, erzähl doch von dem Anruf, den du heute erhalten hast."

Candy sieht ihre Tischnachbarn an und beginnt zu berichten. „Heute hat mich eine Frau angerufen, deren Tochter vergewaltigt worden ist. Der Täter ist bekannt, jetzt steht Aussage gegen Aussage, sodass es zu keiner Anklage kommen wird."

Im Staat New York, wie in allen anderen Staaten der USA, muss das Vergewaltigungsopfer beweisen, dass es zu einem Übergriff gekommen ist – was ohne Zeugen praktisch unmöglich ist.

„Was sollst du dabei machen?", fragt Annie.

„Ich will Kontakt mit ihrem Vergewaltiger aufnehmen, um ihm ein Geständnis zu entlocken."

Mike sieht sie entgeistert an. „Das hast du mir noch gar nicht erzählt! Das kommt überhaupt nicht in Frage! Ich möchte auf keinen Fall, dass du ein weiteres Vergewaltigungsopfer werden könntest!"

Candy sieht ihn erschrocken an. „Meinst du, dass mir das passieren kann?"

Jetzt mischt sich Ernest ein. „Kannst du denn nicht auf sie aufpassen?"

Mike schüttelt den Kopf. „Leider nicht. Ich habe einen Auftrag, den ich nicht verschieben kann. Ich soll einem Elternpaar entlastende Beweise bringen. Dessen Sohn soll jemanden im Streit erschlagen haben. Die Verhandlung ist in zwei Wochen, da brauche ich jeden Tag."

Annie sieht ihre Schwester an. „Kannst du den Auftrag nicht abgeben?"

Candy schüttelt ihren blonden Schopf. Annie kennt das, was sich ihre Schwester vorgenommen hat, will sie auch durchsetzen und zu Ende führen.

„Ich könnte Eddie fragen, ob er dich beschützen kann", bietet Mike an.

„Wer ist das denn?", fragt Annie skeptisch.

„Eddie, oder Eduard Costein, ist ein sehr guter Freund von mir. Candy kennt ihn auch. Ich muss ihn nur fragen, ob er Zeit dafür hat", erklärt Mike. Ihm fällt noch etwas ein. „Was du brauchst, ist eine Waffe. Hast du schon einmal geschossen?"

Candy schüttelt den Kopf.

Mike sieht Annie und Ernie an. „Das ist überhaupt ein Punkt, über den ich schon lange mit euch sprechen wollte. Ihr beide und auch Candy, ihr seid steinreich. Ist euch je in den Sinn gekommen, dass ihr drei für Entführer ein lohnendes Ziel abgibt?"

Annie und Ernest sehen sich verblüfft an, dann blickt Annie zu Mike. „Doch, gelegentlich schon mal, bisher nicht ernsthaft."

Mike nickt. „So endet das meistens. Mit Candy wollte ich es folgendermaßen machen: Ich werde Eddie morgen anrufen und ihn fragen, ob er Zeit hat. Er hat eine kleine Sammlung Waffen, er kann ihr einen Vorschlag für ihre Bewaffnung machen. Und ihr solltet auch über so etwas nachdenken."

Candy ist zufrieden, der Gedanke an eine kleine Feuerwaffe hat ihre aufkeimende Furcht wieder beruhigt. „Ich hatte mir das so schön gedacht, mit dem Geständnis. Ich habe auch schon ein paar Ideen, wie ich es ihm entlocken wollte."

Jetzt ist es an Mike, sie aufzuziehen. „Das kann ich mir vorstellen. Mit einem großen Ausschnitt und deinen blauen Augen, oder wie?"

Candy haut ihm auf den Arm. „Du gemeiner Kerl! Ich wollte das psychologisch machen, mit meinem weiblichen Gespür!" Zur Bestätigung setzt sie noch eins drauf: „Ich will einen Fall lösen, weil ich glaube, dass ich gut bin, und nicht, weil ich gut aussehe!"

Mike nickt und greift beruhigend nach ihrer Hand. „Doch, mein Schatz, ich weiß, dass du das kannst. Obwohl, es hilft bestimmt, dass du nicht gerade hässlich bist."

Der nette Abend endet in entspannter und fröhlicher Atmosphäre. Vor dem Eingang des »Daniel« verabschieden sich Candy und Mike von Annie und Ernest.

Das junge Paar setzt sich in ihren roten Renner. Laut brüllt der Motor auf, als sie ihn startet. Ein paar Minuten später hält sie in der Garage unter dem Penthouse am Central Park. Candy ist allerbester Laune, sie summt beim Fahren vor sich hin und sieht immer wieder zu ihrem Liebling hinüber.

Im Fahrstuhl, der sie entsetzlich langsam in das Obergeschoss zu der Penthouse-Wohnung von Candy bringt, küssen sie sich leidenschaftlich. Mike fühlt ihren heißen Atem an seinem Ohr, ihr warmer Körper ist wieder besonders weich und anschmiegsam. Die letzte Treppe zum Penthouse laufen sie lachend hinauf. Wenige Minuten später finden sie zueinander.

Es ist Montagmorgen, etwa 7:30. Candy und Mike sitzen in ihrem Lieblingsdrugstore in der Columbus Avenue und nehmen ein Frühstück ein. Candy sieht noch nicht ganz wach aus. „Bevor ich dich kannte, habe ich immer lange geschlafen, das ist jetzt leider vorbei."

Sie gähnt ausgiebig, Mike lächelt sie an. „Du Arme! Das ist das Los von Millionen von New Yorkern und dem Rest der Welt. Das nennt sich »berufstätig«."

Sie macht eine kurze Pause und seufzt. „Es war früher immer so schön gemütlich." Sie schiebt ihre zarte Hand zu ihm hinüber und drückt seine große Pranke. „Du hast ja so Recht, Mike. Ich freue mich auch darüber, dass ich mit dir zusammen arbeiten kann."

„Meinst du so wie letzte Nacht?", Mike lacht sie an.

„Du Angeber!", sie wirft mit der Serviette nach ihm.

„Sind eigentlich alle Millionärinnen so leidenschaftlich?"

Candy funkelt ihn aus ihren blauen Augen an und Mike fährt fort: „Auf jeden Fall ist bestimmt keine so frech wie du!"

Candy steht auf und setzt sich neben ihn. „Das muss jetzt bestraft werden!", und Mike bekommt einen langen und feuchten Kuss.

Sie haben fertig gegessen und sich den Espresso schmecken lassen. Mike raucht seine Players zu Ende, dann gehen sie auf den Bürgersteig hinaus. Der Weg zu ihrem Büro ist kurz, es liegt direkt an der Ecke der Central Park West und der 86. Straße West.

Vor der Tür steht schon jemand und wartet auf sie. Es ist Janet Wilson, ihre neue Sekretärin. Sie begrüßen sie fröhlich.

„Bin ich zu früh?", fragt die junge Frau.

„Nein, nein", antwortet Candice, „wir haben uns nur ein wenig verquatscht." Sie nimmt den Schlüssel und öffnet die Tür. Neugierig folgt Mrs. Wilson Candy in das Büro.

„Sehen Sie, hier vorne, das soll ihr Arbeitsbereich werden." Hinter der Eingangstür ist ein großer Raum mit einer Garderobe und einem Tisch mit zwei Stühlen. Eine Trennwand mit einem großen Fenster zu dem Eingangsraum teilt ein Büro ab. Es ist groß und hell, ein weiteres Fenster zur Straße lässt viel

Licht herein. Es gibt einen Schreibtisch, an einer Wand steht ein deckenhoher Schrank.

„Oh, das gefällt mir jetzt schon gut!" Mrs. Wilson setzt sich auf den Schreibtischstuhl und sieht sich um. „Ich habe schon einige Ideen, um den Raum noch schöner zu machen. Darf ich eigentlich Bilder aufhängen?"

„Nur keine Hemmungen. Solange Sie die Wände nicht durchbrechen, ist alles erlaubt." Candy macht eine Pause. „Wenn Sie irgendetwas benötigen, wie Büromaterial, oder wenn Sie etwas an der Einrichtung ändern möchten, kommen Sie zu Mike oder mir."

Janet Wilsons Augen leuchten, hier gefällt es ihr.

„So, jetzt möchte ich Ihnen die anderen Räume zeigen."

Janet Wilson steht auf und folgt eifrig ihrer Chefin.

Das große Büro hat Candice vor zwei Monaten gekauft. Es hatte ihr einen Riesenspaß bereitet, Mike damit zu überraschen. Es ist bis auf ein paar leere Schreibtische in ebenso leeren Räumen, noch nicht mit Leben erfüllt. Die neue Sekretärin ist die erste Angestellte, weitere sollen noch folgen, sobald es sich als notwendig erweisen sollte. Wenn die Flut der eingehenden Aufträge so bleibt wie jetzt, dann wollen sie ein paar weitere Detective einstellen.

Candy zeigt der neuen Mitarbeiterin alle Büros, das Archiv und die kleine Küche. „Hier können Sie Kaffee kochen und auch kleinere Gerichte zubereiten."

Mrs. Wilson nickt anerkennend. „Ist hier alles neu?"

„Ja, das Büro war völlig leer. Wir haben es streichen und tapezieren lassen und ein paar Schreibtische und Aktenschränke gekauft. Sobald es notwendig werden sollte, werden wir noch weitere Möbel, oder was auch immer, kaufen müssen."

„Wirft ein Detektivbüro so viel Gewinn ab?"

Candice schmunzelt, sie zieht es jedoch vor, die Frage nicht wirklich zu beantworten. „Bisher noch nicht, das wird sich ganz sicher noch ändern, so wie ich uns drei einschätze."

Candy weist die neue Sekretärin in ihre Büroaufgaben ein. Ein Telefon und eine Schreibmaschine sind die einzige Ausstattung, die bisher vorhanden ist. Ein Notizbuch und einige Stifte, sonst ist alles leer. „Noch ist es nicht viel", sagt Candy entschuldigend, „uns erscheint es am zweckmäßigsten, wenn Sie einfach eine Liste schreiben. Immer, wenn Ihnen etwas einfällt, notieren Sie es. Von Zeit zu Zeit werden wir beide Ihre Liste durchgehen, und Sie geben die Bestellung auf."

„Darf ich selbst Bestellungen vornehmen?", fragt Janet Wilson überrascht.

„Ja, warum denn nicht? Zuerst wohl noch nicht, ich denke so in vier Wochen und wenn wir mit Ihnen zufrieden sind, erhalten Sie Kontovollmacht über, sagen wir mal, einhundert Dollar, damit können Sie machen, was Sie für richtig halten."

Janet Wilson freut sich und sie strahlt. „Sie werden sehen, ich werde mir die größte Mühe geben!"

Mike kommt dazu und beobachtet die Szene mit einem Schmunzeln. „Hier scheinen sich die Richtigen gefunden zu haben, oder?"

Janet Wilson sieht schüchtern zu Boden, Candy funkelt ihn an. „Du störst!"

Mike lächelt über seine impulsive Freundin. „Ich werde Eddie gleich wegen der Waffe anrufen. Wenn es ihm passt, wollte ich mit dir vor unserem heutigen Pokerabend zu ihm fahren."

Candys Augen strahlen. „Oh, das ist schön. Ich habe heute noch nichts Bestimmtes vor, das wäre perfekt."

Mike ruft bei Eddie an. Er ist zuhause in seiner Wohnung am Union Square. „Alter Freund, wie sieht es aus?"

„Danke, meine Kneipe läuft ganz ordentlich und meine Frau liebt mich." Er lacht, und Mike stimmt mit ein.

„Kannst du dich erinnern, ich habe mit dir vor ein paar Tagen über eine Waffe für meine Partnerin gesprochen?"

„Ja, natürlich. Du weißt ja, wo ich wohne. Heute bin ich bis zu unserem Pokerabend zuhause zu erreichen."

„Sehr schön. Ich möchte vor unserem Kartenspiel zu dir kommen, dann haben wir genügend Zeit, damit Candy sich eine Waffe aussuchen kann."

Mike ahnt, wie Eddie am anderen Ende des Hörers lächelt.

„Ich freue mich jetzt schon, es wird mir ein Vergnügen sein, mich um Candy zu kümmern."

Mike lacht. „Wird deine Frau auch dabei sein?"

„Was hat das denn damit zu tun? Du weißt, wie gerne ich euch beide bei mir habe."

„Das freut mich zu hören! Bis nachher!"

Eddie besitzt eine kleine Sammlung Handfeuerwaffen. Seitdem er aus dem Gefängnis entlassen worden ist, hat er sie nur noch auf dem Schießstand in der Bronx verwendet. Candy soll sie alle einmal in die Hand nehmen und sich für eine Waffe mit einem angenehmen Handling entscheiden.

Ja, der Eddie. Wer hätte gedacht, dass aus dem in sich gekehrten Knastbruder einmal so ein netter Kerl werden würde? Seine Frau Marita ist nicht ganz unschuldig daran. Seitdem sie sich kennen, ist Eddie wie ausgewechselt.

Mike geht zu Candy hinüber, die im Büro ihrer neuen Sekretärin sitzt und sich mit ihr unterhält. Ab und zu ist ein Lachen zu hören. Es kommt mal von Candy, mal von Mrs. Wilson.

Candy sieht zu ihm hoch, als er in der Tür steht. „Sieh mal, wir haben schon eine lange Einkaufsliste vorbereitet. Wusstest du, dass Janet fließend Spanisch kann, mündlich und schriftlich?"

Mike schüttelt den Kopf. „Nein, das habe ich entweder nie gewusst oder wieder vergessen."

Janet Wilson hebt ihr Gesicht, ihre dunklen Locken fallen auf ihre Schulter. Sie spricht mit einer dunklen, wohlklingenden Stimme. Die perfekte Stimme für eine Telefonzentrale, kommt Mike kurz in den Sinn.

„Ich war verheiratet, wie Sie wissen. Mein geschiedener Mann war Mexikaner, Juán Ramontes. Nach der Scheidung habe ich meinen Mädchennamen wieder angenommen. Meine beiden Jungen haben deshalb Vornamen, die in beiden Sprachen üblich sind, David und Lucas." Sie macht eine kurze Pause. „Wegen der beiden Jungen, muss ich auch immer vor dem üblichen Feierabend gehen. Das habe ich bei der Bewerbung aber angegeben."

Mike nickt. „Das geht in Ordnung, bisher sind wir ganz ohne Sekretärin ausgekommen, wir werden die paar Stunden ohne Sie auch überstehen."

Am Nachmittag, es ist 4:30 p.m., fahren Candy und Mike zur 16. Straße, Ecke Broadway. Es wird gerade dunkel, Candy hat an ihrem Sportwagen das Licht eingeschaltet. Sie hat sich so leger angezogen, wie schon lange nicht mehr, sie sitzt statt ihres Designerkostüms mit einem schwarzen Pullover und Hose hinter dem Lenkrad. Es hat den ganzen Vormittag geregnet. Der Regen ist vorbei, die Pfützen sind noch nicht verschwunden. Laut spritzt das Wasser unter die Kotflügel, wenn sie einer Pfütze nicht ausweichen kann.

Eddie wohnt im ersten Stock in einem Eckhaus. Schon draußen auf dem Flur hören sie Kindergeschrei aus der Wohnung kommen. Er öffnet die Tür und strahlt, als er seine

Freunde erkennt. Mike gibt ihm einen festen Händedruck und Candy umarmt ihn.

Eddie ist Anfang vierzig und ist damit der älteste der drei Freunde. Sein Haar ist schütter, er hat sich die wenigen, verbliebenen Reste ganz kurz geschnitten. Was ihm an Haaren fehlt, hat er dafür umso reichlicher an Muskeln. Mike ist schon gut gebaut, verglichen mit Eddie sieht er jedoch wie ein Schwächling aus.

„Kommt rein, und entschuldigt bitte die Unordnung."

Es ist nicht unordentlich, findet Mike, jedenfalls nicht sehr. Die Kinder kommen angelaufen und begrüßen die beiden. Sie haben sich alle in Eddies Lokal schon gesehen, dem »Grey Dog«. Es sind zwei Mädchen und zwei Jungen. Die beiden Jungen sind die Älteren, Marita hat sie mit in die Ehe gebracht. Die Mädchen sind die gemeinsamen Kinder, sie sind drei und fünf Jahre alt.

Eddie sieht zu seinen Sprösslingen hin und schüttelt nachdenklich den Kopf. „Manchmal wünschte ich mir, es wären alles Mädchen. Die Jungen sind wilder und frecher als unsere beiden Kleinen."

Der kleinere der beiden Jungen kommt zu ihm und legt seinen Kopf an Eddies Seite. Er sieht mit großen, dunklen Augen zu ihm hoch. „Daddy, kannst du mal kommen?", er sieht schüchtern zu den Besuchern hin.

Sein Stiefvater streicht über seinen Kopf. „Ja, Pablo, nur noch einen kleinen Moment!" Er wendet seinen Blick zu Mike und Candy. „Ich liebe sie trotzdem, als wären es meine eigenen Kinder", er nimmt die kleine Hand des Jungen in seine Pranke und geht mit ihm zur Küche.

In diesem Moment kommt seine Frau dort heraus, in der Hand hält sie ein Geschirrhandtuch. „Ich muss doch mal sehen, wer gekommen ist." Sie freut sich, als sie Eddies Freunde erkennt. „Oh, das ist schön, das ihr uns mal besuchen kommt!"

Sie ist eine kleine Frau, nicht ganz schlank, mit einer üppigen Figur. Ihr rabenschwarzes Haar fällt in großen Locken bis auf den Rücken. Ihre dunklen Augen leuchten und sie strahlt über das ganze Gesicht. Eddie kommt wieder zurück. Er nimmt seine Frau in den Arm und gibt ihr ein Küsschen. „Du musst uns einen Moment entschuldigen, Marita. Ich will mit meinen Freunden in den Keller. Candy interessiert sich für meine Waffen."

Marita Costein kann ihre Enttäuschung kaum verbergen. „Das ist schade. Ihr könntet doch nachher noch mit uns essen, oder?"

„Das ist eine gute Idee, Marita. Wir werden uns beeilen. Hast du denn genug zu essen oder soll ich noch etwas besorgen!", fragt Eddie.

„Ob ich für sechs oder für acht Personen Essen bereite, das ist kein großer Unterschied", winkt Marita ab.

Eddie hat im Keller der Nummer 30 in der 16. Straße West seine Waffen untergebracht. Mike und Candy folgen ihm in den dunklen Eingang. Es ist schlecht gelüftet und der Boden ist nicht sauber. Eddie schließt eine schwere Eisentür zu seinem Raum auf und schaltet das Licht ein. Hell scheint eine Deckenleuchte und verbreitet ein weißes Licht. Eddie tritt vor einen Stahlschrank und schließt ihn auf. Mike kennt den Inhalt, Candy dagegen reißt erstaunt die Augen auf. Es sind etwa dreißig Kurzwaffen in dem Schrank. Viele verschiedene Revolver und Pistolen hängen dort ordentlich auf kleinen Stäben. Unten im Schrank steht eine Kiste, die bis obenhin mit Munition gefüllt ist.

Candy findet ihre Stimme wieder. „Warst du früher Zulieferer für die Armee?"

Eddie lacht. „Nein, es war einmal ein Hobby von mir gewesen. Nachdem ich Marita kennengelernt hatte, habe ich die Waffen nicht mehr angerührt. Nur noch für Vorführzwecke, so wie jetzt zum Beispiel." Er sieht Candice an. „Hast du schon irgendwelche Vorstellungen?"

„Äh, nein. Schlag du etwas vor."

Eddie mustert sie eingehend, dann lächelt er sie an. „Wenn du eine deiner maßgeschneiderten Jacken trägst, kannst du ein Schulterholster vergessen."

„Mike trägt doch auch ein Schulterholster!"

„Sieh doch an dir hinunter! Er hat mehr Platz unter seiner Jacke..."

Candy wird einen Moment rot, sie wendet sich zu Mike und lächelt wieder. „Meinem Schatz gefällt es so!"

Mike lächelt vergnügt und enthält sich jeden Kommentars.

Candy wird wieder ernsthaft und fragt Eddie: „Was würdest du mir denn vorschlagen?"

„Ich habe schon eine Idee", er greift in den Schrank und holt eine kleine Pistole heraus.

„Die ist ja winzig!", ruft Candice aus.

„Ja, das ist eine Walther PPK, das ist eine Waffe aus Deutschland. Diese ist im Kaliber .32 Browning oder auch .32 ACP. Wegen der geringen Größe passen nicht mehr als 6 Patronen hinein. Was sagst du dazu, Mike?"

„Ich glaube, du hast eine gute Wahl getroffen. Die kann Candy gut in ihrer Handtasche unterbringen."

Sie hält die kleine Waffe in der Hand und sieht sie sich von allen Seiten an.

Eddie will Candy noch etwas Information geben. „Die Visierlänge ist sehr kurz, deshalb kann man nicht gut damit zielen."

„Aha."

Mike grinst. „Ich glaube, das hat meine kleine Schönheit nicht ganz verstanden. Das ist auch nicht so wichtig.

Candy sieht ihn mit funkelnden Augen an. „Was ist nicht so wichtig?"

„Entschuldige, ich wollte nicht sagen, dass du das nicht verstanden hast, sondern dass es nicht wichtig ist, damit gut zielen zu können. Der Hauptzweck der Waffe ist die Verteidigung aus der Nähe, und dafür ist sie hervorragend geeignet."

Candy wiegt die Waffe in der Hand. „Ich habe mich schon in das kleine Ding verliebt", sie sieht zu Eddie hoch. „Ich nehme sie. Ich habe nur drei Fragen."

„Schieß los. Äh, ich wollte sagen: Nur zu!"

„Kann ich diese Waffe gleich mitnehmen und was willst du dafür haben? Meine letzte Frage bezieht sich auf das Training. Ich muss ja noch irgendwo damit üben."

„Ich schenke dir die Waffe. Ich kann und werde mit meiner Sammlung ohnehin nichts mehr anfangen, deshalb ist es auch egal, wo sie sich befindet. Bei dir weiß ich sie in guten Händen."

„Oh ja!", sagt Candy und zögert. „Ich möchte mich bei dir revanchieren, lass mich wissen, was du dir wünschst."

„Gut, abgemacht, ich denke mir etwas aus. Und was das Training betrifft, in der Truxton Street in der Bronx ist ein Indoor-Schießstand, dort kannst du mit mir oder mit Mike üben." Er greift in die Kiste, die sich unten im Schrank befindet und sucht eine Schachtel heraus. „Hier! Das ist noch eine volle Schachtel mit 50 Patronen. Zum Üben musst du dir noch mehr kaufen, mit 50 Schuss kommst du nicht weit." Eddie sieht auf die Uhr. „Das ging jetzt schnell, es würde uns freuen, wenn ihr mit uns zu Abend essen würdet."

„Wir wollen euch nicht zur Last fallen!"

„Nein, ganz und gar nicht. Marita freut sich immer über Besuch meiner Freunde."

Eddie verschließt sorgfältig den Stahlschrank. Candice trägt die in ein Tuch gewickelte kleine Pistole, die Schachtel Patronen hält Eddie in der Hand. Er deutet mit der Hand in eine Ecke des geräumigen Kellerraumes. „Mike, nehme doch bitte zwei von den Klappstühlen mit, ich bin mir nicht sicher, ob wir für das Abendessen genügend Sitzmöglichkeiten haben.

Bei Tisch wird sich angeregt unterhalten, die Zeit vergeht viel zu schnell. Eddie und Mike brechen auf, Candice bleibt noch am Tisch sitzen. Sie hat Gefallen an Mrs. Costein und ihrer Rasselbande gefunden und möchte sich noch eine Weile mit ihr unterhalten. „Ich wünsche euch viel Spaß. Vielleicht komme ich noch nach."

Der Weg zum »Grey Dog« ist kurz, die Kneipe ist gerade einen Block entfernt, sodass die beiden Freunde zu Fuß gehen.

Willy Murdoch wartet schon vor dem Eingang. Er macht ein verärgertes Gesicht.

„Was ist denn mit dir los? So viel zu spät sind wir doch nicht, es ist gerade fünf Uhr", Eddie ist etwas erstaunt.

„So eine Schlampe!", zischt Willy zwischen den Zähnen hervor.

„Mensch Willy, du bist doch sonst nicht so schlecht gelaunt. Was ist denn passiert? Warte, ich zapfe dir erst ein Bier, du kannst dir bis dahin eine Antwort überlegen."

Mike bekommt von Willy nur einen flüchtigen Händedruck, statt der sonst üblichen, überschwänglichen Begrüßung. Er ist erstaunt und mustert seinen Freund nachdenklich. Willy fährt Taxi im Schichtdienst und ist der fröhlichste und lustigste Kerl, den er kennt. Und immer weiß er eine nette Geschichte aus der vergangenen Woche zu erzählen.

Eddie bringt je ein Glas Bier für seine Freunde und verschwindet wieder hinter der Theke. Er zapft sich selbst ein Glas und setzt sich mit an den Tisch. „So, Willy, nun erzähl mal in aller Ruhe."

Und Willy erzählt, zuerst ruhig, allmählich steigert er sich immer mehr hinein und seine Stimme wird heftiger. „Ich hatte heute Morgen einen Fahrgast, eine Frau. Als es ans Bezahlen ging, stellte sich heraus, dass sie ihr Portemonnaie vergessen hatte. Ihr kamen direkt ein paar Tränen. Krokodilstränen, würde ich sagen, wenn ihr mich fragt!"

„Wie seid ihr denn verblieben?", fragt Eddie.

„Das ist es ja gerade! Ich habe mir sofort gedacht, dass alles nur Theater war. Sie machte gleich so einen verlogenen Eindruck."

„Nun sag schon, wie solltest du das Geld bekommen?", möchte Mike wissen.

„Sie wollte mich im Laufe meiner Schicht über die Zentrale informieren lassen. Ich höre noch, wie sie sagte: ‚Bis zu Ihrem Feierabend haben Sie das Geld'. Pustekuchen!"

„Vielleicht ist etwas dazwischengekommen?", Eddie sucht nach einer Erklärung.

„Sie ist um zehn mit mir gefahren, meine Schicht geht bis um zwei am Nachmittag. Nein, nein, sie hatte nie vor, mir das Geld zukommen zu lassen! Ich bin doch sonst ein guter Menschenkenner, das bringt meine tägliche Praxis mit sich. Sie hat mich mit voller Absicht hinters Licht geführt!"

„Um wie viel Geld geht es denn?", Eddie ist neugierig.

„Eineinhalb Dollar!"

„Na weißt du! Trink dein Bier aus, ich hole schon mal die Karten."

Ein paar Runden haben sie hinter sich. Sie spielen nur um kleine Cent-Beträge, sodass am Ende des Abends selten jemand mehr als einen Dollar gewonnen oder verloren hat. Das Telefon klingelt, Eddie legt die Karten hin und steht auf. Nach einem Moment kommt er zurück.

„Das war die Taxizentrale. Eine Miss Baker war am Telefon."

Willy strahlt. „Das war Hilly, sie weiß meistens, wo ich zu erreichen bin. Was wollte sie denn?"

„Vor zehn Minuten hat eine Frau zwei Dollar für dich abgegeben. Du kannst sie dir morgen abholen."

Über Willys Gesicht geht ein Leuchten. „Das habe ich mir doch gedacht. Sie machte doch sofort einen ehrlichen Eindruck auf mich."

Er greift nach seinen Karten. „Seht ihr, meine Menschenkenntnis hat mich doch nicht getäuscht."

„Warst du nicht eben noch ganz anderer Meinung?", Mike kann ein Lachen nur knapp unterdrücken.

„Nein, nein. Ich habe das ganz zuerst gedacht, das stimmt, im Grunde meiner Seele habe ich immer gespürt, dass dort ein ehrliches Herz schlägt."

Eddie und Mike lachen, bis ihnen die Tränen kommen. Willy macht zuerst ein etwas beleidigtes Gesicht und stimmt dann mit ein.

Die Pokerrunde ist zu Ende, Willy und Mike verabschieden sich von Eddie, dessen Arbeit jetzt erst beginnt. Candy hat sich nicht gemeldet, deshalb geht Mike zu Eddies Wohnung.

Marita öffnet die Tür. „Komm rein und setz dich zu uns, Candy ist im Wohnzimmer."

Er begrüßt seine Freundin mit einem Kuss und nimmt neben ihr Platz. „Na, ihr zwei, habt ihr euch gut unterhalten?"

„Danke, es war sehr nett mit Marita. Und wie war euer Pokerabend?"

„Es war lustig wie immer. Willy hat wieder etwas erlebt, das uns gut unterhalten hat." Mike erzählt von der Frau, die kein Geld bei sich gehabt hatte. Marita und Candy lachen auch sehr über Willys Menschenkenntnis.

Auf dem Weg zum Auto trägt Mike eine Leinentasche, die die neue Pistole und die Schachtel mit der Munition enthält. „Wie gefallen dir denn die einfachen Bürger?", fragt Mike mit einem Lächeln.

„Du sollst das nicht immer sagen! Annie und ich sind wie zwei beinahe normale Mädchen aufgewachsen. Erst nach dem Tode unseres Vaters, vor drei Jahren, können wir über sein Vermögen verfügen. Vergiss nicht, dass ich mich unter anderem fünf Jahre mit einem Jurastudium abgeplagt habe!"

„Ja, zuerst die Elite-Universität Harvard und danach zwei Jahre Volontärin in der Firma deines Vaters."

„Ja, richtig. Gut, ich gebe zu, das ist nicht dasselbe, wie zum Beispiel deine Arbeit. Ich weiß, wie du das meinst. Meine bisherigen Bekanntschaften habe ich aus dem Kreis der oberen Zehntausend bezogen. Das war eben die Gesellschaft, in der sich mein Vater bewegte."

Mike drückt ihre Hand. „Es macht mir nur Spaß, dich aufzuziehen, entschuldige bitte, ich wollte dich nicht kränken."

Candy fährt zurück zur Stadtwohnung der Familie Evans am Central Park, während der Fahrt kann man sich wegen des lauten Motors nicht wirklich unterhalten.

Am nächsten Morgen stehen sie beide früh vor ihrer Detektei, Candy und Mike haben sich beeilt und sind überpünktlich, damit ihre neue Angestellte nicht wieder warten muss. Janet Wilson hat heute viel vor, sie kommt zu Mike und zu Candice mit der Bitte, alle ihre Kontakte mit Adressen und Telefonnummern aufzuschreiben.

„Ich will mir eine Kartei anfertigen, damit ich euch im Falle eines Falles leichter finden kann."

Candy ist begeistert. „Das ist eine prima Idee. Wo du schon dabei bist, ruf bitte bei der Schlosserei an, sie sollen noch ein paar Reserveschlüssel für unsere Eingangstür anfertigen. Du benötigst einen und für weitere Mitarbeiter wären dann auch genug da."

Janet Wilson zieht glücklich davon. Ihr Telefon hat eine Weiterleitungsfunktion, so können Anrufe immer von ihr entgegengenommen werden und bei Bedarf von ihr an Mike oder Candy weiter vermittelt werden. Sie probiert so lange mit dem Telefon herum, bis sie weiß, wie es funktioniert.

Candys erster Fall

Seit einer Woche ist Mike jeden Tag lange fort, er hat einen Fall zu bearbeiten, der sehr eilig ist. Candice sitzt in ihrem Büro und telefoniert mit ihrer Schwester Annie.

„Was macht denn deine neue Arbeit?", wird sie gefragt.

„Tja, Annie, das läuft noch nicht so richtig. Mike ist jeden Tag fort, er hat einen sehr eiligen Fall, ich dagegen warte auf den Auftrag, der mir angekündigt worden ist. Wir harren auf den Ausgang der polizeilichen Ermittlungen, bis dahin muss ich mich gedulden. Im Moment arbeite ich mit unserer Sekretärin an einem Bericht."

Ihre Schwester erwidert etwas und Candice hält dagegen. „Doch, noch halte ich meine Entscheidung für richtig, ich muss mich nur etwas gedulden. Ich habe doch eben erst mit der neuen Tätigkeit angefangen, das dauert eben."

Die Tür zur Straße wird geöffnet und eine Frau mit einem Mädchen kommen herein. Janet Wilson sieht von ihrem Schreibtisch auf und mustert die Ankömmlinge.

„Ich bin Ann Hendricks, das ist meine Tochter Meredith. Wir sind mit Miss Evans verabredet."

Candice kommt aus ihrem Büro, sie hat die beiden schon kommen hören. „Guten Tag! Ich bin Candice Evans, Sie hatten mit mir telefoniert. Kommen Sie doch mit in unseren Besprechungsraum!"

„Bist du so nett, und machst du uns einen Kaffee?", wendet sie sich an Janet. „Kaffee ist doch in Ordnung? Was möchte ihre Tochter denn trinken?", wendet sie sich an Mrs. Hendricks.

„Wenn Sie einen Orangensaft hätten, das wäre nett", antwortet Mrs. Hendricks an der Stelle ihrer Tochter.

Janet Wilson läuft aufgeregt in die kleine Küche. Ihre ersten Kunden sind da, und sie darf sie jetzt versorgen! Mit der Kaffeemaschine hat sie schon ein paar Mal geübt, das macht sich jetzt bezahlt. Sie kommt zu Candice in den Besprechungsraum, der mit einem runden Tisch mit zehn Stühlen eingerichtet ist.

„Orangensaft haben wir leider nicht, darf es auch Kaffee für die junge Dame sein?"

Candice sieht zu dem jungen Mädchen hin, die nickt. Dann bittet sie ihre Sekretärin: „Versuch doch bitte, Säfte und andere Dinge, wie Kekse zum Beispiel, zu besorgen. Wir werden das ohnehin immer wieder benötigen."

Geschäftig eilt ihre Sekretärin davon und setzt sich an das Telefon.

Mrs. Hendricks hat hellbraunes Haar, in das sich graue Strähnen mischen, sie ist vielleicht Anfang fünfzig. Sie ist elegant gekleidet und trägt eine Brille mit einem dunklen Rahmen. Ihre Tochter Meredith mag Anfang zwanzig sein. Sie hat dunkelblonde Haare mit Locken bis zur Schulter. Sie trägt auch eine Brille und sieht ständig zu Boden. Sie ist schlank und unauffällig. Nicht besonders hübsch, aber auch nicht hässlich, insgesamt blass und farblos.

Mrs. Hendricks mustert Candice Evans. „Sie sind erheblich jünger, als ich vermutet hatte. Meinen Sie, dass Sie dieser Aufgabe gewachsen sind?"

Candice ist jetzt etwas betroffen. Sie ist so eifrig an die Aufgabe herangegangen und hat schon etliche Überlegungen für eine Lösung angestellt, und jetzt so eine Bemerkung! Sie ist auf diese Reaktion nicht vorbereitet und bemüht sich um einen gefassten Ton. „Vergessen Sie bitte nicht, dass ich Jura studiert habe, allein das sollte mich für die Aufgabe qualifizieren. Formulieren Sie doch bitte zuerst, was genau Sie von mir erwarten. Ich werde ihre Tochter bitten, mir den Fall aus ihrer Sicht zu schildern – wenn sie möchte."

Die Tochter sagt noch immer nichts und blickt weiterhin auf den Tisch. Candy meint, ein schwaches Nicken gesehen zu haben.

Sie ist ein wenig verschnupft, aber hat Mrs. Hendricks nicht recht? Sie – Candy - sieht aus, als hätte sie gerade die High-School hinter sich. „Sie können auch gerne mit meinem Partner sprechen, er hat einige Jahre Berufserfahrung, er ist im Moment unterwegs."

„Um Gottes Willen, kein Mann! Das will ich meiner Meredith nicht zumuten. Sie hat schon genug durchgemacht, nicht wahr?", sie tätschelt ihrer Tochter beruhigend die Hand. „Ich bin froh, dass Sie eine Frau sind, ich habe lange nach einer Frau als Ermittlerin gesucht. Mit meiner Bemerkung von vorhin wollte ich sie nicht verärgern. Sie sind noch blutjung, ich hatte mehr an eine Detektivin mit Haaren auf den Zähnen gedacht."

Candy ist etwas besänftigt. Obwohl, sie will den Fall nicht lösen, weil sie eine Frau ist, oder weil sie hübsch ist – wie Mike immer so frech behauptet - sondern weil sie glaubt, dass sie eine gute Ermittlerin ist. Sie muss es vor allen Dingen sich selbst zuerst beweisen.

Candy erfährt die Hintergründe zu dem Fall. Miss Hendricks erzählt in groben Zügen, leise und stockend, was ihr passiert ist. Sie hat vor vier Wochen mit zwei Freundinnen ein Theater besucht. In der Pause ist sie aus dem Hinterausgang auf die Straße gegangen, weil ihr schlecht geworden war. Auf dem Weg zurück ist sie von einem Mann in einen Abstellraum gezogen und dort vergewaltigt worden. Sie hat den Mann erkannt, er heißt Jeff Stevenson und arbeitet als Bühnengehilfe in dem Theater.

„Haben Sie ihn eindeutig erkannt?", fragt Candy ihre junge Klientin und versucht dabei, in ihr Gesicht zu sehen.

Die Tochter spricht ganz leise, Candy kann sie kaum verstehen. „Doch er war es. Ich bin völlig sicher, ich bin schon mehrmals mit meinen Freundinnen in dem Theater gewesen und habe ihn dort schon vorher gesehen."

„Aha. Kommen wir jetzt zum Kernpunkt der ganzen Geschichte. Gibt es wirklich keinen Zeugen für die Tat? Ich glaube Ihnen natürlich, letztlich zählt nur, was wir beweisen können."

Meredith schüttelt traurig ihre Locken, und ihre Mutter fährt fort. „Das ist gerade der Grund, warum wir hier bei Ihnen sind. Ich möchte, dass dieser Mistkerl zur Verantwortung gezogen wird. Ich erhoffe mir dafür Hilfe von Ihnen. Unsere Polizei ist nicht bereit, weitere Arbeit hineinzustecken."

Candy stutzt. „Sie waren also auch bei der Polizei. Haben Sie Anzeige erstattet?"

Mrs. Hendricks zieht die Augenbrauen zusammen und antwortet verärgert: „Allerdings, man hat uns jedoch klar gemacht, dass ohne Zeugen kaum etwas dabei herauskommen wird. Den jungen Mann vernahm man auch, er hat natürlich alles abgestritten."

„Was glauben Sie denn, was ich bewirken könnte?"

„Vielleicht können Sie diesem Kerl ein Geständnis entlocken - notfalls mit Gewalt, ich denke dabei an ihren Partner."

Candice nickt. „Schon... ich glaube, dass er das könnte." Candy denkt mit einem Schmunzeln an Mike, der über ordentliche Kräfte verfügt und es bei Bedarf auch versteht, einen brutalen Eindruck zu erwecken. Sie muss die Erwartung ihrer Auftraggeberin jedoch dämpfen. „Geständnisse, die unter Zwang abgegeben werden, sind vor Gericht nicht verwertbar. Was meinen Sie, wie schnell uns das der Verteidiger des Mannes um die Ohren hauen wird?"

Mrs. Hendricks nickt. „Das hat man mir bei der Polizei auch schon erzählt. Deswegen habe ich beschlossen, die weitere Suche nach Beweisen einem Privatdetektiv zu übergeben."

„Wir werden uns nach Kräften bemühen, die Aussicht auf Erfolg ist jedoch gering."

„Ja, das sehe ich ein. Was ich noch bemerken wollte: Mir ist sehr daran gelegen, dass meine Tochter so wenig wie möglich durch weitere Verhöre belästigt wird. Insbesondere keine weitere Befragung durch einen Mann."

Candy notiert sich so viele Details wir nur irgend möglich. Die Uhrzeit, Einzelheiten zu der Örtlichkeit, Informationen zu dem Vergewaltiger, und so weiter. „Ich werde morgen zum neunten Polizeirevier fahren und dort versuchen, noch weitere Details zu erhalten. Wie heißt der zuständige Detective?"

„Das ist Lieutenant Brandon. Er ist eigentlich ganz nett, aber er hat gesagt, dass er keine Ermittlungsarbeit mehr in diesen Fall stecken kann."

„Aus seiner Sicht ist das leider so. Deshalb ist es auch richtig, dass Sie zu uns gekommen sind. Ich habe schon einige

Ideen, wie wir vorgehen können, ich kann Ihnen leider nichts versprechen. Versprechen kann ich, dass es Sie etwas kosten wird. Wir rechnen mit 30 Dollar pro Tag, dazu der Ausgleich der anfallenden Kosten."

Das Geld ist jetzt nicht wichtig, wenn Mike allerdings erfahren würde, dass sie umsonst arbeiten würde, müsste sie sich von ihm wieder anhören müssen, wie wenig ihr Geld bedeutet, weil sie so viel davon hat. Er hat ja recht, das wäre auch nicht fair gegenüber anderen Detektivbüros.

Mrs. Hendricks nickt und greift in ihre Tasche. „Das ist in Ordnung. Soll ich gleich etwas bezahlen, oder rechnen wir hinterher ab?"

„Lassen Sie ihr Scheckbuch stecken, Madam, Sie bekommen eine Rechnung, wenn wir fertig sind."

Mrs. Hendricks steht auf, ihre Tochter folgt ihr mit gesenktem Kopf. „Vielen Dank, Miss Evans. Ich glaube, meine Tochter ist bei Ihnen in guten Händen. Sie wirken couragiert und kenntnisreich."

In dem Moment kommt Mike von der Straße herein. Candy ergreift die Gelegenheit, ihn ihrer Mandantin vorzustellen.

Mike steht in der Tür zum Besprechungszimmer. Mit seinen 190 cm und seinen breiten Schultern stellt er etwas dar. Er lächelt die Kundin von Candy mit seinem bezauberndsten Lächeln an und gibt ihr die Hand. „Es freut mich, dass Sie unsere Detektei ausgewählt haben, Madam!"

Candy sieht, wie Mrs. Hendricks von Mikes Charme eingelullt wird und verlegen lächelt. Ja, ihr Mike, der wickelt nicht nur sie um den Finger!

Janet Wilson bestellt noch ein Taxi für Mrs. Hendricks und ihre Tochter, dann warten sie einen Moment in ihrem Empfangsraum. Mrs. Hendricks bedankt sich immer wieder bei Mike für die nette Aufnahme in ihrem Büro. Doch er dämpft ihre Erwartungen. „Warten Sie mit Ihrem Dank, bis wir dem Vergewaltiger Ihrer Tochter die Tat nachweisen können."

Mutter und Tochter sind gerade zur Tür hinaus, da kommt ein Lieferant mit einer großen Kiste. Es sind die Artikel, die Janet Wilson in dem Lebensmittelladen in der Columbus Avenue bestellt hat. Mike nickt ihr anerkennend zu und versucht, in die Kiste zu sehen. „Das klappt ja gut. Ist auch Whisky dabei?"

Candy ergreift seine Hand und zieht ihn in ihr Büro. „Rede nicht so einen Unfug. Und nun möchte ich deine Meinung zu dem Auftrag von unserer neuen Kundin hören."

„Okay, dann erzähl mal, was ihr besprochen habt."

Candy beschreibt den ganzen Fall und lässt kein noch so geringes Detail aus.

Mike hört aufmerksam zu und hat auch einige Fragen. „Was hast du denn für Ideen für dein weiteres Vorgehen?"

„Ich will mir ein möglichst genaues Bild über den ganzen Hergang machen. Ich will mir so viele Informationen wie möglich über den Vergewaltiger besorgen. Vielleicht gibt es einen, oder mehrere Übergriffe von ihm, die nur nicht angezeigt worden sind."

Mike klopft ihr anerkennend auf die Schulter. „Ich denke, du schaffst das. Du bist genau die richtige Person dafür."

Candy strahlt, sie steht auf und ergreift Mikes Hand. „Weißt du eigentlich, wie sehr ich dich liebe?"

Mikes Antwort wird mit einem langen Kuss erstickt.

Candice war einkaufen. Sie kommt von draußen herein und trägt eine große Tüte in ihr Büro. Sie schließt die Tür, sodass Mike nicht sehen kann, was sie macht. Verdutzt sieht er auf ihr verschlossenes Büro. Das hat sie doch noch nie gemacht! Zehn Minuten später wird die Tür wieder geöffnet.

Wer kommt denn da heraus? Eine graue Maus ist es. Sie hat dunkles, gelocktes Haar, hinter einer großen Hornbrille mit dickem Rand ahnt man ein hübsches Gesicht. Eine weit geschnittene Jacke verhüllt alles, was einen Mann interessieren könnte. Ein langer, weiter Rock bedeckt den größten Teil der schlanken Beine.

Mike grinst. „Wer sind Sie denn, bitte?"

Die graue Maus lächelt. „Wie gefalle ich dir so?"

„Candy, ich bin überrascht. Das ist wirklich eine sehr gelungene Verkleidung."

„Du hast immer gesagt, dass ich viel zu sehr auffalle. Und so will ich mich in Zukunft herrichten, wenn ich jemanden verfolge. Und sieh mal, was ich hier habe!" Sie nimmt ihre Tasche von Gucci in die Hand, die an einem Riemen über ihrer Schulter hängt, und öffnet sie. „Hände hoch!", ruft sie und zieht eine kleine Pistole heraus. Es ist die Walther PPK, die sie von Eddie erhalten hat. „Siehst du, ich bin praktisch perfekt ausgestattet. Nun muss ich nur noch lernen, wie man mit dem Ding umgeht."

„Das kann schon in den nächsten Tagen beginnen. Ich habe bei dem Mann angerufen, der den Schießstand betreibt. Wir können jeden Tag kommen, außer montags."

So wird nun trainiert. Jeden Tag der nächsten Woche fahren die beiden in ihrem roten Renner für eine Stunde zu dem Schießstand in der Bronx. Schnell lernt Candice mit der kleinen Waffe umzugehen. Zuerst ist sie erschrocken über den lauten Knall und den Rückschlag, den ein Schuss verursacht, sie gewöhnt sich jedoch bald daran.

Sie stellt sich erstaunlich gut an. Mike nickt ihr anerkennend zu. „Du schießt bemerkenswert gut, für eine Frau ist das ungewöhnlich."

„Du meinst auch, ihr Männer habt die Welt erfunden!"

„Nein, nein, das nicht!", beeilt sich Mike zu korrigieren, er fügt mit einem Grinsen hinzu: „Aber wir haben das Schießen begründet!"

Die Tage sind mit viel Arbeit gefüllt. Candice recherchiert den Vergewaltigungsfall, sie kennt sich inzwischen besser damit aus, als der ermittelnde Detective.

Mike quält sich mit einem zähen Fall herum. Er soll entlastendes Material für einen jungen Mann besorgen, der im Untersuchungsgefängnis sitzt. Die Eltern sind verzweifelt, ihr Sohn soll jemanden im Zorn erschlagen haben. Sie glauben nicht daran, die Beweise sind jedoch erdrückend.

Michael Callaghan hat ihnen jedoch Mut gemacht. Er hat schon einige Zeugen aufgetrieben, die die Version des Jungen bestätigen. Es sind leider Farbige, sodass es mit der Belastbarkeit der Aussagen schlecht aussieht. Mike ist noch nicht am Ende. Diese Aussagen, die von der Polizei nicht anerkannt worden waren, werden ihn zu weiteren Beweisen führen. Das Problem ist die knappe Zeit, in zwei Wochen, Ende November, soll die Verhandlung sein.

Candy kommt mit ihren Ermittlungen zügig voran. Sie sitzt mit Mike zusammen und bespricht mit ihm die weitere Vorgehensweise. Der vermeintliche Vergewaltiger heißt Jeff Stevenson, er ist ein junger Mann von 24 Jahren und arbeitet als Bühnengehilfe im »Caroline Theatre« am 1632 Broadway.

Er verkehrt mit ein paar Freunden oft in einer Kneipe, dem »Copper Mug« in der 48. Straße West. „Ich will ihn dort aufsuchen und wie zufällig in ein Gespräch verwickeln. Vielleicht wird er mir vertrauen, und er erzählt mir Dinge, die er der Polizei verschwiegen hat", sagt Candy zaghaft.

Mike sieht sie nachdenklich an. „Ich möchte nicht, dass du das alleine machst. Aus zwei Gründen: Erstens benötigst du einen weiteren Zeugen, der seine Aussagen bestätigt - sonst ist alles, was er dir erzählt, wertlos. Zweitens möchte ich dich beschützt wissen."

Candy nickt. „Das sehe ich ein. Wie hast du dir das gedacht?"

„Ich habe schon mit Eddie darüber gesprochen. Deinen Schutz werde ich mir mit ihm teilen. Ich habe zurzeit ein paar Termine, die ich einhalten muss, deshalb stehe ich nur begrenzt zur Verfügung."

„Ja, das ist gut. Bei Eddie fühle ich mich gut aufgehoben."

Es ist früher Nachmittag, Candy fährt mit ihrem italienischen Sportwagen zum »Copper Mug«, dem Treffpunkt des mutmaßlichen Vergewaltigers und seinen Freunden. Bevor sie losfuhr, hatte sie Eddie angerufen und sich mit ihm dort verabredet.

Sie findet einen Parkplatz für ihren schnellen Wagen und geht ein paar Schritte zu der kleinen Gaststätte. Sie hat sich unauffällig mit einer dunklen Jacke und einem langen schwarzen Rock gekleidet. Das blonde Haar ist zu einem festen Knoten gesteckt.

Sie betritt die Kneipe und sieht sich um. Der Gastraum ist schmal und reicht weit nach hinten. An der linken Seite ist eine lange Theke, entlang der rechten Wand stehen einige Tische und Stühle. Das einzige Licht fällt durch ein schmutziges Fenster zur Straße in die Schankstube. Lediglich hinter der Theke brennt eine kleine Lampe an der Spüle, auf den Tischen sind Kerzen verteilt, die bei Bedarf angezündet werden können.

Wenige Gäste sitzen an den Tischen, auf einem der Barhocker sitzt krumm ein einzelner Mann. Der Barkeeper und die anderen Gäste sehen sich zu ihr um und verfolgen sie neugierig.

Tun sie das, weil sie trotz der schlichten Aufmachung immer noch auffällig gut aussieht, oder haben die Anwesenden nur Langeweile? Egal, sie setzt sich zu dem Fremden auf einen der Hocker an der Theke und sieht sich um. Am Ende des Lokals sitzen drei junge Männer, es sind die Freunde, die sie hier erwartet hatte. Sie haben aufgehört sich zu unterhalten und mustern den »Neuzugang« neugierig.

Hoffentlich kommt Eddie bald, Candy fühlt sich als einzige Frau unwohl in diesem unfreundlichen Lokal. Sie zupft an ihrer Schultertasche. Sie ist schwerer als sonst und vermittelt ihr dadurch etwas Sicherheit. Es ist die kleine blauschwarze Waffe mit ihren 1 1/2 Pfund Gewicht, mit der sie inzwischen gut umzugehen versteht.

Die jungen Männer sehen immer noch aufgeregt zu ihr hin. „Hallo, Süße! Komm doch hierher zu uns, hier bist du nicht so alleine!"

Ein heißer Schreck durchzuckt sie und Zorn kommt hoch. Verdammt! Die Männer wissen natürlich nicht, mit wem sie es zu tun haben. Ein Telefonanruf von ihr und zehn Minuten später würde die Nationalgarde hereinstürmen! Naja, jedenfalls beinahe. Sie ruft sich zur Ruhe und versucht, nur an ihre Aufgabe zu denken. Was hatte sie denn erwartet, wenn sie so ein Lokal aufsucht? Oder war es doch bloß eine Schnapsidee?

Candice sieht sich etwas frustriert um. Die Theke vor ihr ist schmutzig, auf ein paar angetrockneten Flecken klebt ihr Glas fest. Der Wirt glotzt sie an, als wäre sie die erste Frau in seiner Kneipe. Noch nie in ihrem Leben ist sie in so einer Spelunke gewesen!

Dabei ist diese Ermittlung doch eigentlich genau das, was sie sich unter ihrer Arbeit vorgestellt hatte. Und so eine Situation gehört dazu. Etwas Nervenkitzel, das hatte sie sich doch erhofft. Und nun hat sie bekommen, was sie sich gewünscht hatte. Sie konzentriert sich auf ihren Auftrag. Er erfordert viel Fingerspitzengefühl von ihr. Sie spielt mögliche Szenarien im Kopf durch und versucht, mit diesem Ort vertraut zu werden. Er hat etwas Düsteres, so wie in den Büchern von Edgar Allan Poe. Es fehlen nur die leise summenden Gaslaternen. Sie spürt ein Kribbeln in ihren Adern, es ist das beginnende Abenteuer, das ihr jetzt aus der gedrückten Stimmung heraushilft. Candice hebt die Klappe ihrer Tasche und öffnet den Reißverschluss zum Innenfach. Jetzt kann sie ihre Waffe zur Not schnell erreichen.

Die Tür zur Straße wird geöffnet und herein kommt ein Kerl mit breiten Schultern und der Statur eines Boxers. Candice atmet beruhigt aus, es ist Eddie. Er kneift ihr unauffällig ein Auge und setzt sich zwei Stühle entfernt an die Theke, seinen Hut legt er neben sich und entblößt einen fast vollständig kahlen Kopf. Sie lächelt vor sich hin. Es läuft doch alles so, wie sie es geplant hatte, nur jetzt keine Panik aufkommen lassen! Sie fasst ihre Schultertasche und geht auf den Tisch mit den jungen Männern zu. Der eine von ihnen ist Jeff Stevenson, sie erinnert sich an ein Bild in der Akte, die sie sich für diesen Fall angelegt hat. „Ist hier ein Platz frei?", fragt sie und lächelt die jungen Leute an.

Die rücken aufgeregt zur Seite und machen ihr Platz. „Auf jeden Fall, Miss. Setzen Sie sich doch!"

Der Tisch ist mit einer Wachsdecke versehen. Der unansehnliche Belag ist übersät mit kleinen Rissen und ein paar Brandflecken, die Biergläser stehen in einer kleinen Pfütze.

Die Männer mustern sie neugierig, ein bisschen unverschämt. Hat sie nicht selbst daran schuld? Schräg gegenüber von ihr sitzt Jeff Stevenson. Er ist ein junger Mann mit Brille und hat noch letzte pubertäre Pickel im Gesicht. Seine schwarzen Haare sind ungepflegt. Er versucht möglichst unauffällig zu erkennen, was sich unter ihrer geöffneten Jacke andeutet.

Seine beiden Freunde verwickeln Candice in ein Gespräch. ‚Wo kommst du denn her, wie alt bist du', wird sie gefragt.

Candice versucht, sich in der unangenehmen Atmosphäre ein freundliches Lächeln abzuringen und beantwortet die Fragen mit geschickten Ausreden. Flüchtig wirft sie einen Blick zur Theke. Eddie sitzt hinter ihr, den Rücken ihr zugewandt und keine 7 Fuß entfernt. Sie weiß, dass er aufmerksam den Gesprächen lauscht und fühlt sich nach einem kurzen Moment der Unsicherheit wieder besser.

Eigentlich will sie den schweigsamen Kerl, der ihr schräg gegenüber sitzt, zu einem Gespräch ermuntern. Sie spricht die ganze Gruppe an, um die Kontaktaufnahme mit Jeff Stevenson möglichst unauffällig einzuleiten. „Habt ihr denn keine Freundinnen? Ich meine nur, weil ihr euch so freut, mich zu sehen." Sie verschenkt ein bezauberndes Lächeln an ihre Tischnachbarn, die es begeistert annehmen.

Die jungen Männer lachen und reden munter drauf los. Lediglich Jeff Stevenson sagt kein Wort. Stumm starrt er in ihre geöffnete Jacke. Der Mann ihr gegenüber ist verlobt, und der andere hat seit einem Jahr eine feste Freundin.

Candy sieht ihr stummes Gegenüber an. Sie ergreift die Hand, die auf dem Tisch liegt. Sie spürt kurz ein Zucken, so, als wolle er ihr die Hand entziehen. „Und was ist mit dir, hast du denn eine Freundin?"

Jeff Stevenson sieht einen winzigen Moment hoch und blickt wieder irgendwo anders hin. Er spricht leise, ohne ihr in die Augen zu sehen. Candice kann es nicht verstehen. „Was hast du gesagt?", sie beugt sich weiter vor. Es wird ihr schnell klar, dass der Mann, der etwa so jung ist wie sie selbst, sehr schüchtern ist.

„Jeff lebt noch bei seiner Mutter", antwortet für ihn der Nachbar zu seiner Rechten, und grinst Candy an. Jeff sagt nichts und blickt weiter auf den Tisch.

In Jeff Wilkinson tobt ein Sturm der Gefühle. Zuerst setzt sich dieses blonde Mädchen mit der heißen Figur an seinen Tisch, dann ergreift sie seine Hand und spricht auch noch mit ihm. Verdammt, dass er jetzt seinen Mund nicht aufbekommt! Diese Beklemmung, die ihn immer in der Nähe von Frauen überfällt, macht ihn noch wahnsinnig! Er fühlt sich unwohl unter dem Blick ihrer prüfenden Augen, die ihn sicher schon durchschaut haben. Ihre Schönheit fasziniert und erregt ihn gleichermaßen. Er spürt eine harte Erektion in seiner Hose entstehen. Hoffentlich bemerkt es niemand!

Hinter Candice klappert es, sie sieht sich kurz um. Eine junge Frau mit einem Eimer in der Hand ist zu dem Barkeeper gekommen und spricht leise mit ihm. Nach ein paar Minuten verschwindet sie mit wieder in den dunklen Gefilden der Gaststätte. Candy hört Geräusche aus Richtung der Toiletten, anscheinend werden jetzt die Waschräume von der unscheinbaren Frau gereinigt.

Candice sieht Jeff Wilkinson an, ohne dass er ihren Blick erwidert. Was kann sie jetzt tun? So wie es jetzt läuft, hat sie keine Aussicht, irgendetwas zu erfahren. Wenn sie alleine wären, vielleicht. Selbst dann scheint es ihr nahezu unmöglich zu sein. Sie hat anscheinend eine zu dominierende Wirkung, die dem jungen Mann jedes Wort abschnürt. Sie wird dieses wenig fruchtbare Gespräch gleich beenden.

Die Tür zur Straße wird wieder geöffnet. Ein Mann Mitte dreißig betritt das Lokal. Er sieht sich kurz um und checkt die kleine Kneipe mit ein paar scharfen Blicken, er nimmt seinen Hut ab und setzt sich zu Eddie Costein an die Bar.

Es ist Mike! Candys Stimmung, die eben noch auf den Nullpunkt zusteuerte, schwebt wieder in rosaroten Höhen. Er sieht so gut aus! Sein kurzer Blick zu ihr trifft wie ein Sonnenstrahl aus einer dunklen Wolke mitten in ihr Herz. Sie sieht die Männer noch kurz an. „Es hat mich gefreut, eure Bekanntschaft gemacht zu haben. Nun werde ich mir noch einen Whisky an der Bar genehmigen." Detective trinken Whisky, jedenfalls ist es Mikes Lieblingsgetränk. Vielleicht sollte sie doch lieber ein Glas Saft trinken? Gibt es hier überhaupt etwas anderes als Bier?

Candice steht auf und setzt sich zu Mike an die Bar. Er sieht sie forschend an und versucht in ihren Augen zu lesen, die ihm vor ein paar Minuten noch so angstvoll vorgekommen waren.

Er gibt ihr einen Kuss. „Ich konnte es nicht abwarten, dich wiederzusehen, ich bin direkt aus dem Gericht hierhergekommen."

Candy strahlt. „Das war eine großartige Entscheidung", sie strahlt ihn mit ihren blauen Augen an.

Jeff Wilkinson hat den Vorgang genau beobachtet. Zuerst war die blonde Schlampe an ihm interessiert. Und jetzt? Kaum kommt so ein klasse Mann herein, ist er wieder ein Niemand! Sie hat nur mit ihm gespielt! So ergeht es ihm immer mit den Mädchen. Ihm bleibt nur noch, sich eine mit Gewalt zu nehmen! So wie diese Kleine neulich, am Hinterausgang seines

Theaters. Das Gezappel und die furchtsam aufgerissenen Augen gaben ihm für eine Weile Befriedigung. Jetzt muss wieder etwas passieren, und wenn er sich mit seiner Hand Erleichterung verschaffen muss! Sein Blick hängt die ganze Zeit an dieser blonden Schönheit. Jetzt küsst sie diesen Fremden auch noch! Er hält es nicht mehr aus, er springt unvermittelt auf und verschwindet im dunklen Teil der Gaststube.

Er will gerade die Tür zur Herrentoilette öffnen, da kommt die Reinemachefrau aus dem Abstellraum heraus. Er kennt sie, sie kommt einmal am Tag für eine halbe Stunde hierher. Die junge Frau ist Puerto-Ricanerin und eine entfernte Bekannte des Besitzers. Sie ist schlank und unauffällig, mit hellbrauner Hautfarbe. Ihn hat sie natürlich noch nie beachtet. So wie alle Frauen, natürlich!

Sie blickt hoch und sieht ihm erschrocken in die Augen. Dieser Blick trifft sein aufgewühltes Inneres und das Verlangen nach einer Frau wird übermächtig. In dieser Stimmung ist ihm alles egal, sie muss jetzt dran glauben! Er fasst sie hart am Arm und flüstert ihr ins Ohr: „Einen Laut, und du wirst meine Faust spüren!"

Die Frau jammert leise, als er sie in den Abstellraum zerrt, mit einer Hand öffnet er seine Hose.

Eddie sieht Mike und Candy gut gelaunt zu. Weil Mike früher gekommen ist, als erwartet, kann er zeitiger zu seiner Frau und seinen Kindern zurück. Die beiden Biere, die er getrunken hat, fordern jedoch ihren Tribut und er erhebt sich, um die Toilette aufzusuchen.

Hinter der angelehnten Tür des Abstellraumes hört er unterdrücktes Weinen, dann ertönt wieder eine leise, aber trotzdem schroffe Männerstimme. Eddie reißt die Tür auf.

Eine Frau liegt mit dem Oberkörper auf einem niedrigen Schrank. Hinter ihr steht ein Mann, seine Hose ist heruntergelassen und der blanke Hintern ist ihm zugewandt. Der Mann hat offensichtlich noch nicht bemerkt, dass die Tür geöffnet worden ist.

Das Mädchen wehrt sich mit beiden Händen und versucht vergeblich, ihren Rock hinunter zu schieben.

„Nun halte doch endlich still!", zischt der Mann dem Mädchen zu und versetzt ihr einen Schlag mit der Faust.

Eddie reagiert sofort. Mit zwei Schritten ist er hinter dem Mann und zieht ihn am Arm zurück. Er reißt ihn dabei fast vom Boden hoch und ruft der Frau zu: „Los, laufen Sie!"

Die Puerto-Ricanerin zieht den Slip hoch, lässt den Rock hinunter und läuft weinend hinaus.

„So Bürschchen, du ziehst jetzt deine Hose hoch und kommst mit!"

Der Mann ist von Eddie eingeschüchtert, denn er hält ihn wie mit einem Schraubstock am Handgelenk und zerrt ihn nach vorne in den Schankraum. Wie einen nassen Sack zieht er den jungen Mann hinter sich her. Im Lokal ist man schon aufmerksam geworden und die Gäste sehen den beiden neugierig entgegen.

Eddie blickt zu dem Barkeeper, der mit einem Handtuch gerade Gläser abtrocknet. „Rufen Sie die Polizei, sie müssen diesen jungen Mann auf das Revier mitnehmen!"

Der Barkeeper kennt die Nummer. Ohne zu zögern, wendet er sich zum Telefon.

Mike blickt Eddie und Candice an. „Lass uns an den Tisch hinten in der Ecke gehen, dort können wir den Mann schon mal ausquetschen, bis die Polizei kommt."

Nach einem kurzen Moment der atemlosen Stille unterhalten sich die wenigen Gäste wieder laut. Die beiden Freunde von Jeff Wilkinson sind aufgestanden und kommen an den Tisch in der Ecke. „Was hat Jeff denn angestellt?", fragt einer von ihnen.

„Euer Freund hat gerade versucht, eine junge Frau zu vergewaltigen. Wäre ich nicht dazu gekommen, hätte er es auch geschafft. Ich bitte euch, bis zum Eintreffen der Polizei hierzubleiben, sie werden sicher eure Personalien notieren wollen."

Die beiden Männer nicken und sehen ihren Freund nachdenklich an. Sie kennen ihn anscheinend doch nicht so gut, wie sie bisher gedacht hatten.

„Kennen Sie Meredith Hendricks?", fragt Candice, an Jeff Wilkinson gewandt.

„Wer soll das denn sein?"

Ein Blick von Candice und Eddie dreht den Arm ihres Opfers noch ein wenig weiter aus dem Gelenk.

„Aua, aua, Sie reißen mir den Arm ab!"

Eddie schmunzelt. „Solchen Strolchen wie dir reiße ich noch ganz etwas anderes ab!"

„Ehrlich, Miss. Ich weiß nicht, wer das ist!"

Candice holt ein kleines Foto aus ihrer Handtasche. „Hier, so sieht sie aus. Sie haben sie am 29. Oktober in einer Abstellkammer des Caroline Theatre vergewaltigt. Geben Sie das zu?"

Eddie hat die Armschraube noch weiter angezogen.

„Ja, ja. Ich war das. Sagen sie dem Kerl, er soll mich endlich loslassen!"

Mike sieht Candice an und sagt leise: „Du weißt, dass ein erpresstes Geständnis nicht gerichtsverwertbar ist?"

Candy nickt und antwortet ebenso leise. „Ich weiß. Wir haben nun bald die Aussage von Eddie und der jungen Frau, das genügt mir. Ich wollte es nur von ihm persönlich hören. Nun bin ich sicher, dass ich auf der richtigen Fährte bin"

Mike nickt, er kann seine Freundin gut verstehen.

Zwei Polizisten kommen herein und gehen zur Theke. Der Barkeeper weist mit dem Finger auf den Tisch in der Ecke.

Eddie steht auf und zerrt seinen »Gefangenen« hinter sich her. Candy und Mike erheben sich ebenfalls.

Sie wendet sich an einen der Cops. „Dieser Mann hier, Jeff Wilkinson, hat versucht, eine junge Frau zu vergewaltigen. Mindestens ein weiterer vollendeter Vergewaltigungsfall wird ihm zur Last gelegt. Nehmen Sie bitte seine Aussage auf, die des Zeugen und die des Opfers."

„Wer ist denn das Opfer?"

„Das ist die Frau, die hier reinigt. Der Besitzer kann Ihnen sicher Namen und Anschrift geben."

Candice wird unvermittelt schlecht. Sie fühlt sich unwohl und setzt sich hin. Mike bemerkt es und legt seinen Arm um sie. „Was ist mit dir, mein Schatz?"

Sie ist blass geworden, sie lehnt sich zurück und atmet hastig. „Ich fühle mich plötzlich so erschöpft." Sie streckt ihre Arme aus. „Sieh dir das an!" Ihre Hände zittern.

Mike drückt sie an sich. „Das ist ganz normal. Du hast die letzte Stunde unter Hochspannung gestanden, das geht gleich wieder vorbei." Er steht auf und geht zu den beiden Polizisten, die dabei sind, Jeff Wilkinson abzuführen.

„Ist es in Ordnung, wenn wir Sie jetzt verlassen? Meine Freundin fühlt sich nicht wohl."

„Das ist okay, Sie müssen uns nur ihre Personalien geben. Sie werden noch vorgeladen werden, damit wir ihre Aussagen zu Protokoll nehmen können."

Der Spuk ist vorbei. Eddie hat sich verabschiedet und fährt inzwischen mit einem der vielen Taxis nach Hause. Nun konnte er doch nicht so früh nach Hause kommen, wie er zuerst gehofft hatte. Dafür fühlt er sich gut bei dem Gedanken, dass er seinen Freunden hatte helfen können.

Candice sitzt noch auf einem Stuhl in der Kneipe und sammelt ihre Kräfte. Mike hat nur wenig Übung mit dem Autofahren, außerdem ist er ihren roten Boliden nicht gewöhnt, sodass er sich mit dem Fahren zurückhält. Candice ringt sich ein zaghaftes Lächeln ab, sie stehen auf und fahren in ihr Penthouse am Central Park.

Am Abend sitzen sie entspannt in dem großen Wohnzimmer im 10. Stock. Ihr Hauptthema ist die Überführung des Vergewaltigers.

„Meinen Glückwunsch, du hast deinen ersten größeren Fall sehr schnell beenden können."

Candy freut sich über sein Lob, scheint aber nicht ganz glücklich zu sein.

„Was ist mit dir? Du kannst doch ganz zufrieden sein."

Sie denkt einen Moment über die Antwort nach und atmet langsam ein und aus. „Du hast recht. Ich habe für die Recherchen etwa eine Woche benötigt und jetzt scheint der Fall abgeschlossen. Es fehlt lediglich die Protokollierung der Aussagen. Was mir Kummer bereitet, ist etwas ganz anderes."

Mike sieht sie prüfend an, so verzagt kennt er sie nicht. „Erzähl es mir, das hilft dir bestimmt!"

„Ich glaube, dass es meine Schuld war, dass die Frau in dem Lokal beinahe vergewaltigt worden ist."

„Rede nicht so einen Unsinn!"

„Doch, ich sehe das so. Ich habe ihn bestimmt in Erregung versetzt. Ohne mich wäre der Frau nichts passiert."

Mike greift beruhigend nach ihrer Hand. „Versuch bitte, diesen Gedanken so schnell wie möglich wieder zu vergessen.

Wenn du es nicht gewesen wärst, wäre der Kerl von einer anderen Frau erregt worden. Es war nur Pech, dass es jetzt gerade diese Frau getroffen hat."

Candy nickt schwach, sie wischt sich eine Träne aus dem Auge. „Ich wollte den Fall mit meiner Intelligenz und meiner Intuition lösen. Jetzt sieht es so aus, als wenn es nur mein Äußeres gewesen ist."

Mike schüttelt den Kopf. „Nein, das war jetzt wirklich Zufall. Ich finde, dass du das Zeug zu einer guten Detektivin hast. Du bist mutig, du bist klug und du hast das, was andere verächtlich mit weiblicher Intuition abtun."

Candice Tränen versiegen allmählich. „Meinst du das wirklich?"

„Ich bin fest überzeugt davon. Dein einziges Handicap ist dein Aussehen. Du scheinst direkt vom Titelbild einer Modezeitschrift zu kommen. So nimmt dich niemand ernst. Niemand nimmt sich die Zeit, die Candice kennenzulernen, die tief in dir steckt. Und das ist sehr schade."

Jetzt lächelt sein Schatz wieder. „Dann habe ich mit der „Verkleidung", die ich mir gekauft habe, genau das Richtige getan."

„Das stimmt. Um dich unauffällig werden zu lassen, ist eben viel Aufwand erforderlich." Er fasst sie am Arm und zieht sie ganz fest an sich.

Sie fixiert ihn mit ihren blauen Augen. „Und du, du hast wohl gar keinen Fehler?"

„Doch, mehr als du glaubst!"

„Erzähle mal, ich habe nämlich noch keinen bemerkt!"

„Na gut", Mike überlegt einen Moment. „Ich habe immer Sorge, dass ich meine Arbeit nicht gut genug mache. Manchmal denke ich sogar, dass ich versagen könnte. Obwohl - ich weiß eigentlich, dass es Unsinn ist, ich kann nicht anders." Er lächelt sie an. „Und außerdem bin ich eifersüchtig!"

Jetzt ist es an Candy, zu lachen. „Das ist jetzt wirklich Unsinn. Du bist der einzige, den ich wirklich liebe."

„So ist es eben, ich weiß das auch. Sieh dich doch an, bei dir stehen die Männer Schlange. Und eines Tages kommt jemand, der dir bestimmt besser gefällt als ich. Solche Männer wie mich, die gibt es an jeder Ecke."

„Komm mal her, du verrückter Kerl!" Der Kuss von Candy ist der schönste Beweis für den Fehler in seinem Weltbild.

Ein paar Tage später klingelt das Telefon. Es ist ein Anruf für Candice. Janet Wilson leitet inzwischen sehr geschickt die Gespräche weiter.

Kurz darauf kommt Candice aufgeregt in Mikes Büro gelaufen. „Stell dir vor, Mike, die junge Frau aus dem Copper Mug will bei der Polizei ihre Aussage nicht zu Protokoll geben! Es ist ihr unangenehm, es zu erzählen."

„Das ist allerdings ein Tiefschlag. Genügt nicht die Aussage von Eddie, der hat die beiden doch überrascht?"

Candy schüttelt betrübt ihren Kopf. „Das habe ich zuerst auch angenommen. Denk nur an Eddies Vorstrafen. Sobald der Verteidiger das herausbekommt, zerpflückt er seine Aussage in der Luft. Es wird heißen, er sei ein gekaufter Zeuge."

„Ich fürchte, du hast recht. Was willst du jetzt machen?"

„Ich weiß noch nicht. Ich hoffe, mir fällt bald etwas ein."

Später sieht er sie zu ihrer Sekretärin gehen. Es dauert eine Weile, bis sie zurückkommt. Es gibt ein bisschen Unruhe, jemand telefoniert, die beiden Frauen laufen eilig mit klappernden Absätzen hin und her. Er hat Mühe, sich auf seinen Bericht zu konzentrieren. Dann sieht Candy kurz bei ihm hinein. „Janet und ich fahren für eine Weile fort. Achtest du bitte auf das Telefon?"

Mike nickt und fühlt sich etwas überrumpelt. Auch gut, dann bekommt er seinen Bericht heute fertig und er kann das Manuskript Janet morgen zur Reinschrift geben. Sie fertigt dabei gleich zwei Durchschläge an, das hat sich als zweckmäßig erwiesen. Sie ist sehr flink mit der Schreibmaschine, es ist eine Freude, ihr dabei zuzusehen.

Zwei Stunden später kommen die beiden Damen zurück. Candice ist sichtlich zufrieden, sie unterhält sich mit ihrer Sekretärin, wie mit einer Schwester. Sie hat kaum ihre Jacke abgelegt, da steht sie schon in Mikes Büro. „Sieh mal, was ich hier habe!" Sie hat ein Blatt Papier in der Hand und hält es hoch. Stolz sprüht aus jeder Faser ihres Körpers.

„Keine Ahnung, du wirst es mir sicher jetzt sagen."

„Es ist die Aussage von der Reinmachefrau. Mir ist es mit Janets Hilfe gelungen, sie dazu zu überreden. Janet ist ein Phänomen. Sie sprach flüssig spanisch mit dem Mädchen. Dazu hat sie ein feines Gespür, sodass die Arme bald eine vollständige Zeugenaussage abgegeben hat. Wir beide haben es auch noch unterschrieben. Ich bringe es morgen zu Detective Brandon, damit ist der Fall für mich beendet."

Sie beugt sich zu ihm und fragt lächelnd: „Das habe ich doch gut gemacht, oder?"

Mike ist stolz auf seine süße Partnerin. „Wunderbar, mein Schatz. Ich freue mich ehrlich für dich!", er steht auf und nimmt sie in seine Arme.

Kofferdiebe und der gestohlene Schmuck

Es ist Ende November, das Wetter ist ungemütlich. Die Sonne ist den ganzen Tag noch nicht zu sehen gewesen, kalter Wind, der den Atem des kommenden Winters in sich trägt, fegt durch die Straßen von Manhattan.

Mike telefoniert gerade mit einem Auftraggeber, als er jemanden zur Eingangstür hereinkommen hört. Einen Moment später dringt Gelächter aus dem Büro von Janet, die Stimme des Besuchers kommt ihm bekannt vor. Kurz darauf betritt Willy sein Büro. Er strahlt über das ganze Gesicht. „Was habt ihr denn da für einen niedlichen Käfer am Empfang sitzen? Der ist genau meine Kragenweite!"

Mike schmunzelt über seinen Freund. Seit seiner Scheidung vor zwei Jahren hat er kein Mädchen mehr angesehen. Er scheint immer noch an seiner geschiedenen Frau zu hängen, obwohl sie sich von ihm getrennt hat und ihm nur Schwierigkeiten macht, wenn er ihren gemeinsamen Sohn sehen möchte. Es würde ihn freuen, wenn Willy sich aus dieser unglücklichen Beziehung auch gedanklich lösen würde.

„Das ist unsere neue Sekretärin. Aber was führt dich zu uns?"

Willy setzt sich ihm gegenüber vor den Schreibtisch und sieht sich neugierig um. „Schön habt ihr es hier. Wirklich, sehr geschmackvoll! Willst du wissen, was ich eurer Sekretärin erzählt habe? Du glaubst nicht, was mir vor ein paar Tagen passiert ist!"

„Du wirst es mir jetzt erzählen", Mike lächelt über seinen Freund. Manchmal glaubt er fast, er denkt sich die Geschichten nur aus, um seine Freunde zu erheitern.

„Ich stehe mit meinem gelben Checker-Cab an der Avenue of the Americas, an der Ecke 44. Straße, und helfe einer alten Dame beim Aussteigen. An der Ecke ist die City National Bank, wie du vielleicht weißt."

Mike schüttelt den Kopf, keiner kennt Manhattan so genau, wie sein Freund.

Willy nickt und berichtet weiter. „Ich will gerade einsteigen, da höre ich Schüsse. Ein Mann kommt aus der Bank herausgelaufen, hinter ihm ein Wachmann mit einer Waffe in der Hand. Dem Räuber gelingt es, in den vor mir wartenden Wagen zu springen, der dann mit quietschenden Reifen davon fährt. Ich sehe dem Wagen entgeistert hinterher, es gelingt mir noch, mir das Kennzeichen zu merken. Ein paar Minuten später kam die Polizei. Die haben sich sehr gefreut, dass ich ihnen helfen konnte."

Mike schmunzelt. „Es ist kaum zu glauben, was dir immer passiert. Du erlebst in den Straßen von Manhattan mehr, als wir hier in unserem langweiligen Büro."

Willy sieht ihn an und freut sich noch über sein neuestes Abenteuer. „Ich bin nicht hier, um dir meine Erlebnisse zu erzählen. Ich habe Arbeit für dich."

„Das passt vorzüglich, ich bin gerade mit einem Job fertig geworden."

„Hast du von den Kofferdiebstählen an der Grand Central Station gehört?"

„Nein, bisher noch nicht."

„Das hat vor ungefähr zwei Wochen angefangen. Inzwischen ist es richtig schlimm geworden. Bis zu fünf Koffer verschwinden jeden Tag. Meine Kollegen und ich, wir passen auf wie die Schießhunde, aber nichts ist zu sehen. Es ist zum verrückt werden! Deshalb hat sich meine Taxifirma und viele der Inhaber der kleinen Geschäfte am Bahnhof wegen der geschäftsschädigenden Diebstähle zusammengeschlossen und wollen einen Detektiv damit beauftragen. Und ich habe natürlich sofort an den besten Detektiv gedacht, den ich kenne."

Mike lacht. „Du kennst ja nur mich, oder?"

„Du hast recht. Aber im Ernst, ich halte große Stücke von dir. Wenn es einer schafft, dann du."

„Das freut mich zu hören. Habt ihr die Polizei schon eingeschaltet?"

„Ja, natürlich, das war unser erster Gedanke. Sie haben uns gesagt, sie wollen sich darum kümmern. Das ist nun schon über eine Woche her, und bisher ist nichts passiert."

Mike greift nach seinem Notizbuch. „An wen soll ich mich wenden?"

„Den Auftrag koordiniert Albert Finney, der Detektiv vom Grand Central Hotel, das ist in der 42. Straße Ost, direkt am Bahnhof. Ich gebe dir mal seine Telefonnummer."

„Fein, ich werde nachher bei dem Mann anrufen."

„Sehr gut. Dann werde ich jetzt wieder fahren, ich habe noch eine Stunde Dienst."

Bevor er das Büro verlässt, hört Mike noch, wie er sich ein paar Minuten mit Janet unterhält.

Mike blickt auf den Zettel mit der Telefonnummer. Er wünscht sich, mal wieder einen Fall mit Candice gemeinsam bearbeiten zu können, vielleicht klappt es dieses Mal. Er erreicht den Hoteldetektiv eine Stunde später am Telefon.

„Das ist schön, dass Sie sich melden, ich hatte nicht so bald damit gerechnet. Ich habe schon von Ihnen in der Presse gelesen, es freut mich, dass Sie sich auch um so geringfügige Fälle kümmern."

Mike wiegelt ab. „Das ist zu viel der Ehre. Ich mache meine Arbeit, wie meine Kollegen auch. Ich würde Sie gerne bald aufsuchen. Wann passt es Ihnen?"

Sie vereinbaren einen Termin gleich am nächsten Morgen.

Mr. Finney ist ein schlanker Mann Mitte fünfzig. Er trägt eine Brille mit Goldrand, seine dunklen Haare, die erste Spuren von grauen Strähnen zeigen, sind noch vollständig vorhanden. Er begrüßt Michael Callaghan mit einem kräftigen Handschlag. „Setzen Sie sich. Es freut mich, dass Sie so schnell kommen konnten. Möchten Sie etwas trinken, vielleicht einen Kaffee?"

Mike bittet um einen Kaffee, dann geht es ans Eingemachte. Er erfährt, dass in den letzten 14 Tagen über dreißig Koffer verschwunden sind. Die Täter gehen offensichtlich sehr raffiniert vor, bisher hat niemand irgendetwas gesehen.

„Wo finden die Diebstähle statt? Nur in der Halle, draußen an den Taxiständen, oder wo?"

„Das ist sehr gemischt. Die Koffer werden abgestellt und sind nach kaum einer Minute wie vom Erdboden verschluckt."

„Was ist denn bisher unternommen worden?"

„Wir haben alle Diebstähle protokolliert. Ich kann ihnen nachher den Ordner zur Einsichtnahme geben. Ich habe mich selbst eine Weile im Bereich des Grand Central Terminals aufgehalten, ich habe nichts bemerken können. Es muss sich jemand die Zeit nehmen und die Vorgänge ein paar Tage lang beobachten. Die Geschäftsleute haben zusammengelegt und zusammen mit der Versicherung der Checker Cab Corporation zweihundert Dollar zusammenbekommen, die Sie sich jetzt verdienen können."

Mike nimmt sich den Ordner mit den Aussagen und setzt sich damit in den Frühstücksraum des Hotels. Mit einer Tasse Kaffee und einigen Zigaretten kämpft er sich durch die vielen Protokolle. Sie ähneln sich alle irgendwie. Man stellte die Koffer ab und wandte sich kurz ab. Einen Moment später waren sie verschwunden. Immer wieder liest sich Mike die Aussagen durch. Bei einigen findet er einen Hinweis auf einen Trubel, wie eine laute Streiterei, die die Besitzer der Koffer und ihre Begleiter abgelenkt hatte. Das ist doch ein Hinweis! Das ist ein typisches Ablenkungsmanöver. Nun wird er sich viel Zeit nehmen müssen und die Gegend um den Bahnhof akribisch beobachten.

Mike gibt den Ordner bei Mr. Finney ab und geht über die 42. Straße zu dem riesigen Bahnhof hinüber. Das Grand Central Terminal ist mit 67 Gleisen in zwei Ebenen der größte Bahnhof der Welt. Mehr als eine halbe Million Reisende benutzen ihn täglich. Bei so vielen Menschen gibt es immer Diebstähle aus Taschen und von ganzen Koffern. Die Zunahme in den letzten beiden Wochen ist allerdings auffällig und lässt auf eine organisierte Bande schließen. Das Gewühl der Menschen erschwert eine Beobachtung. Mike stellt sich schon mal auf einige Tage Beobachtung ein. Zuerst verschafft er sich einen Überblick, er prägt sich den Betrieb des Bahnhofes ein. Wo sind die Taxistände, was sind die wichtigsten Wege der Reisenden? Der ganze erste Tag geht dabei drauf, mit den Verhältnissen vertraut zu werden. Das riesige Gelände des Bahnhofes ist mit einer Person nicht zu kontrollieren. Er muss entweder viel Glück oder eine gute Idee haben. Er hofft, dass er Candice dazu bewegen kann, ihn hier zu unterstützen, für eine Person ist es zu viel.

Am Abend ist Candice in ihrem Büro. Ihre Sekretärin Janet ist, wie üblich um diese Zeit, schon fort. Mike sitzt auf Candys Besucherstuhl und erzählt ihr von der mühsamen Ermittlungsarbeit am Bahnhof.

Sie hat auch etwas Neues für ihn. „Kennst du die Central Manhattan Insurance?"

Mike schüttelt den Kopf.

„Du kannst dich doch sicher noch an den Schmuckdiebstahl bei dem Juwelier Martin im Rockefeller Center erinnern?"

„Natürlich. Das ist jetzt etwa vier Wochen her und stand damals in allen Zeitungen."

„Genau das meine ich. Und heute hat mich ein Steven Haggrath von der Central Manhattan Insurance angerufen. Man hatte die Täter sehr schnell gefasst, der Schmuck jedoch war und blieb verschwunden. Es gibt auch einen oder mehrere Unbekannte, die bis heute nicht identifiziert werden konnten. Und dieser fehlende Schmuck, um den soll ich mich kümmern."

„Ich hatte gehofft, dass du mir bei der Suche nach den Kofferdieben helfen könntest, das sieht jetzt schlecht aus."

Candice sieht ihn betrübt an. „Ja, das ist schade, ich hätte liebend gern mal wieder etwas mit dir gemeinsam untersucht. Mir bedeutet die Wiederbeschaffung des Schmuckes eine Menge, der Juwelier ist ein alter Freund der Familie, er rechnet fest mit mir."

„Doch, das kann ich nachvollziehen. Ich wünsche dir, dass du erfolgreich sein wirst."

„Ja, das hoffe ich auch. Wie stehe ich da, wenn ich Mister Martin sagen muss, dass ich nicht in der Lage bin, den Fall zu lösen?"

„Du Ärmste, aber so weit ist es noch nicht. Nur zu, du schaffst das!"

Candy lächelt ihn an und Mike wird warm ums Herz.

„Die Polizei ist an der Beschaffung des Schmuckes nicht interessiert. Sie haben die beiden Täter gefasst, die Suche nach den Hintermännern ist inzwischen eingestellt worden. Ich kenne den Juwelier auch gut, ich möchte ihn nicht enttäuschen."

Mike schmunzelt. „Gibt es in Manhattan Juweliere, die du nicht kennst?"

„Mike Callaghan, du bist ein Esel! Du wirst dich wohl nie an meinen Reichtum gewöhnen!"

Mike lächelt sie an. „Ich fürchte, nein. Obwohl, etwas Geld scheint nicht zu schaden!"

Candice schüttelt ihren Kopf, dann hebt sie ihren Arm. „Siehst du die Uhr? Die ist auch beim Juwelier Martin gekauft worden."

Mike ergreift ihre Hand und sieht sich das goldene Kleinod an. „Du trägst eine Armbanduhr von Cartier, wie könnte es auch anders sein? Du bist eben doch mein Goldstück!"

Candy lächelt zurück, dann wird sie ernsthaft. „Morgen wird mich Mr. Haggrath aufsuchen. Er will mir alle Informationen geben, die er hat. Ich habe mir auch schon die Adresse vom Gefängnis in Brooklyn geben lassen, wo die beiden Verhafteten sitzen. Ich denke, ich werde sie zuerst befragen."

Mike ergreift liebevoll ihre Hand, ihre vor Eifer strahlenden Augen lassen sie noch hübscher erscheinen. „Du schaffst das, ich weiß es!"

Er stellt sich besser nicht vor, wie Candy im Untersuchungsgefängnis von den Verbrechern angestarrt werden wird.

Am nächsten Morgen ist Mike am Grand Central Terminal. Es herrscht wie jeden Tag ein unübersehbares Gewühl. Die große Halle hat eine Fläche von 33400 Quadratfuß (3100 m2), sie ist umgeben von kleinen Geschäften. In der Mitte steht der Informationsstand, der schon von weitem an der von allen Richtungen ablesbaren Uhr zu erkennen ist. Auf beiden Seiten der gewaltigen Halle ist eine Empore, auf der sich je ein Café befindet. Mike hat sich sein Fernglas eingesteckt und geht nun die breite Treppe hinauf. Er setzt sich mit einem Kaffee an die Brüstung. Anstatt sich mit einem Partner zu unterhalten oder in der Zeitung zu lesen, wie die meisten anderen Gäste, sieht er aufmerksam in die Halle hinunter.

Zuerst muss er sich an die riesigen Menschenmengen gewöhnen, ein Ameisenhaufen ist nichts dagegen. Pro Tag benutzen eine halbe Million Passagiere den Bahnhof, das sind im Durchschnitt 20,000 pro Stunde, in manchen Stunden sind es über 60,000 Fahrgäste. Reisende eilen umher, mit und ohne Gepäck. An dem großen Informationsstand in der Mitte stehen mitunter lange Schlangen von Fahrgästen. Auch sie haben einige Koffer dabei, die sie beim Warten absetzen. Die Beobachtung aus der Höhe ist sehr bequem. Um die Menschen am anderen Ende der Halle zu erkennen, benutzt er das Fernglas.

Die Zeit vergeht, Mike hat bereits mehrere Kaffees und einige Brownies zu sich genommen. Ein paar Mal ist ihm ein Reisender mit einem sehr großen Koffer aufgefallen, das mag jedoch Zufall gewesen sein.

Da, jetzt sieht er ihn wieder. Er ist sich sicher, dass es derselbe Mann ist, den er jetzt schon dreimal gesehen hat. Das ist wirklich seltsam, ein Fahrgast kommt oder geht und dann ist er fort. Wieso sollte jemand mehrmals am Tag, noch dazu mit großem Gepäck, unterwegs sein?

Der Mann verlässt durch eine der Türen das Terminal. Mike springt auf und rast in großen Sätzen die Treppe hinunter, was wegen der vielen Menschen nicht so schnell möglich ist, wie er es gerne gehabt hätte. Der Mann ist fort, draußen auf dem Bürgersteig ist er im Gewühl der Menschen untergetaucht. Etwas frustriert kehrt Mike zu seinem Beobachtungsposten zurück, bis zum Abend sieht er den Mann nicht wieder. Er verlässt das Café und geht zum Informationszentrum. Von Detective Finney hat er erfahren, dass die gestohlenen Koffer am Informationsstand gemeldet werden. Von dort erhält der Kaufhausdetektiv jeden Abend die Anzeigen der Reisenden, um sie zu sammeln und auszuwerten.

Mike stellt sich an das Fensterchen des Informationsstandes. Dahinter sitzen mehrere Damen, die meisten sind Schwarze. Sie haben eine Flut von Kursbüchern und Prospekten um sich herum liegen.

Die Dame vor seinem Fenster dreht sich jetzt zu ihm. „Was haben Sie für einen Wunsch?"

„Guten Tag. Ich untersuche die Kofferdiebstähle im Auftrag von Mr. Finney. Können Sie mir sagen, wie viele heute gemeldet worden sind?"

Die Schwarze dreht sich zu einer Kollegin um und spricht mit ihr. Die gibt ihr einige Zettel in die Hand, dann wendet sie sich wieder zu Michael Callaghan, sie blickt auf die Protokolle und zählt sie. „Es sind bis jetzt vier gewesen!"

Mike bedankt sich und verlässt nachdenklich den Bahnhof. Vier waren es also und er hat nichts mitbekommen. Er nimmt sich vor, morgen auf den Mann mit dem großen Koffer zu achten, falls er denn wieder kommen sollte.

Als Mike in die Detektei zurückkehrt, ist Candice alleine. Sie sitzt über zwei Ordnern und hält eine Tasse Kaffee in der Hand. Zuerst gibt es den lange vermissten Kuss. „Wie gefällt es dir im Büro?"

Candy lacht und klagt. „Das Lesen der Protokolle ist wirklich sehr öde!"

„Ich habe es dir immer gesagt, Detektiv zu sein ist nicht immer spannend, oft ist es langweilige Routine."

„Das stimmt, leider. Ich habe mir bisher ein gutes Bild von dem Diebstahl machen können. Ich habe eine Menge Fragen notiert. Morgen habe ich mich mit Detective Willers vom 10. Polizeirevier verabredet, um meine Punkte mit ihm durchzugehen."

„Sieht er gut aus?"

„Mike Callaghan, fang nicht wieder damit an. Du bist der einzige Mann in meinem Leben. Das ist so und das bleibt so. Komm her!" Sie streckt ihre Arme aus und Mike genießt ihre warme Umarmung.

Am nächsten Morgen betreten Mike und Candy ihr Büro. Janet ist bereits fleißig und hat Kaffee aufgesetzt. Der aromatische Duft ist schon vor der Eingangstür wahrzunehmen.

„Janet, du bist ein Schatz. Was sollen wir bloß ohne dich anfangen?" Mikes Charme lässt die Augen ihrer fleißigen Sekretärin leuchten.

„Vielen Dank, Mike. Ich habe euch zu danken. So eine angenehme Atmosphäre zum Arbeiten findet man nicht so leicht!"

Candy mischt sich ein. „Das beruht auf Gegenseitigkeit. Wir haben dafür eine ausgezeichnete Sekretärin bekommen, die mehr ist als nur eine Schreibkraft."

Janet Wilson strahlt über das ganze Gesicht, dann wird sie sachlich: „Mike, gestern war ein Anruf für dich. Ein Mister Hunnicut vom Kaufhaus Macy's wollte dich sprechen."

„Macy's? Das ist doch mehr etwas für Candy. Sie kennt sich mit Kaufhäusern besser aus, als ich."

Gerade noch kann Mike ihrer kleinen Faust ausweichen.

Janet lächelt und geht kopfschüttelnd in ihr kleines Reich am Eingang.

„Vielen Dank, Janet, ich werde ihn heute im Laufe des Tages anrufen", ruft ihr Mike noch nach.

Er befindet sich wieder im Grand Central Terminal. Heute will er versuchen, den Mann mit dem großen Koffer wiederzufinden. Er kann nur hoffen, dass er auch heute wieder hier ist. Deshalb setzt er sich nicht in das Café auf der Empore, sondern läuft ohne Pause durch die Gänge des Bahnhofes. Er kontrolliert die Taxistände, den Informationsstand und die Warteräume. Fast zwei Stunden und gefühlte zwanzig Meilen später findet er den Mann. Er steht in einer abgelegenen Ecke und spricht mit zwei weiteren Männern. Sofort bremst Mike seinen flotten Schritt und geht langsam weiter, immer einen Blick auf die kleine Gruppe gerichtet. Er passt sich den anderen Reisenden an und lässt sich mit dem steten Strom der Passagiere mitnehmen. Mal in die eine Richtung, dann wieder zurück, immer an den drei Männern vorbei.

Jetzt sind sie fertig mit ihrem Gespräch und gehen auseinander. Mike heftet sich an die Fersen des Mannes mit dem Koffer, dessen Kollegen oder besser Komplizen, gehen gemeinsam fort.

Der Mann mit dem Koffer mag vielleicht Ende zwanzig sein Er ist schlank und unauffällig gekleidet. Der Koffer scheint trotz der Größe wenig zu wiegen, leicht trägt er ihn, ohne sich anzustrengen. Er verlässt den Bahnhof zum Taxistand an der Ecke 43. Straße mit der Vanderbilt Avenue. Dort steht eine Gruppe Reisende und spricht mit zwei Taxifahrern. Der Mann mit dem Koffer geht auf das Gepäck zu, das neben den Taxis auf dem Bürgersteig steht und bleibt in etwa fünf Schritt Entfernung stehen. Er gibt sich unbeteiligt und blickt den Bürgersteig hinunter.

Plötzlich entsteht ein großer Lärm, zwei Männer pöbeln sich lautstark an. Kurz blickt Mike dorthin, es sind die beiden Männer, die zu dem Mann mit dem Koffer zu gehören scheinen. Jetzt tauschen sie erste Schläge miteinander aus und schreien sich unentwegt an.

Mike lasst sich nicht, wie die anderen, davon ablenken und konzentriert sich auf den großen Koffer. Der Mann hebt ihn hoch und nutzt den Moment der Ablenkung, um sich direkt neben das auf dem Bürgersteig stehende Gepäck zu stellen. Er hebt seinen Koffer noch höher und stülpt ihn rasch über einen der Koffer.

Mike klappt fast der Unterkiefer herunter. Das ist unglaublich! Der Koffer hat offenbar keinen Boden und ist völlig leer. Keine Sekunde später hebt der Mann seinen Koffer und geht fort, den fremden Koffer in seinem eigenen verborgen.

Mike folgt ihm. Der Mann hat jetzt deutlich schwerer zu tragen. Er geht ein Stück die Vanderbilt Avenue entlang und bleibt vor einem schwarzen Ford Station Wagon stehen. Er öffnet die Heckklappe des Autos, dann fummelt er an dem Griff seines übergestülpten Koffers herum und nimmt ihn ab. Er greift nach dem gestohlenen Koffer darunter und stellt ihn zu zwei weiteren in den Gepäckraum des Fords. Er schließt die Klappe und wendet sich seinem jetzt leeren Koffer zu. Er dreht ihn um und sieht von unten hinein, er fummelt darin herum, offenbar muss er einen Verriegelungsmechanismus neu aktivieren. Er nimmt ihn und geht zum Eingang des Bahnhofes zurück. Vor den Flügeltüren kann Mike seine Kumpane sehen, die sich merkwürdig schnell vertragen haben und verschwindet mit ihnen im Bahnhof.

Mike hat genug gesehen. Er schreibt sich das Kennzeichen des Wagens auf und geht rasch zum Grand Hotel zurück.

„Albert, rufen Sie die Polizei!", ruft Mike dem Hoteldetektiv schon zu, sobald er sein Büro betritt. Dann erzählt er dem verblüfften Detektiv von seinen Beobachtungen.

„Den Koffer muss ich mir mal aus der Nähe ansehen. Meinen Glückwunsch zu der raschen Klärung des Falles. Sie haben sich die Prämie schnell verdient, meine Hochachtung! Sobald die Diebe verhaftet worden sind, kann ich Ihnen das Geld auszahlen."

Es klopft an der Tür und zwei Polizisten kommen herein.

„Gut, dass Sie so schnell gekommen sind, Officer. Folgen Sie bitte meinem Kollegen, der wird ihnen die Diebe zeigen. Ich komme gleich nach, wir dürfen keine Zeit verlieren."

Mike eilt voraus, die beiden Cops folgen ihm. Unten auf der Straße bittet er sie, zu warten und erst auf sein Handzeichen einzugreifen.

Der Station Wagon steht noch an seinem Platz. Mike kreuzt die Straße und geht auf dem Bürgersteig der anderen Seite unauffällig hin und her. Nach zehn Minuten taucht der Mann mit dem Koffer wieder auf. Albert Finney kann er auch sehen, der kommt auf ihn zu und tritt hinter den Mann, der gerade einen weiteren gestohlenen Koffer in den Wagen stellt. Mike sieht, wie Mr. Finney eine Waffe zieht. Der Hoteldetektiv agiert zu früh, denn die Komplizen sind noch nicht in der Nähe. Mike läuft über die Straße und ruft:

„Schnell, Mr. Finney! Setzen Sie sich mit dem Dieb in den Wagen, wir müssen noch auf seine Komplizen warten."

Jetzt geht es Schlag auf Schlag. Die beiden Helfer kommen gerade aus dem Bahnhof heraus. Sie sehen, wie ihr dritter Mann gerade vor der Waffe des Hoteldetektivs in ihren Wagen steigt. Sie zögern, Mike hebt seinen Arm und gibt den Polizisten das vereinbarte Zeichen. Die laufen daraufhin los. Mike läuft so schnell er kann hinter den beiden Dieben her und ruft: „Das sind sie, haltet sie fest!"

Es gelingt den Cops, einen der beiden zu fassen, der zweite entkommt ihnen.

Was nun folgt, ist die übliche Routine. Die gefassten Diebe werden abgeführt, die gestohlenen Koffer werden sichergestellt.

Albert Finney hat seine Waffe eingesteckt und gratuliert Mike zu dem raschen Erfolg. „Wenn Sie jetzt mit mir kommen können, kann ich ihnen das Geld gleich mitgeben." Er sieht Mike an und ergänzt: „Den dritten Dieb fangen wir sicher in den nächsten Tagen. Erfahrungsgemäß verpfeifen die gefassten Verbrecher ihren Komplizen, der bleibt nicht lange frei."

Mike glaubt jedoch, dass sie die drei Gauner gleich hätten fassen können, wenn der Hoteldetektiv besonnener gehandelt hätte.

Mr. Finney wendet sich zum Wagen. „Den Koffer will ich mir noch ansehen, das ist ein sehr interessantes Teil." Er ergreift den umgebauten Koffer und hebt ihn hoch. Mike und er blicken hinein und sehen Riegel in der Nähe des offenen Bodens, die mit einem Hebel am Griff bedient werden können.

„Sehr geschickt, darin wären, ohne ihr Eingreifen, noch viele Koffer verschwunden."

Mike nickt. „Vielen Dank für Ihr Lob. Ich denke, ich habe einfach Glück gehabt. Das Ablenkungsmanöver ist der älteste Trick der Welt, das haben wir schon im Krieg so betrieben."

Mike Callaghan kommt noch mit in das Büro des Hoteldetektivs und steckt sich zufrieden die Belohnung ein.

Es ist früher Nachmittag, als er in ihrer Detektei eintrifft. Janet ist gerade dabei, die Schreibmaschine mit einer Haube abzudecken.

„Das ist schön, dass ich dich noch treffe, Mike. Ich soll dir von Candy ausrichten, dass sie wahrscheinlich spät zurückkommen wird. Ich muss jetzt leider schon gehen. Du weißt ja, meine Kinder."

„Das ist kein Problem. Vielen Dank für die Nachricht und einen schönen Feierabend!"

Zwei Wochen später erfährt Mike Callaghan, dass man den dritten Mann der Kofferdiebe noch nicht gefasst hat. Das sei besonders ärgerlich, da es sich bei dem Mann um den Kopf der

Bande handeln soll. Man hat über die beiden Komplizen den Namen erfahren. Er soll Nick Costa heißen.

Nick Costa? In Mike ruft der Name Erinnerungen an einen vorigen Fall hervor. Dort war ein Mann mit dem Namen das Mitglied einer Heroin-Schmugglerbande gewesen.

Der Weihnachtsmann

Mike hat jetzt etwas Zeit und sucht sich die Notiz des Telefonanrufes vom Kaufhaus Macy's heraus.

Es meldet sich ein Mr. Hunnicut. „Mr. Callaghan, das ist nett, von Ihnen zu hören. Wir haben einen Auftrag für Sie und wir würden uns freuen, wenn es Ihre Zeit erlauben würde, ihn anzunehmen."

„Sie haben Glück. Ich habe eben einen Fall früher als erwartet beenden können und stehe Ihnen deshalb sofort zur Verfügung. Worum geht es denn?"

Wir möchten, dass Sie im Vorfeld der Geldtransporte, die in der Weihnachtszeit bei uns häufiger und mit größeren Geldmengen stattfinden, das gesamte Umfeld unseres Kaufhauses auf verdächtige Personen und Handlungen beobachten. Sie wissen ja, die Polizei wird erst aktiv, wenn sich das Verbrechen bereits ereignet hat. Wir versuchen, das Verbrechen gar nicht erst stattfinden zu lassen."

Weihnachten! Mike hatte es über der Arbeit irgendwie verdrängt. Er muss sich noch ein Weihnachtsgeschenk für Candy einfallen lassen. Das ist besonders schwierig, was soll man jemandem schenken, der sich alles leisten kann? Es muss etwas ganz Persönliches sein.

„Mr. Callaghan, sind Sie noch da?"

„Entschuldigen Sie bitte, ich war eben etwas abwesend."

„Wann können Sie kommen? Ich möchte Sie in unser Kaufhaus und seine Umgebung einführen."

Mike überlegt einen Moment. Er muss noch den Abschlussbericht für die Kofferdiebstähle erledigen, danach würde es gut passen. „Wie wäre es übermorgen, am vierten Dezember?"

„Das ist ausgezeichnet. Ich freue mich schon auf die Zusammenarbeit mit Ihnen!"

Mike hat gerade den Hörer aufgelegt, da hört er jemanden an der Tür. Es ist Candy. Er verlässt sein Büro, da stürzt sie schon in seine Arme.

„Mike!"

Er genießt einen langen Kuss und ihren schlanken Körper in seinen Armen. Sie sieht mit strahlenden blauen Augen zu ihm hoch. „Ich bin heute einen großen Schritt vorwärts gekommen. Ich habe von Robert eine Menge erfahren."

„Was für ein Robert?"

„Entschuldige bitte. Ich meine Lieutenant Robert Willers. Er ist Detective im 10. Polizeirevier, das ist in Midtown Manhattan."

„Gehört nicht auch das Kaufhaus Macy's in seinen Bereich?"

„Wie kommst du darauf?"

Mike erzählt ihr von dem Telefongespräch mit Mr. Hunnicut, dem Sicherheitschef vom Kaufhaus Macy's.

„Das klingt hübsch. Die schmücken zu Weihnachten ihr Kaufhaus immer besonders prunkvoll."

„Ich werde eher draußen auf den Bürgersteigen zu tun haben."

„Das ist doch genauso gut. Das ist nicht weit vom Rockefeller Center entfernt, dann hast du die Möglichkeit, dir den riesigen Weihnachtsbaum und den geschmückten Rockefeller Plaza anzusehen."

Candy fällt etwas ein, sie bekommt leuchtende Augen. „Oh, ja, Mike! Lass uns nachher dort bummeln gehen. Am Abend ist dort alles weihnachtlich erleuchtet. Das wird wunderschön!"

Wie kann er ihr etwas abschlagen? Er hatte von dem großen Weihnachtsbaum immer in der Zeitung gelesen. Der Baum wird schon seit vierzehn Jahren aufgestellt, und jedes Jahr erhält der große Christbaum mehr Aufmerksamkeit. Und mit einem süßen Mädchen im Arm wird es noch doppelt so schön! „Klar, ich bin dabei. Gehen wir vorher noch in deine Wohnung?"

„Nein, nicht meinetwegen. Ich habe einen warmen Mantel dabei, und du?"

Mike hat, seitdem er die Kofferdiebe verfolgt, eine warme Jacke im Büro. Er holt sie sich und zieht sie sich an, Candy hatte noch gar nicht abgelegt, seitdem sie hereingekommen ist.

Es ist jetzt 4:15 am Nachmittag, die Sonne nähert sich bereits dem Horizont, ein roter Schimmer des Himmels spiegelt sich in den vielen Fensterscheiben.

Mike bestellt ein Taxi, mit dem sie dann wenige Minuten später in südlicher Richtung nach Midtown Manhattan fahren. Als sie dort ankommen, ist die Sonne untergegangen. Der Himmel wird zunehmend dunkler und lässt die weihnachtliche Beleuchtung immer heller hervortreten. In den Zweigen der Bäume am Rockefeller Plaza sind Lichterketten befestigt und zeigen wie leuchtende Finger in den dunklen Abendhimmel.

Als Candy den geschmückten und beleuchteten Christbaum vor dem Rockefeller Center sieht, entfährt ihr ein leiser Ausruf. „Mike, sieh doch nur. Ist das nicht wunderschön!"

Mike hält sie im Arm und freut sich mit ihr. Der Baum mag etwa 80 Fuß (25 Meter) hoch sein. Er ist von oben bis unten übersät mit bunten Lichtern und üppig geschmückt. Der Platz um den Baum herum ist mit Menschen übersät, die wie Candy und er dieses Kunstwerk genießen.

Hand in Hand schlendern sie an den Schaufenstern entlang und bleiben immer wieder stehen, um die Auslagen und den weihnachtlichen Schmuck zu bestaunen. Mike ist glücklich, er spürt ihre kleine Hand, die sich liebevoll mit seiner verschlungen hat.

Candy bleibt vor einer langen Reihe Schaufenster stehen. Goldene und silberne Girlanden glitzern im Licht vieler kleiner Lampen. Beinahe noch stärker als das viele Lametta, glitzern die Auslagen im Schaufenster. Sie stehen vor dem Juweliergeschäft Martin.

„Ist das nicht der Juwelier, der kürzlich ausgeraubt wurde?"

„Ja, ich werde mich morgen mit ihm treffen. Ich habe viele Fragen an ihn."

Es fängt langsam an zu schneien. Kleine und wenige Flocken fallen aus dem dunklen Himmel herab und funkeln wie Diamanten, wenn sie in das Licht der weihnachtlichen Beleuchtung geraten.

„Ich möchte dich heute zum Essen einladen", sagt Mike. „Aus zwei Gründen: Erstens habe ich heute gut verdient und zweitens bin ich jetzt gerade ganz besonders glücklich." Er spürt einen liebevollen Druck ihrer zarten Hand.

***

Captain Wilkinson und seine hübsche Begleiterin stehen nur wenige Minuten später ebenfalls vor den Auslagen des Juweliergeschäftes Martin.

„Sieh doch nur, Eric! Dort hinten, die hübschen Armreifen!" Seine Freundin zeigt mit dem Finger auf eine Gruppe mit golden glänzendem Geschmeide.

„Such dir etwas aus, wir haben bald Weihnachten!"

„Du bist ein Schatz!" Sie dreht sich um und küsst ihn auf die Wange.

Er vergöttert seine schöne Freundin. Er möchte ihr so viel schenken! Den Schmuck von dem Überfall in genau diesem Laden vor vier Wochen hat sein Mittelsmann in San Francisco gut zu Geld machen können. Von dem nominellen Wert von 140,000 Dollar hat er inzwischen über 50,000 Dollar erhalten. Das ist sehr viel, es reichte jedoch gerade, seine Schulden und sein überzogenes Konto auszugleichen.

Er muss jetzt einen richtig großen Coup landen. Einen, der so groß ist, dass diese zermürbenden Sorgen endlich ein Ende haben. Dann könnte er vielleicht sogar den Polizeidienst beenden und mit seiner Freundin nach Californien ziehen. Obwohl, dann wird das Geld, so viel es auch sein mag, bald aufgebraucht sein.

Es läuft ihm eiskalt den Rücken herunter, wenn er sich ausmalt, dass seine Verbrechen eines Tages entdeckt werden könnten. Er, ein anerkannter Hüter des Gesetzes, würde auf die gleiche Stufe gestellt werden, wie diejenigen, die er sein halbes Leben lang gejagt hat. Soweit kann, nein, soweit wird es nicht kommen. Er weiß bis ins letzte Detail, wie die Verbrecher gefangen werden. Er kennt ihre typischen Fehler und er weiß, welche Methoden bei der Spurensuche angewandt werden. Falls doch etwas schief laufen sollte, könnte er in den Verlauf der Fahndung eingreifen. Er ist der Erste, der alles erfährt, bei ihm laufen die Fäden zusammen!

Aus seinem Unterbewusstsein drängen quälende Stimmen hervor. Es sind die unterdrückten Formen und Stempel seiner Kindheit und seiner wohlbehüteten Erziehung. Irgendetwas in ihm sträubt sich gegen seine Pläne und verursacht unklare Ängste. Es sind die Prägungen und Ausformungen durch sein geordnetes Elternhaus, die ihm bei der Umsetzung seiner skrupellosen Pläne im Wege sind. Wie weit würde er gehen? Bis zum Mord? Er schüttelt seinen Kopf. Nein, soweit nicht. Wirklich nicht?

Er sieht zu seiner Freundin, ihre kunstvoll frisierten Haare fallen auf den Pelz ihrer Jacke, ihre Augen strahlen beim Blick in die Schaufenster. Und sie gehört ihm, ihm ganz allein, mit ihrem hübschen Gesicht und ihrem schlanken Leib.

Seine dunklen Ahnungen und unterdrückten Ängste treten für einen Moment zurück. Im Schaufenster sieht er sich lächeln, es ist ein unheimlicher Glanz in seinen Augen. Gut, dass seine Freundin das jetzt nicht bemerkt.

***

Zwei Tage später steigt Mike Callaghan in der 34. Straße aus einem Taxi. Hector Hunnicut, der Sicherheitschef des Kaufhauses Macy, hat sein Büro im dritten Stock. Es dauert eine Weile, bis Mike dorthin findet. Das Kaufhaus ist riesig. Zehn Stockwerke und ein ganzer Block zwischen der 34. und 35. Straße West zu den langen Seiten und dem Broadway und der 7. Avenue zu den schmalen Seiten, bilden das größte Kaufhaus der Welt. Auf allen Stockwerken summt es wie in einem Bienenstock. An der Weihnachtsdekoration wird zum Teil noch gearbeitet. Das meiste ist fertig und zieht mit seinen Girlanden, Tannenzweigen und glitzerndem Schmuck die Augen der Kinder und der Erwachsenen auf sich.

Schließlich findet er das Büro. Mr. Hunnicut ist ein sympathisch wirkender Herr Ende vierzig, der Mike freundlich begrüßt. „Es freut mich sehr, Sie endlich kennenzulernen. Ihr guter Ruf durch den Erfolg im Kampf gegen den Heroinschmuggel eilt Ihnen voraus."

Mike ergreift die Hand und schüttelt sie. Insgeheim schüttelt er auch seinen Kopf. Er hat einfach nur Glück gehabt, gegen den Heroinschmuggel hat er auch nicht gekämpft, das war nur ein zufälliger Nebenerfolg. Er sollte nur einen untreuen Ehemann beschatten…

Was soll's. Es freut ihn, dass er gut zu tun hat und seinen Aufträgen nicht mehr hinterherlaufen muss, wie noch vor einem Vierteljahr.

Mr. Hunnicut erläutert ihm umständlich seine Aufgabe. „Wissen Sie, wir machen im Monat Dezember das größte Geschäft des Jahres. Dreimal wird bis Weihnachten ein Transportfahrzeug der Sicherheitsfirma kommen und unsere Einnahmen zur Bank bringen. Bisher ist nie etwas vorgefallen. Wir erwarten, dass jetzt, im dritten Jahr nach Ende des Krieges, die Kauflaune weiter steigen wird und wir Einnahmen haben werden, die höher sind als alle zuvor. Es könnte sein, dass mögliche Diebe die gleichen Überlegungen anstellen werden."

„Was soll meine Aufgabe dabei sein?"

„Wir haben uns das folgendermaßen gedacht: Da der Zeitpunkt des Transportes aus Sicherheitsgründen jedes Mal erst einen Tag vorher bekannt gegeben wird, müssten sich die potentiellen Diebe für jeden Tag neu bereithalten. Wir glauben, dass ein geübter Beobachter das erkennen wird und dadurch den Überfall vereiteln kann, noch bevor er stattfindet. Was halten sie davon?"

Mike überlegt einen Moment. „Doch, das klingt sinnvoll. Welchen Personen ist denn der Termin der Geldtransporte bekannt?"

„Das bin ich, natürlich, der Einsatzleiter der Transportfirma und Sie. Und außerdem unser Vorstand und unser erster Buchhalter. Ach, beinahe hätte ich das vergessen, der Leiter des zuständigen Polizeireviers wird natürlich auch informiert.

Wenn es passt, werden sie noch einen Streifenwagen während der Dauer der Geldübernahme schicken."

„Das sind doch eine Menge Personen. Meinen Sie nicht, dass diese Information an andere weitergegeben werden könnte?"

Mr. Hunnicut grübelt einen Moment. „Nein, für den Vorstand und unseren Buchhalter, Mr. Storck, lege ich meine Hand ins Feuer. Den Fahrdienstleiter der Transportfirma kenne ich seit vielen Jahren – nein, das ist zwar nicht unmöglich, ich halte das jedoch für sehr unwahrscheinlich."

„Und was ist mit der Polizei?"

„Ich halte die New Yorker Polizei für die beste der Welt, da fühle ich mich absolut sicher."

„Also gut, wenn Sie meinen. Um welche Beträge wird es denn gehen?"

„Das können wir zum jetzigen Zeitpunkt nur schätzen. Im vorigen Jahr haben wir zweimal etwa 250,000 Dollar abholen lassen. Ich könnte mir vorstellen, dass es dieses Jahr vielleicht doppelt so viel sein mag."

Mike pfeift durch die Zähne. „Das lohnt sich also wirklich! Haben Sie eine konkrete Vorstellung von meiner Aufgabe?"

Jetzt grinst Mr. Hunnicut über sein rundes Gesicht. „Wir haben gedacht, wir verkleiden Sie als Weihnachtsmann. Damit fallen Sie um diese Jahreszeit nicht auf. Auch dass Sie immer wiederkommen und immer dieselbe Runde gehen, ist für diese Verkleidung ganz natürlich."

Mike lächelt bei dem Gedanken an das Gesicht, dass Candy machen wird, wenn er es ihr erzählt. Er und Weihnachtsmann! Mit einem Sack voller Cookies und Bonbons über der Schulter. „Jetzt meine letzte Frage: Wann soll ich anfangen?"

Mr. Hunnicut sieht auf den Kalender auf seinem Schreibtisch. „Heute ist der 4. Dezember. Ich würde sagen, es genügt, wenn Sie übermorgen, also am 6. Dezember beginnen. Morgen können Sie dann ihr Kostüm erhalten und sich mit den Örtlichkeiten vertraut machen. Ich zeige ihnen gleich noch, welchen Weg unser Geld durch das Kaufhaus bis auf die Straße nehmen wird. Ach ja, noch ein Wort zur Arbeitszeit: An den Sonntagen finden natürlich keine Geldtransporte statt. Sonst ist es an jedem Tag zwischen 9 Uhr und 15 Uhr möglich."

Mike folgt Mr. Hunnicut. Der Beginn der Transportroute befindet sich in den Räumen der Buchhaltung im ersten Stock. Dort steht der Safe, aus dem das Geld in die Tasche gefüllt wird. Die Tasche wird von zwei bewaffneten Männern mit dem Aufzug zum Erdgeschoß transportiert und auf den Bürgersteig getragen. Von dort wird das Geld in das Transportfahrzeug eingeladen und zur Bank gebracht.

„Wie läuft es bei der Bank ab und was ist mit dem Transport auf der Straße?"

Der Sicherheitschef nickt. „Das sind gute Fragen. Bei der Bank sehe ich das geringste Risiko. Das Fahrzeug fährt durch ein gepanzertes Tor, das anschließend verschlossen wird. Während der Fahrt ist ein Überfall auch möglich, die Tasche mit dem Geld befindet sich in einer gepanzerten Box im Auto. Die ist nicht leicht zu öffnen, der wirkliche Schwachpunkt ist der Transport von unserem Safe bis zum Fahrzeug."

Für Mike ist die Aufgabe klar. Das Problem für ihn wird sein, unter den vielen Menschen draußen auf der 34. Straße, die zu erkennen, die Böses im Schilde führen. Er hat jedoch viele Tage Zeit für seine Beobachtung, er vermutet nicht, dass der Raub – wenn er denn überhaupt stattfinden wird – schon in den nächsten Tagen über die Bühne gehen wird. Die Einnahmen werden gegen Weihnachten höher sein, das sagt ihm schon der gesunde Menschenverstand, und das werden sich die möglichen Diebe auch denken.

„Du als Weihnachtsmann! Wissen das deine Freunde schon?" Candy lacht, mit Recht, wie Mike zugeben muss. „Ich werde dich besuchen, um mir einen Keks von dir geben zu lassen!"

„Ja, nur zu! Du kannst auch einen Kuss von mir bekommen."

„Weihnachtsmänner küssen nicht, das solltest du wissen. Was sollen denn all die Kinder denken!"

„Jetzt komm wieder auf den harten Boden der Wirklichkeit zurück. Was macht der Fall mit dem gestohlenen Schmuck?"

„Ich bin heute bei dem Juwelier gewesen. Er konnte sich an mich erinnern und kennt auch meine Eltern noch." Candy hebt den linken Arm mit der Armbanduhr.

„Hier, diese Uhr habe ich zu meinem 21. Geburtstag geschenkt bekommen. Mein Vater hat sie bei Mr. Martin gekauft."

„Ich weiß, die Uhr ist auch wunderschön. Was hat Mr. Martin denn gesagt?"

„Ich habe mir nochmals den genauen Ablauf schildern lassen. Ich kannte ihn zwar schon aus dem Polizeibericht, man lernt jedoch immer etwas dazu. Mr. Martin ist aufgefallen, dass die Diebe keinen Moment gezögert haben. Die wussten genau, welchen Schmuck sie nehmen mussten, auch die Vitrinen zerschlug man nicht wahllos. Nein, die Diebe wussten genau, wo die wirklich wertvollen Stücke lagen."

Mike zieht seine Augenbrauen zusammen. „Das ist allerdings interessant! Die Diebe sind doch gefasst worden?"

„Ja, noch am selben Tag. Seitdem sitzen sie im Gefängnis in Brooklyn. Ich habe mir dort schon einen Besuchstermin geben lassen und werde sie morgen aufsuchen."

„Das geht ja Schlag auf Schlag bei dir!"

„Ja, das mache ich gut, nicht wahr?", sie freut sich über Mikes Lob. „Von dem Besuch der Diebe verspreche ich mir am meisten. Vielleicht verraten sie mir etwas, das sie der Polizei nicht gesagt haben."

„Ich wünsche dir von ganzem Herzen Erfolg. Du solltest allerdings nicht zu optimistisch sein."

Am nächsten Tag schlendert ein neuer Weihnachtsmann auf der 34. Straße umher. Er ist ziemlich groß, mit breiten Schultern. Den typischen Bauch vermisst man bei ihm.

Es ist natürlich Mike Callaghan. Der angebundene Bart kratzt ihn im Gesicht. Unter dem roten Mantel trägt er seinen 38er Revolver, über der Schulter liegt ein Sack mit Süßigkeiten für die Kinder. Komplett mit der roten Kapuze ist er nicht zu erkennen und sieht genauso aus, wie all die anderen Weihnachtsmänner.

Die Stiefel drücken etwas. Wenn das noch schlimmer wird, kann das unangenehm werden, er soll schließlich noch etliche Tage Patrouille gehen.

Heute ist es etwas kälter, knapp über dem Gefrierpunkt. Ein kalter Wind weht schwach die 34. Straße entlang. Gottlob trägt er Handschuhe, ansonsten würde er bis zum Ende des Tages wohl sehr kalte Finger bekommen.

In großen Teilen Manhattans, insbesondere in den Einkaufsstraßen wie der 5th. Avenue und dem Broadway, herrscht reges Treiben. Ganz offensichtlich läuft das Weihnachtsgeschäft schon auf vollen Touren. Mike hat seine Augen überall. Jeder, der nur eine Minute verharrt, wird von ihm aufmerksam gemustert. Er sieht in die parkenden Autos, von dort erwartet er die größte Gefahr. Die Fahrzeuge sind normalerweise nie länger besetzt, als zum Ein- und Aussteigen erforderlich ist.

Immer wieder strahlen ihn Kinderaugen an. Es ist ihm dann immer eine besondere Freude, seinen gut gefüllten Sack von der Schulter zu nehmen und Süßigkeiten zu verteilen.

Am Abend tauschen Mike und Candy ihre Erlebnisse aus. Er berichtet von seinem ersten Einsatz als Weihnachtsmann, Sie hat aus dem Gefängnis auch einige Erfahrungen mitgebracht. Sie hatte die Möglichkeit gehabt, mit jedem der beiden über eine Stunde lang zu sprechen.

„Hast du etwas herausbekommen?", fragt Mike.

Candy schüttelt den Kopf. „Ich fürchte, das wird sehr schwierig werden. Jeder der beiden Cousins, Clyde Joslink und Frank McLloyd, hat mir bereitwillig alles erzählt. Ich werde am Montag nochmals hinfahren und weitere Fragen stellen. Ich habe nicht allzu viel Hoffnung. Ich glaube, sie wissen wirklich nichts. Der eigentliche Drahtzieher war nur bei der Übergabe des Schmuckes, und dann auch nur verkleidet, in Erscheinung getreten."

„Du musst versuchen, die unklaren Punkte aufzuarbeiten. Gibt es irgendeinen Hinweis auf die Person des Auftraggebers, etwas, dem die beiden Ganoven keine Bedeutung beimessen? Irgendeine Kleinigkeit findet sich immer."

„Ich habe mir schon eine Liste angefertigt. Jedes Mal, wenn ich Zweifel habe, ergänze ich sie."

Mike lächelt seine schöne Partnerin an. „Du schaffst das, ich fühle es. Ausdauer und Systematik sind die Voraussetzungen für einen guten Detektiv."

„Vielen Dank für dein Lob. Du hast noch meinen Spürsinn und meine weibliche Intuition vergessen!"

Mike lacht und beugt sich zu ihr hinüber. „Du müsstest noch deine Verwirr- und Verführungskünste erwähnen!"

Gestern war Sonntag und Mike brauchte nicht als Weihnachtsmann Streife zu gehen. Deshalb waren sie beide zu ihrer Schwester Annie und ihrem Mann Ernest auf dem Landsitz in Long Island gefahren.

Annie und Ernest hatten mit großen Augen ihren Erzählungen gelauscht. Mike als Weihnachtsmann vor Macy's! Der Gedanke gab Anlass für manch spaßige Bemerkung. Als Annie von dem Besuch von Candice im Gefängnis erfährt, schlägt sie buchstäblich die Hände über dem Kopf zusammen.

„Meine arme Candice, mir wird schlecht bei der Vorstellung, dass du dich unter den Verbrechern bewegst. Wie sie dich anstarren werden und du dir unflätige Angebote anhören musst!"

„Du hast recht, Annie. Vor ein paar Monaten wären mir die gleichen Gedanken gekommen. Ich stelle fest, dass ich an einem gewissen Nervenkitzel Gefallen finde. Passieren kann mir schließlich nichts, die Gauner sind und bleiben alle hinter Gittern."

Annie schüttelt den Kopf. Diesen seltsamen Hang zur Gefahr hat sie mit Candice nicht gemein. Sie sieht zu ihrem Freund hinüber. „Mike! Du musst mir jetzt hoch und heilig versprechen, dass du immer auf meine kleine Schwester achtgeben wirst!"

Mike lächelt und drückt die zarte Blonde neben ihm an sich. „Annie, du kannst ganz beruhigt sein. Ich lasse mein Goldstück nicht aus den Augen!"

Am Montag setzen er und Candice ihre Ermittlungsarbeit fort. Es ist der 8. Dezember, die Sonne scheint zwar, dafür ist es kalt. Mikes Atem schwebt als kleine weiße Wolke vor seinem langen, weißen Bart. Die 34. Straße kennt er nun zur Genüge und er vergrößert seinen Beobachtungsbereich. An der Schmalseite des Kaufhauses zum Broadway hin, befindet sich ein kleiner Platz. Der Herald Square wird aus dem Dreieck aus der Avenue of the Americas, dem Broadway und der 35. Straße gebildet. In der warmen Jahreszeit stehen dort Tische, die bei gutem Wetter mit den Gästen der anliegenden Cafés besetzt sind.

Die Tische und Stühle sind jetzt zusammengestellt, dafür ist das Innere der gemütlichen Gaststätten gut besucht. Vor dem Eingang in den winzigen Park kniet ein Schuhputzer auf dem Bürgersteig vor einem Stuhl und poliert dem Mann darauf gerade die Schuhe.

Mike hat den Schuhputzer in der letzten Woche schon bemerkt. Er heißt Jesaja Milton und arbeitet seit über einem Jahr immer an dieser Stelle des Broadways mit seinem kleinen Schuhputzerstand. Er ist Schwarzer, nach eigenen Angaben ist er 54 Jahre alt. Graue krause Haare sehen unter einer dunkelgrünen Wollmütze hervor.

„Hallo, Santa!", ruft er, als er Mike erkennt. „Ich bin gleich fertig, dann kann ich Sie bedienen."

Mike hat keine Eile. Er sieht sich mit der üblichen aufmerksamen Lässigkeit im Gewühl der Passanten um.

Ein Weihnachtsmann in New York wird wegen der Unrast der Fußgänger nur selten mit einem Lächeln bedacht. Lediglich die Augen der Kinder bringt er immer wieder zum Strahlen. Dann nimmt Mike seinen Sack von der Schulter, der ihm bei Macy's auch diesen Morgen wieder gut gefüllt worden ist, und beschenkt die Kinder. Er freut sich dann an den glänzenden Augen seiner kleinen Verehrer.

„Ich bin soweit, wenn Sie jetzt möchten?", holt ihn der Schuhputzer aus seinen Gedanken zurück. Mike setzt sich auf den Stuhl und legt einen halben Dollar in die Blechdose.

„Vielen Dank, Santa, ein Dime hätte genügt."

„Ich heiße Mike, wie oft soll ich dir das noch sagen!"

Der Mann sieht mit einem verschmitzten Gesicht zu ihm hoch, während seine geübten Hände in rasender Geschwindigkeit eine Bürste über die Stiefel sausen lassen. „Weihnachtsmänner rede ich immer so an. Wenn du deinen roten Mantel mal nicht trägst, werde ich dich Mike nennen."

"Gibt es etwas neues, Jesaja?"

"Diesen Weihnachten sind viel mehr Menschen unterwegs, als im vorigen Jahr. Mein kleines Geschäft läuft gut."

Mike freut sich für den alten Mann. Dass er jetzt hier vor ihm auf dem kalten Boden kniet und eine Arbeit macht, die er auch selbst erledigen könnte, stört sein Weltbild etwas. Er alleine kann diese Strukturen leider nicht ändern. "Ist dir irgendetwas aufgefallen?"

Ein Tropfen Spucke und noch einige wirbelnde Bewegungen mit der Bürste, dann erstrahlen die Stiefel in neuem Glanz. Der alte Mann erhebt sich und sieht Mike an. "Hast du keine himmlischen Heerscharen, Santa, die dir das beantworten können, anstatt einen alten Mann zu befragen?"

Mike lacht. Der Schuhputzer ist nicht auf den Mund gefallen. Er hat schon bemerkt, dass er aufmerksam die Vorgänge in seiner Umgebung beobachtet. Er klopft ihm auf die Schulter. "Vielen Dank, so kann ich mich wieder blicken lassen. Wir sehen uns nachher bestimmt noch!"

Der alte Mann winkt ihm mit der Bürste in der Hand hinterher, dann wendet er sich einem neuen Kunden zu.

Candy fährt mit ihrem Alfa in Richtung Brooklyn, zum Gefängnis in der 29. Straße. Sie hat sich unauffällig angezogen, jedoch nicht zu unauffällig. Sie hofft, dass sie die beiden jungen Männer vielleicht ein wenig umgarnen kann. Prinzipiell geht es ihr gegen den Strich, ihre weiblichen Vorzüge hervorzukehren, leider hat sie bei den beiden Gefangenen bisher nichts erfahren können und will nun auch diese Möglichkeit ausschöpfen.

Im Detention Center Brooklyn wird sie, nachdem sie eine aufwändige Anmeldeprozedur über sich ergehen lassen musste, von einem schwarzen Wachmann in einen Raum geführt, der sie mit Gitterstäben von den Gefangenen trennt. Auf einem

Stuhl an der Wand sitzt ein bewaffneter Uniformierter. Der große Raum ist grau gestrichen, an der Decke sind mehrere Lampen befestigt, die mit ihrem grellen Licht harte Schatten erzeugen. Es stehen mehrere Tische nebeneinander, die auf den gegenüberliegenden Seiten je zwei Personen Platz bieten. Durch die Mitte der Tische führt dasselbe Gitter, das auch den Raum in zwei Teile trennt. Von hinten werden die Gefangenen in Handschellen herangeführt, auf Candys Seite ist die Freiheit.

Sie hat sich gerade hingesetzt, da wird der erste ihrer beiden Gesprächspartner hereingeführt. Es ist Frank McLloyd, der jüngere der beiden Cousins. Er lächelt, als er sie erkennt. Zum einen, weil der langweilige Aufenthalt eine angenehme Unterbrechung erfährt, zum anderen, weil Candy gerade ihre Haare öffnet und sie in langen, blonden Wellen mit einem Schlenker ihres Kopfes auf die Schulter schüttelt.

Candy lächelt ihn an. Die Männer sind doch alle gleich und lassen sich durch kleine Gesten beindrucken. Hoffentlich wird es ihm zu mehr Gesprächsbereitschaft verhelfen.

„Guten Tag, Miss Evans!" Frank McLloyd mustert sie nachdenklich von oben bis unten.

Candice schluckt. Sie fühlt sich etwas unwohl, so unter seinem Blick und dem der anderen Gefangenen auf der gegenüberliegenden Seite, die sie mehr oder weniger unverhohlen anstarren. Der Gedanke an das kommende Frage - und Antwortspiel lässt diese Phantasien wieder verschwinden. „Erzählen Sie mir noch mehr über Ihren Auftraggeber. Ich möchte alles, was er gesagt hat, möglichst wortgetreu notieren. Vielleicht finden wir einen Hinweis auf seine Identität."

„Muss das sein? Das haben wir doch gestern schon alles durchgekaut!"

Candice lächelt ihn an. „Seien Sie doch so nett, vielleicht fällt Ihnen doch noch etwas ein."

Wie kann ihr der junge Mann widerstehen? Gemeinsam gehen sie ihre Notizen von gestern durch und Candy macht noch zahlreiche Anmerkungen.

Besonders bemerkenswert erscheint ihr die Notiz über die sehr detaillierten Kenntnisse des Unbekannten über seine beiden Handlanger. Woher konnte er das alles wissen? „Sind sie sicher, dass diese angeblichen Kenntnisse echt waren, oder hat er es einfach nur behauptet?"

Frank denkt einen Moment nach. „Sie haben recht, Miss. Etwas Konkretes hat er nicht gesagt, er wirkte jedoch sehr überzeugend. Mir ist bis heute unklar, wie er gerade auf uns gekommen ist."

Candy sieht in ihre Notizen. „Das ist wahr, ich muss Ihnen zustimmen."

Candice hat eine Stunde Zeit für ihr Gespräch, dann wird Frank McLloyd widerstrebend fortgeführt. Zehn Minuten später beginnt sie ihr Gespräch mit seinem Cousin. Clyde Joslink macht ein mürrisches Gesicht, das sich nur wenig erhellt, als er sie erkennt. Sie erfährt von ihm nicht mehr, als sie schon von seinem Cousin gehört hat.

„Glauben sie immer noch, dass der große Unbekannte Sie hier herausholen wird?"

Zuerst brummt Mr. Joslink etwas Unverständliches. Candy hakt sofort nach. „Sie sitzen doch noch, und er hat gutes Geld durch Sie verdient, das er in Freiheit genießen kann. Ich habe gehört, dass der Schmuck 140,000 Dollar wert gewesen sein soll."

Jetzt hat sie offensichtlich die richtige Stelle getroffen. Er reißt seine Augen auf. „Was! So viel! Und uns hat er mit läppischen viertausend Dollar abgespeist!" Er schüttelt sichtlich verärgert den Kopf. „Ich würde Ihnen gerne mehr erzählen, Miss, ich weiß wirklich nichts."

Diese Befürchtung hat Candy auch schon eine Weile. Dieser mysteriöse Auftraggeber hat sich anscheinend keine Blöße gegeben.

Ihr kommt ein Spruch von Mike in den Sinn. Er wird nie müde zu wiederholen, dass sich immer etwas finden lässt. Immer! Das ist keine Frage der peniblen Beseitigung aller Spuren, sondern hängt immer von der peinlich genauen und geduldigen Suche des Detektivs nach Hinweisen ab, die jeder Verbrecher, und sei er noch so sorgfältig, hinterlässt. „Haben Sie eine Erklärung für sein erstaunliches Wissen über Sie? Woher hat er die angeblichen Kenntnisse?"

Clyde grübelt eine Weile. „Das frage ich mich jeden Tag, Miss. Ich habe gedacht, er könnte vielleicht ein ehemaliger Mithäftling gewesen sein, keiner von denen wüsste jedoch zum Beispiel, wo ich geboren bin. Wem erzählt man denn sowas? Mein Verteidiger könnte das wissen, oder die Bullen. Die haben doch eine ganze Akte von mir."

Candy macht sich eine Notiz, dieser Hinweis verdient es, dass ihm nachgegangen wird. Die Stunde, die man ihr für die Befragung genehmigt hat, ist bald vorbei und sie verlässt das triste Gebäude.

Sie lässt ihren roten Flitzer über die nassen Straßen nach Manhattan zurücksausen. In manchen Ecken liegen noch Reste von Schnee. Sie freut sich schon darauf, mit Mike ihre Ideen diskutieren zu können. Ja, ihr Mike! Vor einem Vierteljahr wusste sie nicht, was aus ihr werden sollte. Sie war umgeben von freundlichen und langweiligen Männern, die ihr den Hof machten. Sie sahen in ihr wohl nur ihre zugegebenermaßen hübsche Figur oder das riesige Erbe ihres Vaters. Und dann lief ihr Mike über den Weg. Anstatt so hingerissen zu sein, wie fast alle Männer, die ihr nachliefen, war er reserviert geblieben. Sie musste ihn verführen, das war das Gegenteil von dem, was sie bisher gewohnt gewesen war.

Mike ist ein interessanter Mann. Sie hatte genug von den höheren Angestellten oder den Managern, die schon einen Fuß im Vorstand hatten. Ihre Volontärszeit in der Lackawanna Steel hatte sie deshalb vorzeitig beendet. Jeder Tag begann mit dem Blick auf den Terminkalender und der Suche nach einem freien Konferenzraum. Das war nichts für sie. Was sie wirklich wollte, wusste sie vor drei Monaten selbst noch nicht.

Plötzlich hatte sich alles geändert, Mike hatte es freigelegt. Sie brauchte kleine Abenteuer, ihr bereitete es unter anderem ein großes Vergnügen, Zeugen zu befragen und die nicht gesagten Dinge in den Aussagen zu erkennen. Das war wirklich spannend und forderte ihre Phantasie und ihre Intelligenz. Ihre Herkunft war ihr dabei etwas im Wege. Sie musste sich in Kreise begeben, über die ihre Eltern nur bei dem bloßen Gedanken daran, schon entsetzt gewesen wären.

Geschickt lenkt sie ihren Alfa Romeo in die Tiefgarage. Wo soll sie jetzt hingehen, ist Mike von seinem Weihnachtsmann-Job schon zurück? Ihr erster Gedanke gilt wie so oft ihrer gemeinsamen Detektei. Mit dem Kauf des Büros hatte sie nicht nur ihrem Mike einen Herzenswunsch erfüllt, sie hatte auch sich selbst einen Traum wahr werden lassen. Einen Traum, der schon lange in ihr schlummerte, und den die Abenteuer mit Mike freigelegt hatten. Eine kleine, übersichtliche Firma, mit Mitarbeitern und Kollegen, von denen ihr jeder einzelne am Herzen liegt, das ist jetzt ihr Lebensziel. Dazu durfte es kein einfaches Allerweltsbüro sein! Nein, eine kleine Detektei mit spannenden Aufträgen ist genau das Richtige.

Es ist kurz nach Mittag. Janet ist noch im Büro und schreibt an einer Kontaktliste. Sie blickt auf und freut sich, als sie ihre

Chefin bemerkt. „Schön, dich wieder zu sehen, Candice. Warst du erfolgreich?"

„Vielleicht war etwas Interessantes dabei, das muss ich nachher unbedingt mit Mike besprechen."

„Das freut mich für euch. Kann ich euch irgendwie helfen?"

„Das ist eine interessante Idee, du könntest zum Beispiel Aussagen aufnehmen und sie gleich protokollieren. Lass uns das mal im Auge behalten!"

Candy geht in ihr Büro und liest ihre Notizen von heute Vormittag. Janet kommt zu ihr. „Ist es möglich, dass ich heute eher gehen kann? Die Kinder kommen heute früher aus der Schule, als sonst."

Candy sieht ihre Sekretärin an. Sie leidet mit ihr und ihren Sorgen. Da kommt ihr eine Idee. „Ich weiß, was wir gleich machen! Mike ist doch bis kurz nach 3 Uhr bei Macy's beschäftigt. Wir holen deine Kinder von der Schule ab und besuchen ihn dann dort gemeinsam. Was hältst du davon?"

Janets braune Augen strahlen vor Freude. „Ja, das wird meinen Kindern gefallen!"

Die beiden jungen Frauen laufen umher und räumen im Büro auf. Dann sind sie fertig, Janet ruft ein Taxi, damit sie für die Kinder genügend Platz haben.

Es sind zwei Jungen, David ist acht Jahre und Lucas ist sechs. Candice kennt sie schon, sie sind schon zweimal von der Schule in ihr Büro gebracht worden, weil Janet nicht rechtzeitig genug Schluss machen konnte.

An der Schule ist viel Gewühl. Alle Kinder werden vorzeitig abgeholt und es herrscht ein entsprechendes Durcheinander. Letztendlich finden sie die beiden. David und Lucas sehen mit großen, dunklen Augen zu Candice hinauf. Als sie hören, dass sie jetzt den Weihnachtsmann besuchen werden, sind sie aufgeregt und hüpfen umher.

„Santa Claus, Santa Claus!", rufen sie immer wieder. Candice schmunzelt über sie. Kinder könnten ihr auch gefallen, vorerst muss sie erst ihre Freude an der Detektivarbeit ausleben.

In der 34. Straße steigen sie aus. Candice und Janet halten je ein Kind an der Hand und gehen an den Schaufenstern von Macy's entlang.

Mike hat eben erfahren, dass morgen um 11 Uhr der erste Geldtransport im Dezember stattfinden soll. Den will er sich genau ansehen. In Gedanken tüftelt er sich schon aus, wie er morgen vorgehen wird.

Dreißig Schritt vor sich sieht er zwei junge Frauen mit je einem Jungen an der Hand auf sich zukommen. Die eine sieht wie ihre Sekretärin Janet aus, die andere ist ein blonder Traum.

Das ist Candy! Sein Herz macht einen Hüpfer, unwillkürlich beschleunigt er seinen Schritt. Die blonde Schönheit mustert ihn, sie versucht zu erkennen, wer die Person hinter dem weißen Bart ist.

Die beiden Jungen sehen mit verklärtem Blick zu ihm hoch. Für sie ist er ein echter Weihnachtsmann, wie alle seine Kollegen. Mike nimmt den Sack von der Schulter und beugt sich zu den beiden hinunter, die zu ihm hoch blicken wie alle Kinder der Welt, mit offenen Mündern und großen Augen. Er kneift der Blonden ein Auge. Jetzt erst erkennt sie ihn.

„Mike Callaghan, hättest du dich nicht früher zu erkennen geben können? Ich starre dich an, wie eine Bescheuerte!", zischt sie leise, damit die Kinder nichts davon mitbekommen.

Mike grinst vor sich hin. Mit freundlichen Worten reicht er den Kindern eine Zuckerstange, die sie freudestrahlend in die Hand nehmen. Er greift wieder in den Sack und holt eine weitere Zuckerstange heraus, die er Candy hinhält.

„Zuerst den Spruch, junge Frau!"

„Was für einen Spruch meinst du?", fragt sie ihn verblüfft.

„Du weißt doch: »Lieber guter Weihnachtsmann, sieh mich nicht so böse an...«. Mir genügt es, wenn du sagst: »Ich will auch immer artig sein«!"

Candy streckt ihm die Zunge raus und entreißt ihm mit einer schnellen Bewegung die Zuckerstange. Die Kinder verfolgen den Disput mit großen Augen. „Du darfst dem Weihnachtsmann nicht die Zunge rausstrecken, Tante Candice."

Sie lächelt die beiden an und hält die Zuckerstange fest. „So? Was würde dann passieren?"

„Dann bekommst du nichts zu Weihnachten!"

Jetzt mischt sich wieder der Weihnachtsmann ein. „Ja, Kinder, so jemand bekommt es mit der Rute!"

„Jaaaa!", rufen die Kleinen und lachen begeistert.

„Komm du mir nach Hause!", Candice lacht jetzt ihren Liebling an.

Mikes Arbeitstag ist zu Ende und er verschwindet im Kaufhaus Macy's, um sich umzuziehen. Als er wieder auf dem Bürgersteig erscheint, wird er fröhlich von den Kindern begrüßt. Sie halten ihre angelutschten Zuckerstangen mit klebrigen Fingern hoch.

„Sieh mal, Onkel Mike, was wir vom Weihnachtsmann bekommen haben!"

„Haben denn eure Mutter und Tante Candice nichts bekommen?"

Die Kinder sehen ihn erstaunt an. „Onkel Mike, es bekommen doch nur Kinder Geschenke vom Weihnachtsmann!"

Mike Callaghan schmunzelt und geht hinter den Kindern her.

Auf dem Weg nach Hause lächelt ihn Candy immerzu an. „Was siehst du mich so an?"

„Ich bin gerührt, wie niedlich du mit den Kindern umgegangen bist."

„Tja, ich wundere mich über mich selbst, es sind allerdings sehr nette Kinder."

„Zu mir bist du sehr frech gewesen, das muss bestraft werden!" Ehe Mike noch eine Antwort einfällt, erhält er einen innigen Kuss. „So, Mike Callaghan, zur Strafe lasse ich dich nicht wieder los!" Die Strafe dauert bis tief in die Nacht…

Der Geldtransport

Der 9. Dezember beginnt mit einem goldenen Sonnenaufgang. Der Tag verspricht, wunderschön zu werden. Heute soll der erste Geldtransport von Macy's zur Bank stattfinden. Mike gibt wieder den Weihnachtsmann an der 34. Straße. Heute hat er die Möglichkeit, sich den Ablauf des Transportes anzusehen und nach möglichen Angriffspunkten für Diebe zu überprüfen.

Eine Minute nach 11 a.m. fährt das Lieferfahrzeug auf den Bürgersteig und hält dort an. Die Wachleute steigen aus und gehen in das Kaufhaus hinein. Zehn Minuten später kommen sie wieder heraus. Die Tür wird von einem Mitarbeiter von Macy's offen gehalten. Der erste Wachmann tritt auf die Straße, er hält seinen Revolver in der Hand und sucht aufmerksam die Umgebung ab. Der zweite Mann tritt mit der Tasche über der Schulter heraus. Der erste zieht die Schiebetür an der Seite des Fahrzeuges auf und lässt seinen Kollegen mit der Tasche einsteigen. Dann steigt er selbst auf den Fahrersitz und nach nur wenigen Minuten fährt der Geldtransporter davon.

Mike sieht dem weißen Fahrzeug nach. Die mögliche Zeitspanne für einen Überfall ist sehr kurz gewesen. Um einen Raub der Einnahmen durchzuführen, müssten die Verbrecher sehr schnell und gut vorbereitet sein. Ist seine Mühe in dem Bestreben, Vorbereitungen zu erkennen, nicht vielleicht umsonst?

***

Auf der anderen Seite der 34. Straße steht ein gut gekleideter Mann und hat sich, ebenso wie Mike, den Ablauf sehr genau angesehen. Er blickt noch kurz auf seine Uhr und setzt sich dann in das Café in der Ecke zum Broadway. Er zieht ein Büchlein aus der Manteltasche und vertieft sich eine Weile in die umfangreichen Notizen. Er hat sich einen Kaffee geholt, an dem er nun genießerisch nippt und von Zeit zu Zeit mit dem Füller einen Eintrag ergänzt. Heute Abend soll das erste Telefongespräch mit den Gehilfen stattfinden, die er sich für seinen finalen Job ausgesucht hat.

Er trinkt seinen Café aus und legt nachdenklich den kurzen Weg zu der Polizeiwache in der 35th. Straße West zurück.

***

Die Woche vergeht für Mike mit langweiligen Beobachtungen. War die Befürchtung von Mr. Hunnicut möglicherweise grundlos? Nein, eher nicht. Die Geldmenge des letzten Transportes betrug 280,000 Dollar. Der Sicherheitschef hatte angedeutet, dass die beiden nächsten Male, nach den Schätzungen der Geschäftsleitung, noch deutlich höhere Beträge erwartet werden.

Lichtblicke in der bisher ergebnislosen Suche nach Hinweisen sind die Kinder auf der Straße. Mit nicht endendem Vergnügen darf und soll er sie beschenken.

Eine andere Unterbrechung sind die täglich mehrmals stattfindenden Gespräche mit dem Schuhputzer. Jesaja Milton ist ein nimmermüder Erzähler und ein aufmerksamer Beobachter der vielen Menschen um ihn herum.

„Santa, du bist doch nicht nur als Weihnachtsmann hier, oder"?

Mit einem Lächeln sieht er prüfend in Mikes Gesicht, von dem wegen des weißen Bartes nicht viel mehr als die dunklen Augen zu sehen sind.

„Du hast recht, Jesaja. Ich sage nur so viel: Ich soll im Auftrag von Macy's nach Dieben suchen."

„Wie du meinst, Santa. Ich sage dir, was ich glaube: Du suchst mehr als nur kleine Diebe. Du siehst auch in die Autos, die hier parken. Ich denke, du bist hinter einer großen Sache her."

„Ich bin jetzt ehrlich verblüfft über deine Beobachtungsgabe. Hast du denn einen Tipp für mich?"

„Nein, bis jetzt ist mir nichts aufgefallen. Ich gebe dir Bescheid."

„Das würde mich ehrlich freuen. Dafür lade ich dich zum Kaffee ein."

„Vielen Dank, leider kann ich mein Geschäft nicht so einfach verlassen."

„Ganz wie du willst, dann bringe ich dir einen Becher Kaffee!"

Nach 3:00 am Nachmittag zieht sich Mike wieder sein Alltagszeug an. Er tauscht den roten Mantel gegen seine lange Jacke, zieht sich seinen Hut ins Gesicht und lässt sich von einem Taxi zurück in die Detektei bringen. Candy sitzt noch bei Janet im Büro und stöbert mit ihr zusammen im New Yorker Telefonbuch. „Hallo, ihr Zwei."

Es freut ihn, dass seine Freundin sich mit ihrer Sekretärin so gut versteht. Es trennt sie ein himmelweiter Standesunterschied, trotzdem hat sich Candy ganz selbstverständlich an Janet Wilson angepasst. Das ist auch gut so, Janet steht nach einer gescheiterten Ehe und nun als alleinerziehende Mutter mit zwei kleinen Jungen, mit beiden Beinen auf der Erde. Von ihrer Bodenständigkeit kann Candy nur lernen, es wird ihr helfen, mit ihren teilweise zwielichtigen Kontakten besser umgehen zu können.

Candy springt auf und gibt ihm einen Kuss. Sie strahlt ihn an. Mike kennt das, sie hat eine Idee, die sie unbedingt verfolgen muss, so wie ein Bluthund eine Fährte verfolgt. „Nun sag schon, was heckt ihr zwei aus?"

„Ich glaube, der Auftraggeber für den Schmuckdiebstahl ist bei der Polizei!"

„Das ist eine interessante Vermutung, wie kommst du darauf?"

„Der Hauptgrund zu dieser Theorie ist sein umfangreiches Wissen über die beiden Gehilfen und die genaue Kenntnis der Sicherheitsvorkehrungen bei dem Juwelier. Er wusste genau das, was bei der Polizei in den Akten notiert ist. Ich bin heute Vormittag bei Lucas Grumble gewesen."

„Ist er nicht vom 7. Polizeirevier?"

„Ja, eben der. Wir sind gute Bekannte, wie du weißt."

„So, so!"

„Mike, nun werde nicht albern. Zwischen uns ist nichts. Jetzt lass mich fortfahren!"

Mike grinst. Nein, er kennt Lieutenant Lucas Grumble auch. Er ist ein netter Detective und immer hilfsbereit.

„Ich habe mir eine Liste mit allen Punkten angefertigt, die der Unbekannte gewusst haben will. Ich bin jeden Punkt mit Lucas durchgegangen. Und ich hatte recht mit meiner Idee. Das sind alles Dinge, auf die man als höherer Polizeioffizier zugreifen kann."

„Vielleicht hast du recht. Das wäre ein Tiefschlag für den guten Ruf der New Yorker Polizei."

„Das sehe ich auch so. Das Problem ist jetzt für mich, herauszufinden, wer es ist. Es gibt hunderte, die in Frage kommen. Ich lege jetzt gerade mit Janet eine Liste der Polizeireviere an.

Was ich damit mache, weiß ich bisher noch nicht, es kann jedoch nie schaden."

Janet Wilson schließt ihren Schreibtisch ab und verabschiedet sich von dem Paar, das jetzt in Candys Büro sitzt und Ideen auf viele Zettel notiert.

15. Dezember

Heute ist Montag, der 15. Dezember. Candy hat sich heute mit der Schwester des einen Schmuckdiebes, Martha McLloyd, verabredet. Sie bedient in einem Imbiss in der 2. Avenue.

Candy sitzt auf einer mit rotem Kunstleder bezogenen Bank an einem der schmucklosen Tische und bestellt sich einen Kaffee. Martha McLloyd ist über ihren Besuch informiert worden und setzt sich zu ihr.

„Hat man Ihnen gesagt, was ich von Ihnen wissen möchte?"

„Nur ungefähr, es hat mit meinem Bruder und seinem Cousin zu tun."

Marthas Beine bedeckt ein langer, roter Rock und darüber hat sie eine weiße Schürze gebunden. »Cooper's Fine Food« ist in großen roten Buchstaben darauf gestickt. Marthas hübsches Gesicht ist traurig, ihre vielen braunen Locken hängen ihr wie lange Tränen vom Kopf herab. Candy empfindet Mitleid mit der jungen Frau.

„Ja, das stimmt. Nur etwas genauer: Es geht um den Hintermann des Juwelendiebstahls. Wenn wir ihn finden sollten, könnten wir ihm die Hauptschuld geben und ihr Freund und ihr Bruder könnten sich auf eine Haftverkürzung freuen."

Jetzt lächelt das zarte Mädchen etwas und wischt sich eine Träne aus dem Gesicht.

„Fällt Ihnen irgendetwas ein, das Ihnen vielleicht seltsam vorgekommen ist, in der Zeit vor dem Juwelendiebstahl?"

Die Kleine überlegt eine Weile. „Es war mal ein merkwürdiger Besuch hier im Imbiss, es war im Oktober. Einer der

Gäste hatte mich angesprochen und mich an seinen Tisch gebeten. Erst habe ich gedacht, er will etwas von mir. Wissen Sie, manchmal spricht mich ein Mann an und will sich mit mir treffen. Dieser hier wollte etwas über Frank und Clyde wissen. Ob und wo sie jetzt arbeiten, wann ich sie zuletzt gesehen habe und solche Sachen. Dann hat er mir einen Dollar gegeben, das war es. Heute wünschte ich, ich hätte nicht so bereitwillig Auskunft gegeben, vielleicht wäre dann alles nicht passiert ..."

Candy ist ganz aufgeregt. Das ist es doch, wonach sie sucht! Sie spürt ein Kribbeln im Bauch, das ist das Jagdfieber. „Können Sie den Mann beschreiben? Denken Sie bitte genau nach!"

Das Mädchen schließt die Augen und sammelt sich. Dann fallen ihr noch einige Details ein. „Es war ein Mann Ende vierzig. Er war elegant gekleidet, er hatte dunkle, volle Haare und eine wohlklingende Stimme."

„Können Sie sich an seine Größe erinnern?" Candy macht mit fliegendem Stift Notizen, die erste Seite ihres Blocks ist fast voll.

„Er schien mir nicht besonders groß zu sein." Sie denkt noch eine Weile nach, dann schüttelt sie ihren Kopf. „Tut mir leid, mehr fällt mir nicht ein."

„Das ist doch schon eine ganze Menge!" Candy steckt ihren Notizblock zu der kleinen Waffe in die Handtasche und verabschiedet sich von der jungen Serviererin. Sie bindet sich einen großen, grünen Hut mit einer roten Schleife auf den Kopf, um ihre blonden Haare vor dem Nieselregen zu schützen, und tritt auf den Bürgersteig hinaus.

***

Montag, der 15. Dezember, es ist am frühen Abend. In einem Nebenraum des »Morning Star« Restaurants, Ecke 57. Straße mit der 9. Avenue, treffen sich drei Männer. Der offenkundige Anführer ist ein Mann namens Nick Costa, die beiden anderen sind Dean Jordan und Mick Bagger. Alle drei haben bereits ein paar Jahre im Gefängnis hinter sich. Ihre Spezialität sind unter anderem Raubüberfälle.

Der Clubraum des »Morning Star« hat einen Telefonanschluss. Nick Costa ist der intelligenteste von ihnen. Er hat einen Lautsprecher und ein Mikrophon mitgebracht, die er jetzt geschickt mit dem Telefon verbindet.

Er sieht auf die Uhr und blickt dann zu seinen beiden Komplizen. „Gut, dass ihr so pünktlich seid, in drei Minuten werden wir angerufen."

„Kennst du unseren Boss?", wird Nick gefragt.

„Nein, bisher hat er nur mit mir telefoniert und vor zwei Tagen habe ich diese Unterlagen erhalten", er hebt einen dicken Umschlag hoch.

„Was ist da drin?"

„Das soll ich laut seinen Anweisungen erst nach dieser Konferenz verteilen. Geduldet euch also noch einen Moment."

Die beiden Männer brummeln etwas mürrisch. „So ein Unsinn, was soll bloß diese Geheimniskrämerei?"

Das Telefon läutet, Nick Costa hebt den Hörer ab, legt ihn neben das Telefon und spricht in das Mikrofon. Im Lautsprecher ist eine Stimme zu hören.

„Sind außer Ihnen, Mr. Costa, die Herren Jordan und Bagger anwesend? Haben Sie die Unterlagen, die ich Ihnen geschickt habe, dabei?"

„Ja, es sind beide hier, wie Sie es angeordnet haben, den Umschlag habe ich auch hier bei mir."

Wieder ertönt die Stimme aus dem Lautsprecher. „Meine Herren, ich bin ihr Auftraggeber. Hören Sie genau zu, was ich Ihnen sage. In dem Umschlag sind Unterlagen für Sie. Sie sollen sich den Lageplan und den Ablauf genau einprägen. Anschließend wird Mr. Costa die Papiere vernichten."

Die Stimme ist klar und deutlich. Trotz der schlechten Qualität aus dem Lautsprecher klingt sie angenehm. „Sie sollen das Geld aus dem übernächsten Geldtransport von Macy's stehlen. Ich habe ihnen einen genauen Plan angefertigt. Zur weiteren Vorbereitung werden Sie sich die Geldübergabe morgen um 1:00 Uhr am Nachmittag ansehen. Prägen Sie sich jedes Detail ein. Ich habe Mr. Costa schon mit weiteren Informationen versorgt, er wird bei dem Vorhaben ihr Anführer sein."

„Was wird für uns dabei herausspringen?", fragt Dean Jordan, er ist der jüngste der drei Männer.

„Nick Costa erhält 20,000 Dollar in bar, Sie erhalten beide je 10,000 Dollar, natürlich ebenfalls in Scheinen."

Der eine der beiden Männer pfeift durch die Zähne. „Das ist ein ganz ansehnlicher Lohn. Sie rechnen offensichtlich mit einer großen Beute?"

„Lassen Sie das meine Sorge sein. Und zu Ihrer Information: Ich werde nicht davor zurückschrecken, Sie bei Abweichungen von meinen Anweisungen zu erschießen, insbesondere wenn Sie versuchen sollten, sich an dem Raub zu vergreifen. Ist das klar?"

Die Männer sehen zu dem Lautsprecher hin. Es ist zwar nur eine Stimme, sie duldet ganz offensichtlich keinen Widerspruch.

„Ja, Boss!", murmeln die beiden, Nick Costa nickt unmerklich.

„Und zuletzt noch ein Anreiz", fährt die Stimme aus dem Lautsprecher fort. „In dem Umschlag von Nick Costa befinden sich noch 1000 Dollar für jeden von Ihnen in kleinen Scheinen. Den Rest gibt es an unserem Treffpunkt nach der Übergabe des geraubten Geldes."

„Wo ist denn dieser Treffpunkt?"

„Das steht alles in den Unterlagen von Mr. Costa. Und nicht vergessen, die müssen alle nach dieser Sitzung verbrannt werden." Es knackt laut aus dem Lautsprecher, dann ist es still.

Dean Jordan und Mick Bagger sehen Nick Costa an. Der greift in seine Tüte und holt mehrere Blatt Papier heraus.

„Prägt euch das gut ein, es ist die Adresse, wo wir uns treffen werden und eine Liste der Dinge, die ihr mitbringen müsst." Er greift nochmals in den Umschlag und holt die Geldscheine heraus. „Es sind für jeden 1000 Dollar, meinen Teil habe ich schon entnommen."

16. Dezember

Ein Tag ist vergangen, heute wird wieder ein Geldtransport stattfinden. Es soll alles wie beim vorigen Mal ablaufen, nur dieses Mal um 1:00 p.m. statt um 11:00 a.m. Uhr.

Es ist Dienstag, der 16. Dezember, 12:30. Seit dem Morgen beobachtet Mike die Umgebung um das riesige Kaufhaus. Bisher läuft alles mit gewohnter Regelmäßigkeit ab, so wie jeden Tag.

Ein cremefarbener Ford Sedan biegt in die 34. Straße ein und hält gegenüber dem Haupteingang zu Macy's. Mikes Alarmglocken springen sofort an. Im Wagen sitzen drei Männer. Sie haben ihre Hüte tief in die Stirn gezogen und scheinen sich zu unterhalten. Sieht er jetzt schon Gespenster, oder braut sich dort wirklich Unheil zusammen? Mike schlendert mit dem Sack auf der Schulter langsam an dem Wagen vorbei. Der Motor ist abgeschaltet, es sind drei Männer, sonst ist nichts Auffälliges zu erkennen.

Die Männer steigen aus und schlendern an den Geschäften entlang. Mike fällt jedoch auf, dass sie mehr den Vorgängen vor Macy's Aufmerksamkeit schenken, als den Auslagen in den Schaufenstern. Was soll er machen? Soll er Alarm schlagen, auf einen vagen Verdacht hin, der sich dann als Hirngespinst herausstellen könnte? Einer der drei kommt ihm bekannt vor. Er hat ihn vor kurzem in einem ganz anderen Zusammenhang gesehen. Wo soll er ihn hinstecken? Er nimmt sich vor, später in seinem Büro seine Bildersammlung durchzusehen.

Das Transportauto für den Geldtransport fährt vor. Der nun folgende Ablauf ähnelt vollständig dem Transport vor einer Woche. Er behält die Männer im Blick, die immer noch auf dem Bürgersteig stehen und sich zu unterhalten scheinen. Die Nummer des cremefarbenen Wagens hat er sich eingeprägt. Morgen wird er versuchen, den Halter zu ermitteln. Das Transportauto fährt fort, unbeschadet, wie schon vorige Woche. Die drei Männer aus dem Ford schlendern zu dem Café an der Ecke und verschwinden darin.

Nach einer halben Stunde kommen sie heraus, steigen in den cremefarbenen Wagen und verschwinden im Verkehr.

Mike ist sich sicher, dass er jetzt echte Anzeichen für einen geplanten Überfall beobachtet hat. Er sucht Mr. Hunnicut in seinem Büro auf.

„Mr. Callaghan, gibt es etwas Neues?"

„Das kann man sagen. Ich bin sicher, Hinweise für einen Raub Ihrer Einnahmen beim nächsten Transport entdeckt zu haben."

„Wirklich? Setzen Sie sich! Möchten Sie eine Tasse Kaffee?"

„Ja, ein heißer Kaffee wäre jetzt gut. Ich bin etwas durchgefroren."

„Kein Problem!" Mr. Hunnicut steht auf und spricht kurz mit den beiden Sekretärinnen im Vorzimmer.

Der Kaffee wird gebracht. Mike hat sich den roten Mantel ausgezogen und sich in der Zwischenzeit eine Zigarette angesteckt. „So, jetzt lassen Sie mal hören!"

Er erzählt ausführlich von seinen Beobachtungen und lässt kein Detail aus. Als er seinen Bericht beendet hat, sieht ihn Mr. Hunnicut nachdenklich an.

„Das hört sich allerdings sehr verdächtig an. Ich bin mit Ihnen einer Meinung, dass wir uns für den nächsten Transport warm anziehen müssen."

„Was genau werden Sie machen?"

„Ich werde für die Dauer des nächsten Transportes einen Streifenwagen der zuständigen Polizeiwache, das ist das Revier Midtown Manhattan, anfordern."

„Wunderbar, dann hat sich meine langwierige Beobachtung doch gelohnt."

„Naja, wie man es nimmt. Lieber wäre es mir gewesen, es würde kein Diebstahl stattfinden."

Nach dem Gespräch mit Mr. Hunnicut ist seine Arbeit beendet. Mike schlendert die Straßen entlang in Richtung Rockefeller Plaza. Er sieht in die Schaufenster und sucht nach einer Idee für ein Geschenk für Candy. Was soll er ihr bloß kaufen?

Seine Schritte führen ihn zum Juwelier Martin im Rockefeller Center. Dort hat die Familie Evans schon häufig eingekauft, vielleicht hat Mr. Martin oder einer seiner Angestellten eine Idee, was er ihr schenken könnte. Irgendwie leitet ihn auch der Gedanke an den Einbruch vor zwei Monaten dorthin.

Die vier Schaufenster des Juweliers sind üppig geschmückt, es glitzert aus jeder Ecke. Strahlender Glanz von Gold und Silber blinkt ihm entgegen, egal wohin er seine Augen richtet. Ja, ein kleiner Schmuck, darüber würde sie sich freuen. Mutig betritt er den Juwelierladen.

Im Geschäft ist der Glanz noch viel strahlender, als es der Blick durch die Scheiben vermitteln konnte. Dass hier vor zwei

Monaten ein Einbruch stattgefunden hat, ist nicht mehr zu erkennen. Es herrscht Hochbetrieb, jeder Verkäufer hat einen Kunden, leises Gemurmel dringt an sein Ohr.

Nach einer Weile findet einer Zeit, ihn anzusprechen. „Was kann ich für Sie tun, mein Herr?"

„Ich suche nach einem kleinen Anhänger, eventuell aus Gold. Es könnte zum Beispiel ein Herz sein."

Der Verkäufer zeigt ihm einige Beispiele. Mike entscheidet sich für ein kleines Herz aus massivem Gold, vielleicht 3/4 Zoll (19 mm) im Durchmesser, zusammen mit einer goldenen Kette. Es soll eine Gravur bekommen, »Mike« soll darauf stehen.

„Es wird ein paar Tage dauern, wir sind vor Weihnachten immer gut beschäftigt."

„Das macht nichts. Ich arbeite hier in der Nähe und werde gelegentlich vorbeikommen. Rufen Sie mich bitte nicht an."

Nachdenklich fährt Mike in die Detektei zurück. Janet ist schon zu Hause bei ihren Kindern. Candice sitzt an ihrem Schreibtisch über vielen Zetteln und einem Stadtplan von Manhattan. Sie strahlt über das ganze Gesicht, als sie ihn erkennt und fliegt in seine Arme. „Schön, dass du da bist, ich habe eine Menge Ideen, die ich mit dir besprechen möchte. Gibt es etwas Neues bei dir?"

Mike erzählt ihr die gleiche Geschichte mit dem möglichen Geldraub, wie schon Mr. Hunnicut. Candy hängt an Mikes Lippen und verschlingt jeden Teil seines Berichtes. „Mensch, Mike, das hört sich spannend und gefährlich an. Meinst du, der nächste Transport wird überfallen werden?

„Ja, mit ziemlicher Sicherheit."

„Pass bloß auf, dass dir nichts passiert! Ich bekomme jetzt schon ein flaues Gefühl im Magen, wenn ich mir vorstelle, dass du eventuell in eine Schießerei verwickelt werden könntest."

„Es wird wohl glatt laufen, denn es wird ein zusätzlicher Polizeiwagen bereitstehen. Jetzt erzähle endlich deine Geschichte, ich merke doch schon, dass du schier platzt vor Ungeduld!"

Candy erzählt von ihrer Begegnung mit Martha McLloyd. „Ich fühle, dass dieser Besucher im »Cooper's Fine Food« etwas mit dem Juwelendiebstahl zu tun hatte. Ich habe auch eine ungefähre Beschreibung von ihm. Mein Problem ist nur, dass es sehr viele Polizeireviere gibt, die meines Erachtens in Frage kommen, und noch viel mehr Polizeioffiziere. Ich muss mir eine Methode ausdenken, um den möglichen Drahtzieher noch besser einkreisen zu können. Einen einzigen Punkt habe ich bisher. Dieser Mann hat sich kurz nach dem Juwelendiebstahl, also zwischen 6:30 und 7:00 p.m. am 17. Oktober, mit den beiden Helfern getroffen, um die Juwelen zu übernehmen. Mein Polizeioffizier hat in dieser Zeit demnach kein Alibi."

„Du kannst kaum jeden in Frage kommenden Leiter und seine Mitarbeiter anrufen und sie fragen: ‚Sagen Sie, wo waren Sie in der Zeit von... und so weiter'. Du wirst entweder keine, oder keine ehrliche Antwort erhalten, außerdem wird es auch viel zu lange dauern."

„Ja, das habe ich mir auch schon gedacht. Ich muss noch irgendeine Vorauswahl treffen."

„Was auch immer bei deinen Überlegungen herauskommen mag, ich finde, du hast bisher einen außergewöhnlichen detektivischen Spürsinn an den Tag gelegt. Du bist wirklich eine bemerkenswerte Ermittlerin."

Ein glückliches Leuchten geht über ihr Gesicht. „Meinst du wirklich? Ich habe bisher immer gedacht, ich bilde mir das alles ein und ich bin nur eine ganz mäßige Detektivin."

„Nein, das ist meine ehrliche Meinung."

Candice stürzt sich auf ihren Liebling und überschüttet ihn mit Küssen. „Mein lieber Mike, für so ein feines Lob möchte ich mich bei dir bedanken!"

„Jetzt gleich?"

Candice liest sich immer wieder ihre Notizen durch. Es ist das Protokoll der Aussage von Mr. Martin und ihre Notizen von dem Besuch bei den beiden Dieben im Gefängnis. Immer wieder lässt sie den möglichen Ablauf, soweit bekannt, vor ihren Augen ablaufen. Wenn es ein höherer Polizeioffizier wäre, wo könnte er herkommen?

Sie beschließt, sich noch einmal mit Lucas Grumble zu beraten. Er ist Chefermittler im 7. Polizeirevier und kennt die Struktur der New Yorker Polizei sehr genau. Sie telefoniert mit ihm und fährt später zur Pitt Street in der Lower East Side.

Er bittet sie in sein völlig überfülltes Büro, Berge von Akten liegen auf dem Schreibtisch und auf den Aktenschränken.

„Meine liebe Candice, es freut mich, dich zu sehen. Nun lass mal hören, was du auf dem Herzen hast."

Candice zückt ihr Notizbuch. „Laut der Beschreibung von Martha McLloyd ist der Unbekannte etwa Ende vierzig Jahre alt, er hat dunkle volle Haare und eine angenehme Stimme. Er ist nur mittelgroß."

„Das ist doch schon eine ganze Menge. Lass uns jetzt mal weiter überlegen. Meiner Meinung nach kann es nur der Leiter des Reviers oder dessen Chefermittler sein, die Detectives mit niedrigerem Dienstgrad kommen an diese Informationen nicht oder nur sehr schwer heran. Was haben wir denn noch? Es gibt 88 Polizeireviere in ganz New York City. Ich glaube, man kann alle Boroughs außerhalb Manhattan ausschließen, oder was meinst du? Es ist höchst unwahrscheinlich, dass unser Mann von einem weiter entfernten Revier stammt. Alle zusammen wären auch über 200 Personen, das ist für dich alleine kaum zu schaffen."

Candice nickt, aufmerksam folgt sie den Überlegungen des Lieutenants.

„Gut, alleine im Borough Manhattan sind 22 Reviere, das wären demnach etwa 50 in Frage kommende Personen, wenn wir nur den Captain und seine Lieutenants zählen. Das ist doch zu schaffen, oder nicht?"

Candy seufzt. „Das hört sich immer noch sehr viel an."

„Was meinst du, wie viele Leute wir mitunter befragen müssen! Aber weiter: Ich kenne einige von ihnen persönlich, die können wir schon ausschließen. Weißt du was? Ich stelle dir eine Liste zusammen, mit all denen, die ich nicht kenne und denen, die ich kenne und die deine Kriterien erfüllen. Was sagst du dazu?"

„Lucas, du bist ein Schatz. Wie kann ich das je wieder gut machen!"

Der Lieutenant lacht. „Dein Lächeln ist mir Lohn genug. Nein, im Ernst, du kannst mich mal bei passender Gelegenheit auf ein Bier einladen."

„Jederzeit, Lucas!"

Am nächsten Tag erhält Candy einen Anruf von Lieutenant Grumble, der von Janet zu ihr durchgestellt wird. Mit vor Aufregung klopfendem Herzen fährt sie später in den finsteren Süden von Manhattan.

Der Detective zeigt ihr ein Blatt Papier mit einer Reihe von Namen. „Sieh hier! Nachdem ich meine Bekannten, die nicht in dein Schema passen, herausgenommen habe, bleiben noch 14 Personen in zehn Revieren. Ich habe die Adressen daneben geschrieben, dann kannst du sie leicht finden."

Candy sieht mit strahlenden Augen auf die Liste. In ihrem Kopf entsteht schon eine mögliche Fahrtroute. „Lucas, ich bin dir sehr zu Dank verpflichtet. Jetzt entschuldige mich bitte, ich möchte sofort mit der Überprüfung beginnen", und schon ist sie wieder draußen, Lucas Grumble schüttelt lächelnd den Kopf über ihren Eifer.

Sie springt in ihr Auto und blickt auf die Liste. Die aufgeführten Polizeireviere sind alle weiter im Norden, Lucas kennt die Kollegen der Reviere im Süden von Manhattan besser, mit ihnen hat er häufiger Kontakt.

Das 17. Revier ist das erste auf der Liste. Sie betritt es und fragt nach dem Leiter. Er stellt sich als ein älterer Herr mit Namen Edgar Buchanan vor. Er ist etwas beleibt und hat graues, schütteres Haar. Ein forschender Blick aus seinen dunklen Augen kriecht über ihre hübsche Figur, sodass sie sich etwas unbehaglich fühlt. Noch hat sie es nicht gelernt, solche Situationen locker wegzustecken. Möglicherweise wird sie sich nie daran gewöhnen. Sie hat sich einen Grund für ihren Besuch ausgedacht und erläutert ihn nun. Angeblich sucht sie einen Zeugen für einen Verkehrsunfall, er soll ein Offizier von der Polizei sein. Captain Buchanan scheint es egal zu sein, ob dieser Grund stimmt oder nicht, er wendet seine Augen keinen Moment von seinem hübschen Gast. „Meinen Lieutenant wollen Sie noch sprechen? Sie haben Glück, er ist gerade hier - Ted! Kannst du mal kurz kommen!"

Die Tür öffnet sich und ein baumlanger Kerl kommt herein. „Was gibt es, Chef?"

„Diese junge Dame hat eine Frage an dich."

Candy hat erkannt, dass es niemand dieser beiden sein kann. Sie spielt ihr Spiel zu Ende und fragt auch den langen Detective nach seinem Alibi für den 17. Oktober, zwischen 6:30 und 7 Uhr am Abend.

„Tut mir Leid, Miss. Ich war an dem Tag bis zum Abend im Einsatz. Wenn Sie noch eine Frage haben, ich habe gerne Zeit für Sie", er mustert sie mit einem wohlwollenden Lächeln.

Kerle! Candy genügt es, sie hat genug gesehen. Sie verabschiedet sich mit einem freundlichen Lächeln und verlässt das Polizeirevier.

Die nächste Wache oder Precinct ist Midtown Nord. Hier kannte Lucas nur den Chef nicht. Es ist Inspektor John Hart. Er ist nicht im Büro, sein Alter wird jedoch mit über fünfzig Jahren beschrieben und fällt damit durch ihr Raster. Das nächste Revier ist die Nummer 10 im Bezirk Midtown Manhattan. Das ist auch der Arbeitsplatz von Lieutenant Robert Willers. Er kann es nicht sein, er passt nicht in das Schema. Sie muss sich jetzt nur auf seinen Chef konzentrieren, bisher ist sie ihm nicht begegnet. Es gab doch einen Hinweis über die Weiterleitung des Alarms in das zehnte Revier. Das zehnte Revier? Vielleicht gibt es einen Zusammenhang, dann hat sie vielleicht schon bald Erfolg mit ihrer Suche. Sie betritt das 10. Polizeirevier, das Midtown South Precinct. Sie war schon einmal für ein langes Gespräch mit Lieutenant Willers hier.

Ein Sergeant sieht zu ihr hin und ruft: „Lieutenant Willers ist im Moment nicht hier."

„Das ist okay, ist denn sein Chef zu sprechen?"

„Das ist unser Captain, Mr. Wilkinson. Er ist auch nicht hier, vielleicht möchten Sie mit seiner Sekretärin sprechen?"

Die Sekretärin ist eine graue Maus, sie ist etwa so alt wie Janet, sie macht jedoch keinen so aufgeweckten Eindruck. „Was kann ich für sie tun?" Sie mustert bewundernd, beinahe ein wenig neidisch, ihren hübschen Gast.

„Man hat mir gesagt, dass ich bei Ihnen eine Auskunft bekommen kann."

Die Sekretärin nickt vorsichtig. „Das kommt darauf an, was Sie wissen wollen. Ich werde mir Mühe geben."

„Ich soll eine Versicherungssache mit einem Autounfall klären. Es ist nur eine Kleinigkeit, mein Mandant behauptet jedoch, dass er ihren Chef, Captain Wilkinson, am Steuer des gegnerischen Fahrzeuges gesehen haben will. Der betreffende Zeitpunkt ist der 17. Oktober zwischen 6:30 und 7:00 p.m."

Die graue Maus holt sich einen Terminkalender und blättert darin herum. „Also, hier steht nur eine Notiz, »out of office«. Demnach war er nicht hier, ich kann ihnen leider nicht sagen, wo er gewesen ist."

„Den Mann beschrieb man mir mit dunklem, vollem Haar, Alter Ende vierzig, etwa mittelgroß."

„Das könnte hinkommen."

Candy bedankt sich mit einem entzückendem Lächeln. „Danke, ich werde mich in den nächsten Tagen bei Ihrem Chef melden!" Sie verabschiedet sich und verlässt das Revier. Sie ist sehr zufrieden mit ihrem Ergebnis. Nun wird sie sich irgendwie ein Bild von diesem Mann besorgen, und es verschiedenen Leuten vor die Nase halten. Den Besuch der weiteren Reviere von Lucas' Liste schenkt sie sich erst einmal, sie ist sich sicher, den richtigen Mann bereits gefunden zu haben. Die Nähe zu dem Juwelier Martin und dem Kaufhaus Macy's kann kein Zufall sein!

***

Eine Viertelstunde später kommt Captain Wilkinson in sein Büro. Er begrüßt seine Sekretärin und fragt mit einer wohltönenden Stimme: „Guten Tag, Mildred. Ist während meiner Abwesenheit etwas gewesen?"

„Ja, vorhin war eine ungewöhnlich hübsche junge Frau hier und wollte etwas wegen eines alten Termins wissen."

„So? Welcher Tag war es denn?"

„Es war der 17. Oktober zwischen 6:30 und 7:00 p.m."

Captain Wilkinson erstarrt für einen Moment. „Der 17. Oktober, sagten Sie?"

„Ja, Sir, zwischen halb sieben und sieben."

„So, um die Zeit also. Hm…Hat sie ihren Namen genannt?"

„Entschuldigen Sie, Sir, ich habe vergessen danach zu fragen. Sie hat mich mit ihrer Erscheinung ganz aus dem Takt gebracht."

„Ach, versuchen Sie doch bitte, herauszufinden, wer das war, es könnte sehr wichtig für mich sein."

In seinem Büro setzt er sich, streckt die Beine aus und lehnt sich zurück. Er schließt die Augen und beginnt zu grübeln.

Wie kann das angehen, dass ihm jemand auf die Schliche gekommen ist, er hat doch an alles gedacht? Dem muss er jetzt sofort nachgehen. Erstens darf es auf keinen Fall herauskommen, außerdem darf der geplante Diebstahl der Einnahmen von Macy's nicht gefährdet werden. Er beschließt, sich sofort damit zu befassen.

23. Dezember, hinter Gittern

Es ist Dienstag, der 23. Dezember. Die Sonne scheint gelegentlich zwischen grauen Wolken hervor. In der letzten Nacht hat es etwas geschneit. Der Schnee ist inzwischen wieder verschwunden, lediglich die Straßen sind noch nass.

Heute soll um 2:00 p.m. der letzte Geldtransport dieses Jahres stattfinden. Mike rechnet ganz sicher damit, dass ein Überfall stattfinden wird. Er hat mit Mr. Hunnicut gesprochen, der sich gestern schon beim 10. Polizeirevier gemeldet hat. Er hat persönlich mit dem Leiter Captain Wilkinson gesprochen. Dieser hat ihm zugesichert, dass zehn Minuten vor 2:00 p.m. ein Einsatzfahrzeug der Polizei kommen wird. Mr.

Hunnicut als auch Mike Callaghan hoffen, dass die bloße Anwesenheit der Polizei genügen wird, den Überfall gar nicht erst stattfinden zu lassen.

Mike hat wie jeden Tag seine 38er in einem Schulterholster unter seinem roten Mantel stecken. Aufmerksam und ein bisschen nervös geht er die 34. Straße West - jetzt bestimmt schon zum fünfzigsten Mal - auf und ab.

Gestern Abend hat er in seinem Büro die Bilder, die sich bei ihm angesammelt haben, nach dem Gesicht des Mannes von letzter Woche angesehen. Er hat ihn gefunden, es ist ein Mann mit Namen Nick Costa. Er gehörte vor ein paar Monaten zum engsten Kreis um einen Mafiaboss. Dieser war mit den meisten seiner Komplizen bei einem Schiffsunglück ums Leben gekommen. Nick Costa war davon verschont geblieben, weil er zum Zeitpunkt der Katastrophe unterwegs war, um neue Dealer für das Heroin zu finden.

Er erinnert sich an eine Nachricht von Albert Finney, dem Hoteldetektiv vom Grand Hotel am Grand Central Terminal. Danach war der Kopf der Kofferdiebe mit großer Wahrscheinlichkeit ein Nick Costa. Und nun taucht er hier wieder auf. Ist er eventuell der Anführer für den Überfall? Möglich wäre es.

Er besucht den Schuhputzer Jesaja, der unermüdlich, trotz der Kälte immer freundlich und vergnügt, mit seinen Kunden schwatzt. Mike wartet ab, bis der Schwarze seinen Kunden bedient hat und tritt zu ihm hin. „Guten Tag, Jesaja! Wie ich sehe, hast du gut zu tun?"

„Ja, gelaufen wird immer! Und bei diesem Schmuddelwetter bleiben die Schuhe nicht sauber. Was gibt es, Santa? Du hast doch etwas auf dem Herzen?"

„So ist es, Jesaja. Achte heute besonders gut auf dich und die Umgebung. Wenn meine Überlegungen stimmen, wird heute die »große Sache« steigen, wie du es genannt hast."

Der Schwarze lacht und entblößt einige Zahnlücken. „Siehst du, ich bin bloß ein Schuhputzer, trotzdem kann man mich nicht so schnell täuschen."

Er kneift Mike ein Auge. „Falls du es noch nicht bemerkt hast, seit einer halben Stunde haben wir einen weiteren Weihnachtsmann. Das kommt mir seltsam vor, weil Weihnachten doch in zwei Tagen vorbei ist."

„Da hast du auf jeden Fall recht, ich werde mir den »Kollegen« mal genauer ansehen. Woran kann ich ihn erkennen?"

„An seinem roten Mantel!", dann lacht der Schwarze und ihm schaut der Schalk aus den Augen. „Nein, er sieht aus wie du, er ist nur einen halben Kopf kleiner."

Mike geht die Bemerkung des Schuhputzers nicht aus dem Kopf. Aufmerksam beobachtet er seine rot gekleideten Kollegen. Etwa zwanzig von ihnen bevölkern die Bürgersteige rund um das Kaufhaus.

Sie haben zwar alle ein ähnliches Kostüm an, doch jeder unterscheidet sich auf seine Art von den anderen. Es gibt große und kleine, dicke und dünne. Dazu kommt die Gestik. Jeder hat sein ganz eigenes Gangbild und eine bestimmte Art, sich zu bewegen. Bisher ist ihm der neue Kollege noch nicht aufgefallen.

Er steht vor dem alten Gebäude mit der Nummer 126 und beobachtet gerade auf der gegenüberliegenden Straßenseite den Haupteingang zu Macy's, da hört er hinter sich eine Stimme.

„Ich habe eine Waffe auf Sie gerichtet! Kommen Sie langsam hierher!"

Mike dreht sich vorsichtig um. Die Stimme klingt nicht, als wenn es sich um einen Scherz handeln würde. Bevor er den

Mann erkennen kann, erhält er einen Schlag auf den Kopf. Um Mike wird es sofort schwarz, er bricht bewusstlos zusammen. Jemand fängt ihn auf und zerrt ihn in den dunklen Eingang des abbruchreifen Gebäudes hinein.

Sein Schädel schmerzt, ganz langsam wird es wieder hell um ihn herum. Mike liegt auf dem Boden in einem dunklen Hausflur. Der Untergrund ist schmutzig und Unrat liegt umher. Der Flur gehört zu dem Haus Nr. 126, das noch vom Ende des vorigen Jahrhunderts stammt und demnächst abgerissen werden soll. Niemand hat ihn in diesem Eingang bemerkt. Ein beißender Schmerz füllt seinen Kopf und er tastet ihn prüfend ab. Er findet eine dicke Beule, sie schmerzt unter seiner vorsichtigen Berührung, an seinen Fingern bemerkt er etwas Blut.

Mühsam erhebt er sich und lehnt sich an die Wand, ihm ist ein bisschen schwindelig, er sammelt sich und versucht, sich das Geschehen in Erinnerung zu rufen.

Wie viel Zeit mag vergangen sein? Er hebt seinen Arm und sieht auf seine Armbanduhr, dabei bemerkt er, dass die weiße Schärpe auf dieser Seite des Ärmels fehlt. Die Uhr zeigt 2:15 p.m. Der Geldtransport sollte jetzt beendet sein. Er tastet nach seiner Waffe.

Sein Revolver fehlt! Das Schulterholster ist leer. Mike sieht sich langsam mit schmerzendem Kopf um. Seine Waffe kann er nicht finden, das Licht ist hier schlecht, sodass er sich nicht sicher ist. Er richtet sich mühsam ganz auf und geht langsam zu dem Haupteingang von Macy's auf die andere Straßenseite hinüber. Dort hat sich vor dem Eingang eine große Menschenmenge angesammelt, Polizei ist auch zu sehen. Vor den Schaulustigen auf dem Bürgersteig erkennt Mike drei Tote, deren Position auf dem Boden gerade mit einem Stück Kreide markiert wird. Großer Gott! Was ist hier passiert?

„Hallo, Santa! Was machst du denn hier?"

Mike dreht sich um und sieht in das forschende Gesicht von Jesaja Milton. „Ich bin niedergeschlagen worden und habe mich eben erst aufgerappelt."

Der Schwarze mustert ihn sorgfältig. „Du siehst schlimm aus, Hauptsache ist doch, dass du lebst. Du hast das Wichtigste verpasst."

„Erzähl doch mal!"

Mike bekommt eine Kurzfassung, er traut seinen Ohren kaum. „Ich habe kurz vor 2:00 Uhr wegen deines Hinweises meinen Stammplatz am Herald Square verlassen. Der Geldtransportwagen kam und die beiden Wachen stiegen aus."

„Hast du einen Wagen der Polizei gesehen?"

„Nein Santa. Ich habe aber gehört, dass es am alten Güterbahnhof in der 33. Straße eine Explosion gegeben haben soll. Angeblich hat deswegen kein Streifenwagen zur Verfügung gestanden."

„Klar, das ist ein uralter Trick". Mike massiert seine Schläfen, diese Kopfschmerzen machen ihn noch verrückt. „Wahrscheinlich wird man am Güterbahnhof, außer einem Krater, nichts finden."

Mike erinnert sich an die Kofferdiebstähle an der Grand Central Station, das war dasselbe Prinzip. Jemand zieht die Aufmerksamkeit auf sich und andere führen den dunklen Plan aus.

Jesaja berichtet weiter, Mike staunt, wie viele Details sich der alte Mann merken konnte.

„Nur wenige Sekunden, nachdem die Männer mit dem Geld auf den Bürgersteig traten, liefen zwei Männer herbei. Sie waren mit Strümpfen über dem Gesicht maskiert, der eine von ihnen hatte eine Pistole in der Hand. Der Wachmann an der Tür zog seine Waffe und wollte schießen. Und da, du glaubst es nicht, Santa, plötzlich kam ein Weihnachtsmann mit einem Revolver in der Hand zwischen den Passanten hervor und schoss sofort. Beide Wachmänner waren auf der Stelle tot. Ein dritter Schuss fiel und ein Passant, der anscheinend im Weg war, brach getroffen zusammen. Der Revolver liegt noch auf dem Bürgersteig, wenn ihn die Polizei noch nicht eingesammelt hat."

Mike ist erschrocken und wütend zugleich. Nun hat er so viel Arbeit zur Vermeidung eines möglichen Überfalles aufgewandt, und nun ist es doch passiert. Außerdem hat es noch drei Tote gegeben! Er sieht vor dem Eingang von Macy's den Sicherheitschef, Mr. Hunnicut, stehen. Er ignoriert seinen schmerzenden Kopf und zwängt sich durch die Menschenmenge.

„Da ist der Weihnachtsmann! Genau der war es!", rufen einige der Zuschauer neben ihm. Sie halten ihn an seinem roten Mantel fest.

Mike reißt sich los, jetzt kommt einer der Polizisten auf ihn zu. „So, da haben wir Sie. Hände hoch!"

Er zieht seine Waffe und richtet sie auf Mike.

„Nein, um Gottes willen, nein, ich bin eben erst dazugekommen!" Mike hebt die Hände und geht auf den Polizisten zu. Der mustert Mikes Arme und sieht ihn dann wieder misstrauisch an. „Wenn Sie ein anderer Weihnachtsmann sind, wie kommt denn ihre Schärpe hier auf den Bürgersteig?"

Mike erstarrt. Tatsächlich, die Schärpe seines linken Ärmels liegt vor ihm auf dem Boden. Mit Kreide ist eine Nummer auf den Bürgersteig daneben geschrieben worden.

„Kommen Sie mit!" Der Polizist legt ihm Handschellen an und führt ihn zu dem Streifenwagen.

Mr. Hunnicut hat ihn entdeckt und kommt zu ihm. „Officer, warum halten Sie diesen Mann fest?

„Es sieht im Moment so aus, als wenn er der Weihnachtsmann ist, der die drei Männer auf dem Gewissen hat."

„Was? Das muss ein Irrtum sein! Der Mann arbeitet in meinem Auftrag."

„Wenn das stimmt, werden wir es schnell herausfinden. Bis dahin nehmen wir ihn zur Sicherheit mit. Melden Sie sich bei Lieutenant Willers, wir werden uns bis dahin ihren Namen notieren."

Mike wird unsanft in das Auto gestoßen, ein weiterer Polizist setzt sich neben ihn. Der Weg ist kurz, es geht zum 10. Revier in der 35. Straße West. Mike steigt aus und folgt ohne Gegenwehr den Polizisten. Ohne viel Federlesens wird er in eine der beiden Zellen gesperrt.

„Kann ich bitte telefonieren?", ruft Mike den beiden Polizisten nach, die sich jetzt entfernen.

„Warten Sie auf den Detective!", hört er noch, dann ist er alleine.

Er ist nicht ganz alleine. Er hat einen schwarzen Zellengenossen, der ihn jetzt herausfordernd mustert. „Haben dich deine Engel im Stich gelassen?" Er lacht hämisch und entblößt Zähne, die so schwarz und abstoßend sind, wie sein Gesicht. Mike wird beinahe schlecht vor ohnmächtiger Wut. Er setzt sich auf das untere Bett und starrt düster an die Wand.

Irgendjemand lacht sich jetzt ins Fäustchen. Die Waffe auf dem Bürgersteig wird sich bestimmt als seine herausstellen, denn sein Revolver ist verschwunden. Es gibt einen Unbekannten, der sein Schicksal in die Hand genommen hat, jetzt kann ihm niemand helfen. Nur Candy, sie kann es schaffen. Ihr Spürsinn ist erstaunlich, ihre Beharrlichkeit ist zäh bis penetrant. Ja, Candy, hoffentlich kann er bald mit ihr telefonieren!

***

Das schwarze Auto der Gangster wird von Dean Jordan gesteuert. Neben ihm, auf dem Beifahrersitz, befindet sich Nick Costa. Der dritte Mann, Mick Bagger, sitzt hinten und hat die Tasche mit dem Geld neben sich auf der Rückbank.

Dean Jordan lenkt den Wagen routiniert und unauffällig durch den dichten Verkehr. Er blickt immer wieder in den Rückspiegel, auch Mick im Fond sieht sich immer wieder um.

„Kannst du etwas erkennen?", fragt Nick Costa den Fahrer.

Dean Jordan ist die Ruhe selbst. Zwischen den Zähnen steckt ein Zahnstocher, auf dem er lässig kaut. „Keine Spur. Das ging so schnell, das hat niemand richtig mitbekommen. Es hat keine zwei Minuten gedauert, meiner Schätzung nach fährt die Polizei jetzt erst los."

Von der Rückbank ertönt die Fistelstimme von Mick. „Sagt mal, kennt einer von euch den Weihnachtsmann, der plötzlich aufgetaucht ist?"

Nick schüttelt den Kopf. „Keine Idee. Wenn er nicht gewesen wäre, lägen wir anstelle der Wachmänner im Dreck. Sag mal, wie viel Geld ist wohl in der Tasche?"

„Das weiß ich nicht. Sie ist verdammt schwer, oben sehe ich nur 100-Dollar Scheine."

Die Fahrt dauert nicht lange. Es geht um ein paar Ecken in die 42. Straße West. Das verfallene Lagerhaus mit der Nummer 82 wird jetzt zum zweiten Mal Zeuge eines Austausches zwischen Diebesgut und Entlohnung werden.

Nick Costa hat das morsche Tor geöffnet und Dean Jordan fährt den Wagen in die dunkle Halle. Nachdem er die einzige Lampe eingeschaltet hat, beleuchtet ein trübes Licht notdürftig den Raum. Sie sehen sich um und versuchen, die Schatten in den Ecken zu durchdringen.

„Wo ist denn jetzt dieser geheimnisvolle Boss?", fragt Dean Jordan.

Nick Costa beruhigt seine Kumpane. „Geduldet euch einen Moment, er wird wohl gleich kommen." Mick Bagger sieht sich nervös um und kreischt plötzlich: „Das ist eine Falle!"

In dem Moment kommt eine Gestalt durch die halb geöffnete Tür herein. Es ist ein Weihnachtsmann. Der rote Mantel, die Kapuze und der weiße, wallende Bart lassen ihn wie alle Weihnachtsmänner aussehen. Dieser hält jedoch keine Rute, sondern eine blauschwarz schimmernde Pistole in der Hand, die er auf die Gruppe der drei Männer richtet. „Das hat gut geklappt. Kompliment, meine Herren! Jetzt lassen Sie mich mein Vorhaben zu Ende bringen. Mr. Bagger, stecken Sie die Tasche in diesen Sack!"

Er nimmt sich einen Sack von der Schulter und wirft ihn Mick Bagger vor die Füße. Der nimmt die Geldtasche und stopft sie etwas ungeschickt hinein. Die prall gefüllt Tasche mit dem Geld passt gerade eben in den Sack.

Der Weihnachtsmann hat auch ein Geschenk dabei. Er nimmt einen Beutel und holt für jeden der Männer ein Bündel mit Geldscheinen heraus. „Das ist ihr Lohn, wie abgemacht!"

Mit leuchtenden Augen und fiebrigen Fingern zählen die Männer das Geld. Dean Jordan und Mick Bagger haben jeder 10,000 Dollar in verschieden großen Scheinen erhalten, Nick Costa hält die doppelte Menge in der Hand.

„Die Explosion kam genau zum richtigen Zeitpunkt", lobt der Weihnachtsmann, an Nick Costa gewandt.

„Ich bin nur ihrem Zeitplan gefolgt."

Der Weihnachtsmann drängt jetzt zur Eile. „Das war's, ich wünsche Ihnen noch fröhliche Weihnachten!"

Dean Jordan und Mick Bagger verlassen die alte Lagerhalle, den Lohn haben sie in ihre Taschen gestopft.

Nick Costa bleibt noch zurück und geht unschlüssig hin und her.

„Gibt es noch etwas?", fragt Santa Claus.

„Mich interessiert, wie viel Geld wir wohl erbeutet haben."

„Das ist ja wohl ohne Bedeutung für Sie. Sie haben Ihren vereinbarten Anteil erhalten."

„Na, ja. Ich meinte ja nur", er schleicht um den Sack herum und versucht einen Blick auf den Inhalt zu werfen.

Unerwartet greift er in seine Jacke und zieht eine Waffe hervor. Bevor er abdrücken kann, kracht ein Schuss und der Weihnachtsmann hat ein Loch in der Tasche seines roten Mantels.

Nick Costa liegt am Boden, der Weihnachtsmann, der sich eben wieder als sehr gefährlich entpuppt hat, zieht eine Pistole aus seiner Tasche. „Ich kenne solche Typen wie dich, ich lasse mich nicht überrumpeln!" Nick Costa hat diese Worte nicht mehr gehört, seine Augen starren leblos an die finstere Decke.

Der Weihnachtsmann bückt sich zu dem Toten und zieht ihm den eben erhaltenen Lohn aus der Tasche. Dann zerrt er den Leichnam zum Auto und lädt ihn mühsam in den Kofferraum. Dabei schimpft er leise vor sich hin. „So ein Idiot! Bei mir ist er an den Falschen geraten. Mit Verbrechern kenne ich mich aus!" Plötzlich wird ihm bewusst, dass er jetzt selbst zu den Verbrechern gehört, die Toten vor Macy's gehen auch auf sein Konto. Mit Nick Costa sind es bereits vier, die er auf dem Gewissen hat.

Warum musste der Wachmann auch den Helden spielen? So ein Dummkopf! Wenn er ihn nicht niedergeschossen hätte, wäre sein ganzer schöner Plan gescheitert. Wie gut, dass er diesen merkwürdigen Weihnachtsmann, der den Bereich um Macy's so auffallend genau beobachtet hat, rechtzeitig ausschalten konnte. Er ist sich sicher, dass der nun als vermeintlicher Rädelsführer in die Mühlen der Justiz geraten wird. Ganz sicher wird er mit dem Tode bestraft werden. So hat sich dieser »Kollege« im Nachhinein als sehr nützlich erwiesen.

Sein Gewissen meldet sich kurz, die quälende Stimme in seinem Kopf ist unangenehm und unausweichlich und lastet auf seinem Gemüt. Er erstickt die Stimmen in seinem Kopf, indem er mit der Präzision eines Uhrwerks seinen einmal gefassten Plan durchführt. Er fährt das Auto aus der Halle hinaus, schließt das Tor und fährt in Richtung Nordosten aus der großen Stadt hinaus, um die Leiche unauffindbar verschwinden zu lassen.

***

Mike sitzt seit einer Stunde auf der Pritsche in der kargen Zelle und brütet finster vor sich hin. Alles hat bisher so schön geklappt. Ihre Aufträge konnten zügig gelöst werden, sodass sie sich in ihrer Detektei um mangelnde Arbeit keine Gedanken machen mussten. Seine Beziehung zu Candy könnte kaum besser sein, und nun das. Ihn packt die dunkle Vorahnung, dass es ihm jetzt an den Kragen gehen wird. Es sind dieses Mal keine harten Jungs - mit denen würde er fertig werden, nein, er steckt in den Mühlen der Justiz. Die mahlen zwar langsam, aber unaufhaltsam.

„Mr. Callaghan?" Zwei Polizisten stehen vor seiner Zelle. „Sie sollen zum Detective kommen. Er ist zurück und hat eine Menge Fragen an Sie." Mit Handschellen gefesselt und mit einer Waffe im Rücken wird Mike zu Lieutenant Willers geführt.

„Ziehen Sie Ihren Mantel aus!" Unfreundlich empfängt ihn der Chefermittler des zehnten Reviers. „Der Mantel ist ein Beweismittel. Wir werden prüfen, ob die am Tatort gefundene Schärpe zu diesem Mantel gehört. Und jetzt werden wir Ihre Fingerabdrücke abnehmen, damit wir sie mit denen auf der Waffe vergleichen können."

Mit schwarzen Fingern sitzt Mike etwas später wieder mit Handschellen gefesselt auf dem Stuhl neben dem Schreibtisch von Detective Willers.

„Der Vergleich der Fingerabdrücke wird gerade durchgeführt. Wir klären zuerst ihr Alibi und dann werden Sie mir Ihre Version der Geschichte erzählen."

Mike fühlt sich schrecklich verloren, hier läuft doch etwas völlig schief. „Könnte ich bitte telefonieren? Ich habe ein Anrecht darauf, wie Sie sicher wissen. Über meine Rechte haben Sie mich im Übrigen auch noch nicht aufgeklärt."

Lieutenant Willers ist ein Mann Ende dreißig, groß und gut aussehend. Jetzt scheinen sich seine dunklen Augen in das Innere von Mike bohren zu wollen. „Das vergessen Sie mal schnell, mit solchen Leuten wie Ihnen springen wir ganz anders um."

„Bitte, Lieutenant, ein kurzer Anruf!"

„Gut", Detective Willers seufzt, „Sie bekommen zwei Minuten!" Er schwenkt ihm das Telefon hinüber. Mike wählt die Nummer der Detektei. „Callaghan und Evans, private Ermittlungen", die sympathische Stimme ihrer Sekretärin dringt aus dem Hörer.

„Janet, ich bin es, Mike. Ist Candice auch da?"

„Nein, Sie ist unterwegs, sie wollte zu Andrew Jenkins, dem Fotografen. Mike, wir haben uns schon Sorgen gemacht. Wo bist du? Geht es dir gut?"

„Ich bin festgenommen worden und sitze jetzt im 10. Revier bei Lieutenant Willers. Wenn du das bitte Candice ausrichten würdest?"

„Um Gottes Willen! Ja, natürlich. Ich werde hierbleiben, bis sie zurückkommt."

„Sag ihr, es geht mir gut. Ich brauche aber ihre Hilfe!"

Lieutenant Willers mischt sich ein. „Das genügt! Wir müssen jetzt mit Ihrer Aussage weiterkommen", er nimmt ihm den Hörer aus der Hand. „Das Wichtigste zuerst. Wo waren Sie heute in der Zeit von zwei Uhr bis zwanzig Minuten nach zwei am Nachmittag?"

Diese Frage hatte Mike befürchtet. „Ich lag bewusstlos im Hauseingang Nr. 126 in der 34. Straße."

Er beugt seinen Kopf zum Detektiv hinunter. „Sehen Sie hier, das ist die Wunde, die mir ein Unbekannter zugefügt hat."

Mr. Willers sieht nur flüchtig hin. „Die können Sie sich auch selbst beigefügt haben. Wenn ich das jetzt richtig verstehe, haben Sie kein Alibi für die Tatzeit." Er macht sich Notizen und sieht dann wieder hoch. „So, jetzt ganz von vorne. Sprechen Sie langsam, damit ich mit meinem Stift nachkomme."

Mike fängt an zu berichten. Es fing alles mit dem Auftrag des Kaufhauses Macy's an.

„Sind Sie etwa der Partner von Candice Evans?", fragt der Detektiv unvermittelt.

Mike nickt mit versteinertem Gesicht.

„Wieso kommt solch ein Kerl wie Sie eigentlich an so eine tolle Frau? Ich kenne sie von den Ermittlungen für die Wiederbeschaffung der gestohlenen Juwelen."

Mike sieht ihn wortlos an.

Die Tür wird geöffnet, ein Polizist kommt herein. „Lieutenant, das Ergebnis des Fingerabdruckvergleichs ist eben gekommen." Er legt dem Detective einen Zettel hin. Der ergreift ihn und seine Augen huschen darüber hin, dann sieht er wieder hoch. „Mein lieber Callaghan, das Ergebnis ist so, wie ich es erwartet hatte. Die Abdrücke sind identisch mit den Ihren. Sie sind etwas undeutlich, die Übereinstimmung ist jedoch einwandfrei. Es sind übrigens die einzigen Abdrücke auf der Waffe."

Mike wundert sich nicht. Das hatte er auch so erwartet, es ist schließlich seine Waffe.

Der Detective fasst zusammen, was Mike gerade auch durch den Kopf gegangen ist. „Das sieht gar nicht gut aus, merken Sie das? Sie haben kein Alibi für die fragliche Zeit, es ist ihre Waffe mit ihren Fingerabdrücken. Und ich bin sicher, dass die Jungs vom Labor die am Tatort gefundene Schärpe ganz sicher als Ihre identifizieren werden. Ich schlage vor, Sie legen gleich ein Geständnis ab, dann können wir den Fall noch vor Weihnachten abschließen. Wenn jetzt nicht noch das Wunder von Manhattan geschieht, dann kommen Sie auf den elektrischen Stuhl."

Soweit hatte sich Michael Callaghan das auch zusammengereimt. Seine Kenntnisse der Beweisermittlung und der Arbeitsweise der Polizei lassen keinen anderen Schluss zu. Wo bleibt nur Candy? Er braucht jetzt jemand, der ihm Mut zuspricht und an ihn glaubt. Es gibt aber einen Punkt, der nicht in die Beweiskette passt. „Lieutenant?"

„Ja?", der Polizist schreibt ein paar Notizen und sieht kurz hoch.

„Haben Sie sich auch schon ein Motiv ausgedacht?"

„Das ist die große Summe Geldes, das ist einfach."

„Das ist alles?"

Der Lieutenant atmet hörbar aus. „Sie gehen mir schwer auf die Nerven! Bitte, ich will fair sein, lassen Sie Ihre Version hören."

Mike erklärt präzise und möglichst überzeugend seine Sicht des Ablaufes. „Ich bin kurz vor dem Überfall bewusstlos geschlagen worden. Jemand hat meine Waffe genommen und sie mit Handschuhen benutzt, deshalb sind meine Abdrücke etwas undeutlich. Außerdem hat dieser Unbekannte meine Schärpe vom Ärmel abgerissen und sie mit zum Tatort genommen. Auf die Weise sollte der Verdacht auf mich gelenkt werden, was ja auch hervorragend geklappt hat."

Der Lieutenant lehnt sich in seinem Schreibtischstuhl zurück und denkt eine Weile nach. „Das klingt plausibel. Die Frage ist nur: Können Sie Ihre Version beweisen? Haben Sie zum Beispiel einen Zeugen, der aussagen kann, wie Sie niedergeschlagen worden sind?"

„Nein, natürlich nicht. Es ist aber ihre Pflicht, alle Möglichkeiten in Betracht zu ziehen."

„Gut. Ein Vorschlag zur Güte. Ich werde morgen mit meinem Chef Ihren Fall besprechen und er soll dann entscheiden, ob die vorliegenden Beweise ausreichen, oder ob wir Ihrer Variante noch nachgehen sollen."

Jemand klopft an die Scheibe der Tür und kommt herein. Es ist, als ginge die Sonne auf und lässt das vollgestopfte Büro in einem goldenen Licht erstrahlen. Candy kommt herein, sie sieht wie immer atemberaubend aus.

Sie stürzt sich auf Mike und fällt ihm um den Hals. „Mein armer Mike, was ist dir denn passiert?"

Dann wendet sie sich an den Detective. „Robert! Was haben Sie mit meinem Mike gemacht?"

Detective Willers zieht seine Augenbrauen hoch. „Meine liebe Candice, Ihr Partner ist in eine ganz böse Sache verwickelt." Er berichtet Candice den Ablauf aus seiner Sicht und Mike erhält Gelegenheit, seine Version zu erläutern. Candice fällt buchstäblich von einer Ohnmacht in die andere. Sie hat schließlich auch Jura studiert, sie kommt zu dem gleichen Schluss wie Mike. „Die Beweise sind allerdings erdrückend. Wenn wir deine Variante nicht widerlegen können, dann sieht es sehr schlecht für dich aus. Der einzige Punkt, der mir sofort einfällt, ist das fehlende Motiv. Warum sollte Mike Geld stehlen wollen? Sie wissen doch, dass ich finanziell sehr gut gestellt bin", wendet sie sich an den Detektive.

Der nickt widerwillig. „Das stimmt. Deshalb will ich auch morgen mit meinem Chef darüber sprechen. Er soll entscheiden, wie wir weiter vorgehen werden."

Candy starrt ihn entgeistert an. „Ihr Chef! Ist das nicht Captain Wilkinson?"

„Ja, sicher. Warum, spielt das eine Rolle?"

Candy schüttelt den Kopf. Es wäre nicht klug, zu diesem Zeitpunkt etwas über ihren Verdacht bezüglich Captain Wilkinson zu sagen, sie kann ihre Vermutung noch nicht belegen. Sie sieht Lieutenant Willers ausdruckslos an und sagt mit fester Stimme: „Ich möchte jetzt mit Mike unter vier Augen sprechen."

„Wir sind hier gleich fertig, dann werde ich Sie alleine lassen. Ich werde Mr. Callaghan mit seinen Handschellen an der Heizung festmachen. Und bevor Sie auf komische Ideen kommen: Ich stehe auf der anderen Seite der Tür und ich gebe Ihnen zehn Minuten!", dann verlässt er den Raum.

Candy umarmt ihren Schatz. „Du Armer, wie bekommen wir dich da nur wieder heraus?" Sie vergießt ein paar Tränen, die sie sich mit dem Ärmel ihrer Designerjacke abwischt.

„Was war das mit dem Captain Wilkinson?", will Mike wissen, um einen Moment von seinem Leid abzulenken.

Candy tupft sich ihre Tränen ab und erzählt leise von ihren letzten Erlebnissen. „Das hat mit diesem Juwelendiebstahl bei Mr. Martin zu tun. Ich habe dir doch erzählt, dass ein hoher Polizeioffizier dahinter stecken könnte. Ich habe mich durch einige Reviere gefragt und bin bei dem Leiter dieses Reviers fündig geworden. Der Beschreibung von Martha McLloyd nach, der Schwester und Freundin der beiden Diebe, passt sie gut auf den Captain dieser Polizeistation."

Candy flüstert jetzt beinahe: „Ich war heute bei Andrew Jenkins und habe ihn gebeten, von dem Mann unauffällig ein Foto zu schießen, damit ich ein aktuelles Bild zum Vorzeigen habe. Und falls ich recht haben sollte, dann würde ich allen Anweisungen und Entscheidungen von diesem Captain misstrauen."

Trotz seiner erdrückenden Sorgen freut sich Mike über seine Freundin. Sie stellt sich sehr geschickt an und lässt ein unverzichtbares Gespür für die wirklichen Zusammenhänge erkennen. Sie ist deshalb die einzige, die ihn aus diesem Schlamassel herausholen kann. Von der Polizei ist offensichtlich keine Hilfe zu erwarten, eher im Gegenteil. „Es freut mich wirklich, dass du eine heiße Spur gefunden hast. Ganz ehrlich!"

Candy strahlt, die dunklen Wolken auf ihrer Stirn verziehen sich für einen Moment.

„Hör mir zu, Candy, dieser Juwelendiebstahl ist jetzt unwichtig geworden, du musst Beweise finden, die mich entlasten."

„Hast du eine Idee, wonach ich suchen soll?"

„Nein, leider nicht. Du musst den ganzen Ablauf Punkt für Punkt durchgehen. Traue nicht den Angaben der Polizei und befrage jeden Zeugen selbst noch einmal. Wie kommst du übrigens mit Lieutenant Willers zurecht?"

„Er ist bisher immer hilfsbereit gewesen und hat mich in seine Unterlagen sehen lassen. Ob er es in diesem Fall auch zulässt, weil ich befangen bin, wage ich zu bezweifeln." Sie lächelt etwas spitzbübisch. „Ich werde ihn mal besonders freundlich anlächeln, das hat bisher immer geholfen."

Mike hat noch einen wichtigen Hinweis für sie. „Am Herald Square ist ein schwarzer Schuhputzer, Jesaja Milton. Das ist ein besonders aufgeweckter Bursche, den solltest du auf jeden Fall befragen. Ihn kannst du nicht übersehen, er hat immer eine grüne Wollmütze auf."

Candy macht sich Notizen, dann fragt sie: „Was machen wir mit Weihnachten? Dass du Weihnachten zu Hause sein wirst, können wir wohl vergessen."

„Da muss ich dir leider recht geben. Ich werde sicher noch über den Jahreswechsel im Knast bleiben müssen."

„Ich werde Annie bitten, mit unserer eigenen Feier so lange zu warten, bis du entlassen worden bist."

„Das wäre lieb, wenn ihr das machen würdet."

Weihnachten ist allerdings im Moment Mikes geringste Sorge.

Die Tür wird geöffnet und Lieutenant Willers kommt herein. „Es tut mir leid, das war jetzt lange genug."

An Michael gewandt, fährt er fort: „Wir werden Sie morgen Vormittag dem Haftrichter vorführen. So wie ich das sehe, werden Sie dann entweder noch morgen, oder gleich nach Weihnachten, ins Untersuchungsgefängnis überstellt."

„Mein armer Mike! Ich helfe dir, du brauchst dir keine Sorgen zu machen!"

Der Detective schiebt Candice aus seinem Büro. „So sehr ich Ihre Gesellschaft genieße, leider haben wir hier mehrere Morde, um die ich mich kümmern muss."

Candy wirft Mike noch einen besorgten Blick zu, dann schließt sie die Tür.

Lieutenant Willers sieht in seine Unterlagen. „Im Moment habe ich alles, Sie werden jetzt in ihre Zelle geführt. Wenn ich meinen Chef nachher noch sehen sollte, werde ich mit ihm Ihren Fall besprechen."

Es ist fast 6:00 am Abend, als Captain Wilkinson in sein Büro kommt. Er ist blass und erschöpft. Der heutige Tag mit den vier Morden, wobei einer eher Notwehr war, macht ihm mehr zu schaffen, als er sich eingestehen will. Nun gibt es kein Zurück mehr. Er wirft einen Blick in das Büro seines Lieutenants. „Gibt es etwas Neues, Robert?"

Er betritt das Büro seines Detectives und setzt sich auf den Stuhl neben dem Schreibtisch, auf dem eben noch Mike gesessen hat. Lieutenant Willers berichtet von den neuesten Ergebnissen, unter anderem von dem Abgleich der Fingerabdrücke.

Captain Wilkinson sieht damit keinen weiteren Handlungsbedarf mehr. „Der Fall ist doch sonnenklar, den können wir schnell zu den Akten legen."

„Was ist mit dem Motiv, das macht mir noch etwas Bauchschmerzen. Geldsorgen hat dieser Callaghan nicht, um so etwas anzuzetteln."

„Ach was. Das überlassen wir getrost dem Staatsanwalt, der wird schon eines finden!"

24. Dezember

Heute ist der 24. Dezember. Alle Menschen freuen sich auf das unmittelbar bevorstehende Weihnachtsfest. Candice Evans zählt zu den wenige Ausnahmen. Sie sitzt bei Janet im Büro und hat ihr gerade von dem gestrigen Besuch bei Mike erzählt.

Janet ist ganz blass geworden. „Das ist ja furchtbar. Und du hältst es für möglich, dass Mike auf den elektrischen Stuhl kommen könnte?"

Candy schluckt. „Die Faktenlage ist leider so. Das vergessen wir möglichst sofort wieder. Ich werde sicher etwas finden. Oder genauer gesagt: Wir werden etwas finden!"

„Wen meinst du mit »wir«?"

„Im Moment ist meine Idee noch etwas unklar. Ich möchte noch meine und Mikes Freunde mit einbeziehen, und bei dir werden dann alle Fäden zusammenlaufen. Du musst immer wissen, wo gerade jemand von uns ist und was er dort macht.

Wir werden es diesen Holzköpfen von der Polizei schon zeigen!"

„Und ob wir das werden!" Janets Augen leuchten, sie findet Gefallen an dem Gedanken, dass es zur Abwechslung mal die Frauen sein könnten, die den Männern zeigen, wie es richtig gemacht wird.

Candice sitzt in ihrem Büro, vor ihr steht eine Tasse Kaffee. Mike hat zwar recht, am wichtigsten ist jetzt, dass alles getan werden muss, um ihn aus dem Gefängnis zu holen, der Überfall auf den Juwelier ist jetzt zweitrangig. Irgendwie hängt der Juwelendiebstahl aber mit dem Geldraub zusammen. Der präzise Ablauf, perfekt vorbereitet, sehr schnell durchgeführt und mit einer auffallenden Kenntnis der besonderen Gegebenheiten, wie zum Beispiel die Alarmanlage bei dem Juwelier oder das Fehlen der Polizei bei dem Geldraub. Das sind etwas zu viele Gemeinsamkeiten, um noch zufällig sein zu können.

Immer wieder studiert sie die Protokolle und versucht sich den Ablauf genauestens vorzustellen. Die Juwelen übergab man in einem alten Lagerhaus in der 42. Straße, das war die Aussage der beiden Diebe. Und dieses Lagerhaus ist von Macy's aus genau so leicht zu erreichen, wie vom Rockefeller Center, der den Juwelierladen von Mr. Martin beherbergt. Warum sollte es dort nicht auch diesmal zu einem Treffen gekommen sein? Einen Versuch ist es wert.

Sie meldet sich bei Janet ab. „Ich habe noch etwas zu erledigen und fahre dann zu Mike, falls jemand fragen sollte. Ich wünsche dir und deinen Kinder frohe Weihnachten, falls wir uns nicht mehr sehen sollten. Du kannst gerne früher gehen, wenn du möchtest. Heute spielt sich hier ohnehin nichts mehr ab."

„Das ist schön, danke. Ich wollte schon fragen, ich habe mich nicht getraut."

„Janet, das ist Blödsinn. Sieh in mir bitte nicht die reiche Vorgesetzte, ich sehe dich auch als Freundin und tüchtige Kollegin!"

Jetzt wird Janet verlegen, man sieht ihr an, wie sehr sie sich freut.

Candice' roter Sportwagen führt sie rasch zu der Ruine des Lagerhauses. Vorsichtig geht sie auf ihren hochhackigen Schuhen zu dem Eingang und schimpft leise vor sich hin. „Hätte ich doch bloß andere Schuhe angezogen!" Mit großer Anstrengung gelingt es ihr, das altersschwache Tor aufzuziehen. An dem morschen Holz fängt sie sich einen Splitter in die Hand ein, sie beißt die Zähne zusammen und zieht ihn heraus. Schließlich drückt sie ein Taschentuch gegen die blutende Wunde.

Es ist finster in der großen Halle. Candy hat den Lichtschalter noch nicht gefunden und freut sich über ihre Eingebung, eine Taschenlampe mitgenommen zu haben. Sie leuchtet den Boden ab, es sind frische Reifenspuren zu sehen, außerdem noch viele Fußabdrücke. Darauf muss sie Lieutenant Willers hinweisen, damit der die Spurensicherung hierherschickt. So einen Hinweis kann und darf er nicht ignorieren. Sie leuchtet jeden Zentimeter des Bodens ab. In der Mitte ist eine große Pfütze. Ein kleines Papier im Wasser erregt ihre Aufmerksamkeit. Sie richtet den Strahl der Lampe darauf. Es ist ein Geldschein! Sie bückt sich und fischt den Schein heraus. Im Licht der Taschenlampe entpuppt er sich als 100-Dollar-Note.

Das ist jetzt ein wirklich guter Fund. Sie wickelt den Schein in ein Taschentuch, steckt ihn ein und geht rasch zu ihrem Auto zurück. Mike wird Augen machen, wenn sie ihm davon erzählt.

Willy Murdoch hat gerade einen Fahrgast in der Nähe des Central Parks abgesetzt. Er nutzt die Gelegenheit und parkt seinen gelben Wagen in der 86. Straße West, gleich an der Ecke zur Central Park West. Nur wenige Schritte weiter und er betritt das neue Büro seines Freundes Mike und dessen Partnerin.

„Hallo Janet, bist du allein?"

„Ja, ich halte hier die Stellung. Was führt dich zu uns?"

„Nur so, ich war gerade in der Nähe." Willy gefällt die Sekretärin. Er hat sie in den letzten Wochen schon häufiger in ihrem Büro besucht, unter dem Vorwand, Mike besuchen zu wollen. Er hat inzwischen erfahren, dass die tüchtige Frau, ebenso wie er, geschieden ist. Nur hat sie das Sorgerecht für ihre beiden Kinder, in seinem Fall ist es umgekehrt. Es sind meistens die Mütter, die bei einer Scheidung das Sorgerecht für die Kinder bekommen. Sein Sohn, den er nur selten zu sehen bekommt, ist jetzt vier, die Jungen von Janet sind sechs und acht Jahre alt.

„Weißt du schon, dass Mike eingesperrt ist?", fragt Janet ihren Besucher.

Willy reißt Mund und Augen auf. „Nein! Warum denn, zum Teufel? Was ist passiert?"

Janet erzählt ihm alles, was sie weiß.

Immer wieder schüttelt Willy den Kopf. „Das ist nicht zu fassen! Ich muss zu ihm, jetzt sofort!" Er drückt Janet fest die Hand. „Du musst mich jetzt entschuldigen, dir und deinen Kindern wünsche ich ein frohes Weihnachtsfest." Er stürmt aus dem Büro und jagt mit seinem Taxi zum 10. Polizeirevier.

Mike sitzt auf dem Bett und starrt die Wand vor sich an. Sein Zellengenosse ist wegen des Weihnachtsfestes vor einer Stunde entlassen worden. Nun hat er niemanden mehr zum

Reden, sehr unterhaltsam war der Schwarze ohnehin nicht gewesen. Er war ein Kleinkrimineller ohne Schulbildung, dazu dumm und primitiv. Nein, alleine zu sein ist in diesem Fall besser.

Die Tür zu dem Vorraum der beiden Zellen wird geöffnet, Mike hört noch: „Im linken Loch finden Sie ihn!"

Dann stürmt Willy herein. „Altes Haus, was hast du jetzt wieder angestellt?"

Mike freut sich über den Besuch, Willy ist einer seiner besten Freunde. Er erzählt ihm, warum er hier sitzt. Die düsteren Aussichten erwähnt er nur am Rande, er will seinen Freund nicht unnötig beunruhigen.

„Wir helfen dir, ganz egal, was du brauchst. Soll ich dich mit Eddie hier heraushauen? Du weißt, Eddie ersetzt eine halbe Kompanie."

Mike lacht über Willy, er wird dann wieder ernst. „Ich würde mich freuen, wenn du Candy unterstützen würdest. Sie ist jetzt ganz allein und kann bestimmt Hilfe gebrauchen. Informiere auch bitte Eddie. Wenn ich euch beide an Candys Seite weiß, werde ich mich sehr viel besser fühlen."

„Klar doch, das erledige ich noch vor Feierabend!"

Wenige Minuten nach ihrem Besuch in der alten Lagerhalle hält Candy vor dem 10. Revier. Hastig läuft sie die Treppe hoch und eilt in das Büro von Detective Willers. Der sieht von der Schreibmaschine hoch. „Wieso bin ich nicht überrascht, Sie hier zu sehen?"

Candy geht nicht auf seinen Spaß ein. Sie setzt sich und zieht das Taschentuch mit der Dollarnote aus ihrer Tasche. Der Detective nimmt den nassen Schein in die Hand und prüft ihn von allen Seiten.

„Was meinen Sie, wo ich den herhabe?", fragt Candy herausfordernd.

„Tja, ich sehe da zwei Möglichkeiten. Entweder aus Ihrem Portemonnaie oder von Ihrem Partner aus seinem Diebesgut", dann lacht er über seinen Witz.

„Wirklich, sehr witzig!" Candy ist nicht nach Späßen zumute. „Sie erinnern sich doch an das Lagerhaus, in dem bei dem Juwelenraub vor zwei Monaten der Schmuck übergeben wurde?"

„Sicher, ich bin damals selbst dort gewesen."

„Dort sind ganz frische Reifenspuren und ebenso eine Menge frische Fußspuren. Und in der Pfütze habe ich diesen Dollarschein gefunden."

„Das ist allerdings eine wichtige Information. Deshalb werde ich gleich noch – Weihnachten hin oder her – die Spurensicherung hinschicken."

„Das entlastet Mike doch, oder?"

Lieutenant Willers ringt sich ein Lächeln ab. „Ich kann Ihre Sorge gut verstehen. Eine Entlastung wird es erst, wenn sich ein Zusammenhang mit dem Geldraub herausstellen sollte."

Die Tür wird geöffnet, Captain Wilkinson sieht herein. „Hallo, Robert! Ich wollte Sie fragen, ob es Neuigkeiten im Zusammenhang mit dem Überfall gibt." Er sieht Candice Evans dort sitzen und tritt ganz herein. „Wollen Sie mir Ihren charmanten Besuch nicht vorstellen?" Bei dem Anblick von Candice schießen widersprüchliche Gefühle durch seine Brust. Der eine ist der Wunsch, diese attraktive Frau anzusehen und ihr Lächeln zu genießen, andererseits fällt ihm der Hinweis seiner Sekretärin ein, dass sich eine auffallend schöne Blondine nach seinem Alibi erkundigt hatte. Sollte es diese Frau sein? Er ringt sich ein freundliches Lächeln ab.

Mr. Willers macht sie beide miteinander bekannt. Dann hält er die Banknote hoch. „Chef, unser reizender Gast hat einen bemerkenswerten Fund gemacht. Diesen Geldschein hat sie in demselben Lagerhaus gefunden, in dem vor zwei Monaten die Geldübergabe für den Juwelenraub stattgefunden hatte."

Captain Wilkinson durchfährt ein Schreck. Wie konnte ihm das passieren? Und nun hat dieses Mädchen den Schein gefunden. Das hat er von dieser blonden Puppe nicht erwartet, sie scheint klüger zu sein, als er ihr zugetraut hatte. Zu ihm können die Spuren im Lagerhaus nicht führen, seine Fußabdrücke stammen von Standardstiefeln aus einem Kostümverleih, die gibt es zu tausenden. Trotzdem, die Kleine kommt ihm unangenehm nahe.

Er wendet die 100-Dollarnote hin und her. „Der Schein ist ganz nass, dort werden wir keine Fingerabdrücke mehr finden, zumal ihn jetzt einige weitere Hände angefasst haben."

In Candice' Kopf arbeitet es. Diese Stimme von dem Captain - da gab es doch einen Hinweis von Martha McLloyd. Richtig, eine wohlklingende Stimme soll der Unbekannte gehabt haben, und genau das trifft auf Captain Wilkinson zu. Seine Stimme klingt angenehm und melodiös. So unfassbar es scheint, er muss der Drahtzieher hinter dem Schmuckdiebstahl bei Juwelier Martin und bei dem Geldraub bei Macy's sein.

Wie soll sie ihm das beweisen? Er wird ihren Versuch, ihn zu belasten, als einen Weg hinstellen, um Mike aus dem Gefängnis zu holen. Außerdem ist es keine Kleinigkeit, einen ranghohen Polizisten zu beschuldigen.

Detective Willers erntet noch Lob dafür, dass er die Spurensicherung schon bestellt hat, dann verschwindet der Captain wieder. Sein Ermittler sieht ihm verdutzt hinterher und äußert seine Verwunderung. „Unser Captain ist sonst hinter jeder hübschen Frau her, und nun verlässt er Sie so schnell, das ist schon merkwürdig."

Candy liegen verschiedene Erklärungen auf der Zunge, sie will zuerst mit Mike über ihren Verdacht sprechen. Captain Wilkinson hat in ihr sehr zwiespältige Gefühle geweckt. Sie ist sich sicher, dass er etwas verbirgt, er hat auch vermieden, sie anzusehen, das ist ihr noch nie bei einem Mann passiert. Nun hat sie in diesem vollgestopften Büro genug Zeit verbracht, es zieht sie mit Macht zu Mike. Sie kann es kaum erwarten, seine Hand zu halten und ihm von dem gefundenen Geldschein und ihrem Verdacht zu erzählen.

Sie verabschiedet sich von Detective Willers, sie wünscht ihm noch frohe Festtage und eilt zu den beiden Zellen. Willy kommt ihr entgegen, der sich gerade von Mike verabschiedet hat.

„Candy, wie schön dich zu sehen!"

„Vielen Dank Willy, es ist leider ein trauriger Anlass."

„Mach dir keine Sorgen, du kannst auf uns zählen. Du brauchst nur mit dem Finger zu schnippen!"

„Danke, das hilft mir sehr!"

Sie eilt weiter zur Zelle, Willy verlässt das Revier. Bevor seine Schicht zu Ende geht, will er noch schnell zu Eddie fahren, um ihm von Mikes Festnahme zu erzählen.

Ihr wird schlecht vor Schreck, als sie Mikes besorgten Blick sieht, und versucht ihn aufzuheitern. „Mach nicht so ein Gesicht. Ich habe gestern Abend mit Annie telefoniert. Wir werden nach deiner Entlassung bei uns auf Long Island ganz groß Weihnachten nachfeiern, dann vergisst du die Zeit hier drinnen schnell wieder." Anschließend erzählt sie ihm von dem Besuch des alten Lagerhauses und dem Fund des Geldscheines.

„Das ist interessant. Das weist eindeutig auf einen Zusammenhang zwischen den beiden Fällen hin."

„Captain Wilkinson und Lieutenant Willers sehen das nicht so eindeutig."

„Nein, natürlich nicht. Der Captain will den Fall schnell abschließen, und sein Mitarbeiter widerspricht ihm nicht. Wir zählen eins und eins zusammen, so viel Zufall, dass es zwei verschiedene Fälle sein könnten, gibt es nicht." Jetzt strahlt er sie an. „Du ermittelst hervorragend, Candy, ich fühle mich schon sehr viel besser."

Sie hat noch etwas, das sie mit ihm diskutieren möchte. „Auf Captain Wilkinson passt haargenau die Beschreibung, die Martha McLloyd, der Schwester einer der beiden Juwelendiebe, mir gegeben hat, er hat sogar die erwähnte angenehme Stimme."

Es sind Schritte auf dem Gang zu hören. Zwei Polizisten kommen und holen Mike aus der Zelle. „Wir sollen Sie zum Haftrichter bringen." Sie legen ihm wieder Handschellen an und bringen ihn fort. Candy läuft hinter ihm her.

„Lass den Kopf nicht hängen. Ich besuche dich morgen wieder, ganz egal, wo du bist!"

Captain Wilkinson sitzt in seinem Büro und grübelt. Diese Blonde fängt an, ihm lästig zu werden. Gefährlich ist es jetzt für ihn, dass er den Fehler begangen hat, bei dieser Martha McLloyd im Imbiss aufzutauchen. Er wollte sichergehen, dass er sich die richtigen Männer für sein Unternehmen ausgesucht hat. Und nun kommt diese Anfängerin und wirbelt überall Staub auf! Er muss diese dumme Bedienung aus dem Imbiss ausschalten. Wenn sie ihn identifiziert, dann kommt eine Lawine ins Rollen. Eine ohnmächtige Furcht erfasst ihn. Worauf hat er sich eingelassen? Jetzt ist es zu spät, es gibt keinen Weg zurück.

Candys nächster Weg führt sie zu Macy's, der benachbarte Herald Square ist ihr Ziel. Sie sucht nach dem Schuhputzer mit der grünen Mütze, den ihr Mike beschrieben hat. Gerade eben wird er fertig und sein Kunde verschwindet im Gewimmel der Menschen. Candy nutzt die Gelegenheit und setzt sich auf den hohen Stuhl. „Einmal Schuhe putzen, bitte!"

Der alte Mann sieht sie schelmisch an. „Vielen Dank für den Hinweis!" Geschickt, mit vielen Jahren Übung, putzt er ihre hochhackigen Schuhe.

„Ich bin die Freundin vom Weihnachtsmann."

Jesaja Milton sieht zu ihr hoch und unterbricht kurz das Putzen. „Das glaube ich Ihnen gerne, Miss, Sie sehen aus wie ein Engel."

Jetzt muss Candice lächeln, irgendwie hat sie diese Bemerkung herausgefordert. „Nein, im ernst. Ich bin die Freundin des Detektivs, der sich als Weihnachtsmann verkleidet hatte. Der sitzt jetzt wegen des Geldraubs im Gefängnis."

Dem Schuhputzer fällt vor Schreck beinahe die Bürste aus der Hand. „Großer Gott, Miss! Ihr Freund ist unschuldig!"

„Eben, davon bin ich genauso überzeugt, wie Sie. Deshalb brauche ich jede Kleinigkeit, die Sie beobachtet haben. Vielleicht ist etwas dabei, was mir weiterhilft. Lassen Sie uns doch hier ins Café setzen, das ist wärmer und gemütlicher."

„Gut, Miss. Für den besonderen Fall werde ich mein Geschäft schließen." Zwischen den Bürsten holt er ein selbstgemaltes Pappschild heraus und stellt es auf den Sitz. »Closed« steht in ungelenker Schrift darauf.

Direkt am Herald Square ist ein kleines Café. Draußen stehen Tische, die sind jetzt zusammengeschoben, die Stühle sind gestapelt. Im Café herrscht eine gemütliche Atmosphäre. Dem Schwarzen ist der Aufenthalt in diesem Café unangenehm, Candy spürt, dass er sich hier deplatziert vorkommt. „Was darf ich für Sie bestellen?", fragt sie. „Wie wäre es mit einem Kaffee?"

„Danke, Miss, das wäre sehr nett."

Die Bedienung kommt an ihren Tisch und Candy bestellt einen Kaffee für sie beide, dazu je einen Käsecroissant. „Ich nehme an, dass Sie heute noch nicht viel gegessen haben?"

„Danke, Miss, das ist sehr liebenswürdig von Ihnen."

Langsam taut Jesaja Milton in der für ihn ungewohnten Umgebung auf und erzählt, wie er sich immer gefreut hat, sich mit Mike unterhalten zu können. Er berichtet von dem Überfall. Der erste Weihnachtsmann, der geschossen hat, ist fortgelaufen und zwei Minuten später ist Mike Callaghan hinter ihm aufgetaucht.

„Das ist ja interessant!", entfährt es Candy. „Wir können damit kaum beweisen, dass es zwei verschiedene gewesen sind, denn der Erste könnte wieder umgekehrt sein, oder?"

Der Schwarze überlegt und nickt dann. „Das stimmt, Miss. Die Weihnachtsmänner sehen alle sehr ähnlich aus."

Candy sieht den Schuhputzer an. „Trotzdem! Würden Sie diese Beobachtung bei der Polizei wiederholen? Ich ersetze Ihnen gerne Ihren Verdienstausfall."

„Natürlich, für meinen Freund Santa Mike mache ich das auf jeden Fall!"

Candy strahlt. Diese Aussage wird nicht viel bewirken, allerdings fügt sich ein Puzzleteil so zum anderen. Sie drückt dem verblüfften Schwarzen einen 10-Dollarschein in die Hand. „Hier, nehmen Sie das, es ist ein Vorschuss und eine Kleinigkeit zu Weihnachten. Ich komme in den nächsten Tagen ganz sicher wieder."

Sie lässt einen nachdenklichen Schuhputzer zurück.

Candy fährt wieder zum 10. Polizeirevier, den Weg dorthin findet ihr Wagen inzwischen von selbst. Lieutenant Willers ist in seinem Büro und sieht belustigt hoch, als sie eintritt. „Sie sind wirklich unermüdlich, ich kann Sie jedoch verstehen. Was haben Sie jetzt auf dem Herzen?"

Candy berichtet von der Beobachtung des Schuhputzers. „Er wird in den nächsten Tagen zu Ihnen kommen, um seine Aussage zu Protokoll zu geben."

„Das ist sehr gut. Es ist zwar kein Beweis für die Unschuld von Ihrem Partner, es passt jedoch in Eure Theorie des Ablaufes."

Hinter Lieutenant Willers Schreibtisch steht ein Aktenschrank, der einen Fuß hoch mit Stapel von Papier bedeckt ist. Oben drauf liegt eine Kamera. Es ist ein großes Gerät, etwa so groß wie ein Schuhkarton. Sie kann sich erinnern, dass Andrew Jenkins früher so einen Apparat verwendet hat, bis er sich vor einem Jahr die deutlich kleinere Leica angeschafft hat.

„Seit wann fotografieren Sie denn mit so einer Kamera? Die benutzen doch eigentlich nur Reporter."

Lieutenant Willers dreht sich kurz um und sieht zu dem Fotoapparat. „Das haben Sie gut erkannt. Das ist eine Graflex Pacemaker. Die ist nur vorübergehend hier, weil sie dem toten Passanten gehört hat. Sie können sich erinnern, die Toten waren die beiden Wachmänner und ein dritter Mann. Und eben dieser Passant war ein Fotograf des New York Chronicle. Nach unseren bisherigen Recherchen ist er dem Weihnachtsmann in die Schusslinie geraten. Seine Kamera liegt nun hier und wartet darauf, von seinen Kollegen aus der Redaktion abgeholt zu werden."

„Gibt es etwas Neues über Mikes Haftprüfung?"

„Ja, wie wir es schon erwartet haben, er muss in Haft bleiben. Am 26. Dezember soll er ins Untersuchungsgefängnis nach Brooklyn überstellt werden. Unser Chef hat dem Haftrichter die Beweiskette Schritt für Schritt erläutert, da ist die Entscheidung leicht gefallen."

Candy ist entsetzt. Dieser Chef, da ist sie sich inzwischen ganz sicher, ist der Drahtzieher hinter dem Juwelendiebstahl als auch dem Geldraub. Der ist natürlich daran interessiert, dass Mike als der Schuldige verurteilt wird, dann kann ihm selbst nichts mehr passieren. Jetzt zieht es sie zu Mike. Ihr armer Liebling, wenn sie ihm sein Los doch nur erleichtern könnte! „Robert, ich wünsche Ihnen und Ihrer Familie noch schöne Weihnachten. Jetzt möchte ich endlich zu meinem Mike!"

Mit klopfendem Herzen eilt sie in den hinteren Teil des Gebäudes, dort, wo sich die beiden Zellen befinden. Sie stürzt an die Gitterstäbe und drückt Mike einen langen Kuss auf. Dann berichtet sie von ihrer Begegnung mit dem schwarzen Schuhputzer.

„Sehr gut, dann habe ich wenigstens für einen Teil meiner Version einen Zeugen."

„Wusstest du, dass der dritte Tote ein Reporter war? Seine Kamera liegt jetzt bei dem Lieutenant im Büro."

„Nein. Es ist schlimm, dass ein völlig Unbeteiligter zu Tode kommen musste!"

Plötzlich hat Candy eine Idee, ihre Augen beginnen zu leuchten. „Mensch Mike, mir fällt etwas ein!"

„Lass mal hören!"

„Ich werde vorschlagen, den Film in der Kamera entwickeln zu lassen. Vielleicht hat der Reporter kurz vor seinem Tode etwas fotografiert, das uns weiterhelfen kann."

Mike bekommt große Augen. „Das ist eine super Idee von dir, warum ist Lieutenant Willers nicht selbst darauf gekommen?"

Candy freut sich über sein Lob und nimmt den Polizisten in Schutz. „Das wird daran liegen, dass hier niemand an deiner Schuld zweifelt und sein Chef die ganze Angelegenheit als erledigt ansieht. Ich werde das mit dem Film organisieren, ich habe schon eine Idee."

Mike sieht es hinter ihrem hübschen Köpfchen arbeiten. Er freut sich über ihren Eifer und ihren erstaunlichen Spürsinn.

Schweren Herzens verabschieden sie sich voneinander. Der Tag neigt sich dem Ende zu. Das graue Licht, das heute den ganzen Tag geherrscht hatte, wird schwächer. Candy fährt zu ihrer Penthouse-Wohnung und packt einen kleinen Koffer mit Kleidung für ein paar Tage. Sie stellt ihn in ihren roten Renner auf den Beifahrersitz und fährt nach Long Island hinaus.

Ihre Schwester Annie ist zu Hause und auch ihr Schwager Ernest ist vor einer Stunde eingetroffen. Ihr beider Interesse gilt Mike Callaghan. Candy berichtet ausführlich von den Besuchen bei ihm. „Sag mal, Annie, du hast doch bessere Beziehungen als ich. Kennst du nicht den Bezirksstaatsanwalt von New York?"

„Genau diesen Gedanken habe ich auch gehabt. Ich habe gestern mit Samuel Jackson telefoniert. Er will sich nach Weihnachten Akteneinsicht verschaffen. Er hat mir versprochen, dass er im Ernstfall wenigstens Aufschub bewirken kann."

25. + 26. Dezember

Diese Weihnachten werden für Candy und ihre Familie sehr trübselig. Der Gedanke an Mike und dessen unsichere Zukunft ist das beherrschende Thema.

Heute ist Donnerstag der 25. Dezember, Candy besucht wieder ihren Liebling in der Zelle des 10. Reviers.

In den meisten Wohnungen wird heute Weihnachten gefeiert. Das Wetter ist überwiegend grau, mitunter sieht die Sonne etwas hervor. Willy hat eben kurz bei Eddie reingeschaut. Er hat eine Kleinigkeit für die Kinder mitgebracht und bei der Gelegenheit haben die beiden über ihren Freund Mike beraten.

„Es ist zum Verrücktwerden, dass man nichts unternehmen kann!", sagt Eddie gerade.

Willy ist zuversichtlicher. „Seine Kleine ist an der Sache dran, sie ist clever und lässt sich nicht entmutigen. Wir zwei werden bestimmt auch bald helfen können!"

Eddies Kinder sitzen jetzt am Boden und spielen mit ihren Geschenken. Gleich wird es Mittagessen geben, nach dem Essen will Eddie zum Polizeirevier in der 35. Straße West fahren, um Mike zu besuchen.

Er hat kein eigenes Auto, mit der Subway und dem Bus hat er sein Ziel bald erreicht. Mike ist überglücklich, seinen Freund zu sehen. „Wie sieht es bei dir mit Weihnachten aus, entfällt das jetzt?", fragt Eddie seinen Freund.

„Weihnachten ist hier drin so fern, das kannst du dir gar nicht vorstellen. Es hilft mir jedoch sehr, dass Candice und ihre Familie es nach meiner Entlassung nachfeiern wollen."

„Das ist doch schön, da wollen wir nur hoffen, dass es nicht mehr so lange dauern wird. Daran kannst du erkennen, was du für eine tolle Freundin hast."

„Das ist wahr", dann macht Mike eine kleine Pause und sieht auf den Boden. „Sag mal, Eddie, kannst du vielleicht ein Auge auf Candy haben?"

Eddie zieht die Augenbrauen hoch. „Warum?", fragt er verwundert.

„Naja, ich weiß auch nicht, ob sie sich vielleicht, während sie ermittelt, mit anderen Männern trifft, während ich hier eingesperrt bin?"

Eddie starrt ihn einen Moment fassungslos an. „Das habe ich jetzt nicht gehört! Denk darüber doch bitte einmal nach. So etwas darfst du nicht denken und schon gar nicht sagen! Noch ein einziges Mal, und ich kündige dir die Freundschaft! Traust du das Candy wirklich zu?"

Mike springt auf und läuft wie ein Tier im Käfig in der Zelle umher. „Entschuldige bitte, Eddie. Nein! Ich traue ihr sowas natürlich nicht zu. Ich werde hier noch verrückt. Zur Untätigkeit verdammt zu sein, während Candy da draußen herumfährt und alles versucht, um mich zu retten, das macht mich noch wahnsinnig!"

Eddie nickt wissend. „Du musst versuchen, an etwas Nettes zu denken. Mal dir das in den buntesten Farben aus, immer und immer wieder. Erinnere dich an ein schönes Erlebnis und lasse es dir immer wieder durch den Kopf gehen. Das hilft! Und Candy schafft es schon. Ich glaube, du hast vergessen, was für eine phantastische Freundin du hast!"

Am 26. Dezember hat Candy sich mit Andrew Jenkins in seinem Büro der New York Post verabredet. Sie erzählt ihm von der gefundenen Kamera und ihrer Idee, den Film zu entwickeln und die Aufnahmen auszuwerten.

Andrews Augen leuchten. „Mensch Candy, das ist doch prima. Weißt du was? Die Kamera werde ich heute noch abholen. Ich halte denen meinen Presseausweis unter die Nase und nehme sie mit. Heute Abend, denke ich, werde ich die Bilder entwickelt haben."

„Das würdest du für mich tun?"

„Sicher, dein Lächeln ist der schönste Lohn für mich." Jetzt lachen sie beide, dann wird Andrew wieder ernst. „Ich habe hier das von dir gewünschte Foto", er holt aus seiner Schreibtischschublade ein postkartengroßes Bild heraus.

Candy sieht darauf, es ist ein Portrait von Eric Wilkinson. „Andrew, das ist ja wunderbar geworden!"

„Was denkst du, mit wem du es zu tun hast? Ich bin schließlich ein Profi." Zum Lohn erhält Andrew ein Küsschen auf die Wange. Er verzieht sein Gesicht im Scherz und ruft aus:

„Candy, was machst du mit mir? Nun werde ich mir niemals wieder mein Gesicht waschen können!"

„Ihr Männer seid ganz arme Geschöpfe, ein Küsschen und ihr seid unzurechnungsfähig!"

Lachend und sehr zufrieden verlässt sie Andrews Büro. Ein Stockwerk tiefer hat Patrick Mulligan seinen Arbeitsplatz. Er ist der Schwager von Willy Murdoch und hat sich immer als hilfsbereit erwiesen. Und jetzt ist sie für jede Hilfe dankbar, die sie erhalten kann.

Ein Lächeln leuchtet aufs Patricks Gesicht, als sie sein Büro betritt. „Sieh da, die süße Candice. Das ist jetzt mal ein schöner Weihnachtsbesuch!"

„Vielen Dank für die Blumen. Für mein Gesicht kann ich nichts, ich bin so geboren worden."

Patrick lässt sich durch das Argument nicht stören und lächelt weiter. „Setz dich, was führt dich zu mir?"

Candy erzählt die ganze, traurige Geschichte von Mike und dem aussichtslos erscheinenden Fall. Sie lässt auch ihren Verdacht um den Captain des 10. Polizeireviers nicht aus.

Patricks Augen werden immer größer. „Candy, das ist doch entsetzlich!", in seinem Kopf arbeitet es, er sucht nach einer Möglichkeit, ihr helfen zu können. „Ich werde nachsehen, was unser Archiv hergibt. Vielleicht ist dieser Wilkinson früher schon einmal auffällig geworden. Vielleicht findet sich ein alter Bericht über einen Fall, der nicht zugeordnet werden konnte. Ich werde sofort damit anfangen!"

„Das ist wirklich lieb von dir, Patrick." Candys gedrückte Stimmung ist seit den Besuchen hier in der New York Post wieder gestiegen. Es ist schön, so viele gute Freunde zu haben.

„Ich melde mich bei dir, versprochen!", ruft ihr Patrick nach.

27. Dezember

Sonnabend, der 27. Dezember. In der Nacht hat es etwas geschneit, der verklumpte Schnee behindert nun als schmutziger Matsch den Verkehr in den Straßen. Candy sitzt im Arbeitszimmer im Penthouse und telefoniert mit ihrer Schwester. Annie hat keine guten Neuigkeiten.

„Ich habe mit dem Bezirksstaatsanwalt telefoniert, er kommt nicht vor dem 5. Januar dazu, sich mit Mikes Fall zu befassen."

„Annie, das ist ja furchtbar. Können wir nicht noch etwas unternehmen?"

„Ich werde mich gleich am ersten Arbeitstag des neuen Jahres mit dem Bürgermeister in Verbindung setzen, wir dürfen nichts unversucht lassen."

„Das ist lieb von dir, es ist so wenig, was ich helfen kann."

„Täusche dich nicht, Liebes, du bist tüchtiger, als ich es dir je zugetraut habe. Wenn du so weitermachst, wirst du Michael entlasten können!"

Candy hat kaum aufgelegt, da klingelt das Telefon. Es ist Andrew Jenkins. „Interessiert es dich, was ich auf dem Film gefunden habe?"

„Blöde Frage, natürlich!"

„Gut, ich fahr gleich los, ich bin in einer halben Stunde bei dir. Es ist nicht allzu viel, es könnte vielleicht trotzdem weiterhelfen."

Candy geht unruhig auf und ab. Hoffentlich ist Andrew gleich hier! Sie geht in die Küche und brüht frischen Kaffee auf. Doch dann ist es soweit, Andrew klingelt an ihrer Tür. Sie gibt ihm ein Küsschen auf die Wange und sieht ihn dann neugierig an.

„Lass uns an den Schreibtisch gehen, dort ist das Licht am besten."

„Die Kamera hat ein Magazin für 12 Aufnahmen, davon sind drei belichtet worden", Andrew greift in die Innentasche seiner Jacke, er holt drei Abzüge in der Größe 4x5 Inch (10x13 cm) hervor und legt sie unter die Lampe. Auf einem Bild ist der Geschäftsführer von Macy's neben dem Bürgermeister von New York zu sehen, das zweite zeigt einen Weihnachtsmann, wie er Schokolade an Kinder verteilt. Das dritte Bild ist das eigentlich interessante von den dreien.

„Siehst du, Candy, dieses Bild hat mein Kollege wohl noch im Sterben ausgelöst."

Auf dem Bild ist nicht viel zu sehen. Es zeigt den unteren Teil eines Weihnachtsmannes, etwa vom Mantel bis zu den Stiefeln und ein Stück Bürgersteig. Das Foto liegt auf der Seite, offenbar hat die Kamera bei der Aufnahme schon am Boden gelegen. Es ist in unmittelbarer Nähe zu dem Geldtransporter aufgenommen worden, hinter der Hose des Weihnachtsmannes ist ein Teil der geöffneten Seitentür zu erkennen. Die Stiefel und der untere Teil der Hose bedecken etwa das halbe Bild.

Candy beugt sich zu dem Bild hinunter. „Ja, viel ist es nicht. Jetzt müssen wir herausfinden, welcher Mann zu diesen Stiefeln gehört. Es scheint mir nicht einfach zu sein."

Andrew nickt betrübt dazu. „Das habe ich mir auch schon gedacht. Ich wollte es dir trotzdem sofort bringen."

„Das ist nett von dir. Ich fahre gleich nach Brooklyn zum Gefängnis und werde Mike davon erzählen."

Seit gestern ist Mike im Untersuchungsgefängnis in Brooklyn. Es ist dasselbe Gebäude, in dem auch die beiden Schmuckdiebe, Clyde Joslink und Frank McLloyd, einsitzen, es ist lediglich ein anderer Bereich. Candy kennt den Weg genau, sie ist hier häufig zur Befragung der beiden Diebe hergefahren.

Mike freut sich riesig, wie jedes Mal, wenn er sie erblickt, sein eben noch düsteres Gesicht beginnt zu strahlen. Candy trifft sich mit ihm im Besuchsraum, es ist derselbe, den sie schon bei den beiden Dieben kennengelernt hat. Durch ein Gitter getrennt, sitzen sie voreinander. Candy erzählt ihm von dem Foto. Sie hätte es gerne mitgebracht, vielleicht wäre es ihr hier abgenommen worden. So beschreibt sie so genau wie möglich, was auf dem Bild zu sehen ist.

„Wenn die Stiefel und der Geldtransporter zu sehen sind, dann kann ich es nicht gewesen sein, denn ich war auf der abgewandten Seite der Kamera, wie unser Schuhputzer bestätigen kann."

Candy freut sich. „Das ist schön, dann haben wir noch einen Beweis, dass es zwei verschiedene Weihnachtsmänner gewesen sein müssen."

„Ja, das reicht wohl noch nicht, immerhin haben wir wieder ein Stückchen mehr beisammen."

Die Besuchszeit ist auf eine halbe Stunde begrenzt, schweren Herzens verlässt Candy ihren Liebling. Wie jedes Mal, geht ihr während der Fahrt das Gespräch im Gefängnis noch durch den Kopf. Das Bild zeigt doch Stiefel? Stiefel – der Schuhputzer! Jesaja Milton kann ihr sicher weiterhelfen. Eine plötzliche Erregung packt sie mit einem Adrenalinschub, sie fühlt ihr Herz bis zum Hals klopfen.

Sie fährt mit ihrem Wagen direkt zum Herald Square. Sie sieht sich überall um, sie kann den Schuhputzer leider nicht entdecken. Es ist jetzt Sonntagnachmittag, das Wetter ist wieder grau und trübe und nur wenige Fußgänger sind unterwegs. Traurig beendet sie ihre Suche und fährt nach Hause. Am nächsten Morgen will sie gleich nach dem Frühstück wieder nach dem Schuhputzer suchen.

***

Eric Wilkinson befindet sich in seiner Wohnung in der 52. Straße West und geht grübelnd hin und her. Ihn quält die Entscheidung, die er jetzt treffen muss. Das Mädchen aus dem Imbiss könnte ihn identifizieren und dann könnte er leicht mit dem Juwelendiebstahl in Verbindung gebracht werden. Danach ist es nur noch ein kleiner Schritt zum Geldraub und den Toten bei Macy's. Warum musste diese Blonde auch so penetrant in diesem Fall herumstochern! Seinen Mitarbeitern hätte er diese Nachforschungen untersagen können, bei dieser Privatdetektivin ist er machtlos. Es nützt nichts, er muss schnell handeln und ein Plan reift heran.

Tief in seinem Schreibtisch befindet sich eine Waffe, die er vor Jahren einem Kriminellen abgenommen hat. Es ist ein Revolver im Kaliber .38. Er hat dafür einen passenden Schalldämpfer, den er jetzt montiert. Routiniert überprüft er die Trommel, sie ist mit sechs Patronen gefüllt. Damit ihn nicht wieder jemand erkennt, geht er in sein Schlafzimmer und beginnt sich zu maskieren. Er klebt sich einen Schnurrbart an und setzt sich eine große Brille mit Fensterglas auf. Auf den Kopf kommt ein Hut, den er sich tief in die Stirn zieht. Zuletzt ein langer Wintermantel, er schlägt den Kragen hoch, dann ist die Verkleidung perfekt.

Mit dem Taxi will er nicht fahren, das ist ihm nicht anonym genug, er entschließt sich daher, die Subway zu benutzen. Der South Ferry Loop bringt ihn in die Nähe der 2nd. Avenue, nun muss er noch eine Meile zu Fuß gehen. Es ist kalt, einige wenige Schneeflocken fallen aus einem grauen Himmel und bilden eine schmutzig-weiße, lückenhafte Decke auf dem Bürgersteig. In den Schaufenstern glitzert der weihnachtliche

Schmuck, Menschen gehen auf den Bürgersteigen, bleiben stehen und freuen sich an den hübsch geschmückten Auslagen.

In seinem Kopf toben wirre Gedanken. Wie tief ist er gesunken? Im Grunde ist er nicht besser als irgendein Killer. Diese Erkenntnis trifft ihn hart. In der Tiefe seiner Seele spürt er etwas, das will ihn zurückhalten, sein Verstand arbeitet dagegen an. Er muss seinen Plan zu Ende führen, denn wenn er jetzt gefasst wird, kommt er mit tödlicher Sicherheit auf den elektrischen Stuhl. Fast noch erschreckender als der Tod, ist jedoch der Gedanke, dass alle diejenigen, die ihn bisher geschätzt haben, sich von ihm abwenden werden. Sein ganzes Leben lang ist er der tüchtige und erfolgreiche Polizist gewesen. Zahlreiche Auszeichnungen zieren die Wand in seinem Büro. Diese Schmach könnte er nicht ertragen!

Mit einer steilen Falte auf der Stirn und zusammengepressten Zähnen geht er die Houston Street entlang. In der Ferne sieht er schon die Bäume, die hier die 2. Avenue säumen. Der Imbiss, »Cooper's Fine Food«, ist das Haus mit der Nummer 32. Miss McLloyd hat jetzt Dienst, das hatte er vorher herausgefunden. In einer Stunde hat sie Feierabend, dann will er ihr folgen. Ihre Wohnung ist in der 7. Straße Ost, dort wohnt sie alleine, seitdem ihr Bruder im Gefängnis sitzt. Mr. Wilkinson überlegt, sich bis zum Ende ihres Dienstes in den Imbiss zu setzen. Er verwirft den Gedanken sofort wieder, denn dann wäre er gezwungen, sein künftiges Opfer zu beobachten. Sie würde ihn bedienen, vielleicht sogar anlächeln. Nein! Dazu ist er nicht imstande. So begnügt er sich damit, auf der 2nd. Avenue hin und her zu laufen, mit leeren Augen in die Schaufenster zu starren, ohne etwas wahrzunehmen. Um ihn herum lachen die Menschen und sind fröhlich, es herrscht das Fest der Freude und des Friedens.

Direkt neben ihm beginnt eine junge Frau zu lachen, fröhlich und mit glockenheller Stimme. Wie ein Messer stechen ihn die hellen Töne ins Herz. Mit einem Schmerz in der Brust wendet er sich mit einem Ruck ab und geht weiter ziellos umher. Immer wieder sieht er auf die Uhr, dann ist es endlich soweit. Es dauert noch etwas, bis Martha McLloyd den Imbiss verlässt. Sie geht die 2nd. Avenue nordwärts in Richtung ihrer Wohnung.

Sie betritt einen Lebensmittelladen und kommt zwanzig Minuten später wieder mit einer gefüllten Tasche heraus. Die wenigen Minuten sind ihrem Verfolger wie eine Ewigkeit vorgekommen.

Sie sich nähert ihrer Wohnung und er verkürzt seinen Abstand zu ihr. Als sie die Tür aufschließt, ist er direkt hinter ihr und betritt gemeinsam mit ihr den Hausflur. Die junge Frau sieht sich kurz um, sie erkennt die Gefahr nicht, in der sie schwebt. Auf der Treppe in den dritten Stock folgt er ihr mit einem halben Stockwerk Abstand.

Ihre Schlüssel klappern und er nähert sich rasch bis auf drei Schritte. Die junge Frau sieht sich wieder zu ihm um, jetzt wird sie misstrauisch. „Kann ich Ihnen helfen?", fragt sie ängstlich.

Mr. Wilkinson schüttelt wortlos den Kopf.

Martha McLloyd öffnet verunsichert die Tür und tritt rasch in die Wohnung, in der Sekunde springt er heran, drückt die sich schließende Tür wieder auf und drängt sich in die Wohnung. Mit der rechten Hand zieht er den Revolver heraus.

Die junge Frau sieht den Revolver und schreit laut um Hilfe, Todesangst ist ihr ins Gesicht geschrieben.

Diesen Blick wird Eric Wilkinson sein Leben lang nicht mehr vergessen. Sein Zeigefinger krümmt sich um den Abzug der kleinen, schwarzen Waffe. Ein kaum hörbarer Knall, durch den Schalldämpfer zu einem unauffälligen »Puff« reduziert, beendet abrupt den Schrei. Sie sackt zusammen, der Mann bückt sich und zieht sie an den Armen vollständig in die Wohnung hinein. Der Blick ihrer starren Augen brennt sich in sein Gehirn.

Er springt auf, zieht die Tür zu und läuft rasch die Treppe hinunter. Auf dem Bürgersteig angekommen, zwingt er sich zu einem normalen Schritt und mischt sich unauffällig unter die anderen Fußgänger. Erst nach einer Viertelstunde bemerkt er, dass er in die verkehrte Richtung geht. Er ändert seinen Weg und erreicht spät die Subway. In der Bahn setzt er sich und lässt sich ergeben umherfahren. Alle seine Sinne sind erregt, sein Puls schlägt immer noch zu schnell. Er atmet schwer ein und aus und hofft, dass der Druck in seiner Brust verschwinden möge. Erst sehr spät am Abend und nach dem Genuss von viel Whisky, findet er eine trügerische Ruhe.

29. Dezember

Es ist Montagmorgen, der 29. Dezember. Candy sitzt mit Janet in ihrem Büro, sie hat Brötchen vom Bäcker in der Columbus Avenue mitgebracht. In Janets kleiner Küche zischt die Kaffeemaschine, der neue Kühlschrank ist jetzt unter anderem mit Butter, Milch und anderen Dingen gefüllt, die man für ein Frühstück und weitere Gelegenheiten benötigt. Während des Essens erzählt Candy ihrer aufmerksamen Zuhörerin von ihren letzten Ergebnissen. Das neueste Highlight ist das Teilbild von dem zweiten Weihnachtsmann.

Das Telefon in Janets Büro klingelt. Sie eilt hin, kurz darauf ruft sie Candy. „Es ist Lieutenant Willers, er hat eine Nachricht für dich."

Candice nimmt den Hörer entgegen und lauscht aufmerksam der Stimme des Detectives.

„Gestern Abend ist eine Frau tot aufgefunden worden. Ich nehme an, es interessiert Sie. Die Tote ist nämlich Martha McLloyd, die Schwester eines der Juwelendiebe. Sie hatten doch die letzten Tage mit ihr zu tun? Ich möchte Sie bitten, so bald wie möglich zu mir zu kommen, damit ich Ihre Aussage aufnehmen kann. Ich bin wahrscheinlich bis Mittag im Büro."

„Können Sie mir jetzt schon etwas sagen?", fragt die Detektivin mit Sorge.

„Nur so viel: Sie ist ermordet worden, wir gehen im Moment davon aus, dass der Drahtzieher des Schmuckdiebstahls dahinter stecken könnte. Sie wusste wohl etwas, dass ihm gefährlich werden konnte."

Candy bekommt einen furchtbaren Schreck. Die arme Frau! Sie hatte doch nie jemandem etwas getan. Nun ist sie tot, ermordet möglicherweise von dem unbekannten Verbrecher, weil sie etwas von ihm wusste.

Genauso wie sie selbst!

Ihr schießt plötzlich durch den Kopf, dass sie selbst eine Zeugin ist. Sie glaubt, den Täter zu kennen. Der ist nicht auf den Kopf gefallen und kennt den genauen Stand der Ermittlungen. Wie viel er wohl schon von ihr weiß? Er ist ihr schon ein paar Mal begegnet und weiß, woran sie arbeitet!

„Candice? Sind Sie noch da?"

Die Stimme aus dem Hörer dringt wieder in ihr Bewusstsein. „Entschuldigen Sie bitte, Robert, ich war einen Moment nicht bei der Sache." Sie muss sich sammeln und ihre Gedanken ordnen, die sich gerade überschlagen. „Ich komme gleich! In einer halben Stunde bin ich bei Ihnen."

Sie trinkt nur noch ihren Kaffee aus, sie ertappt sich dabei, dass ihre Hände zittern.

Janet sieht in ihr abwesendes Gesicht. „Ist dir nicht gut?"

Candice erzählt ihr von dem Mord an dem Mädchen aus dem Imbiss.

Janet schlägt die Hände vor den Mund. „Das ist ja furchtbar!"

Candice holt das Bild von Captain Wilkinson aus ihrer Handtasche. „Merke dir das Gesicht gut. Ich glaube, dass dieser Mann hinter allem steckt. Und nun muss ich zu Lieutenant Willers."

Der Detective erzählt ihr alles, was er bis eben in Erfahrung gebracht hat. „Der Tod ist vor zwei Tagen eingetreten, am 27. Dezember am Nachmittag. Martha McLloyd ist von seitlich hinten aus nächster Nähe mit einer Waffe im Kaliber .38 erschossen worden. Die Nachbarn können sich an nichts erinnern. Eine Anwohnerin will kurz einen Schrei gehört haben, kein Schuss, nichts. Wir haben keine Spuren, keine Fingerabdrücke, keine Zeugen. Es ist zum Kotzen!" Gereizt wirft er den Notizblock auf seinen Schreibtisch. „Und jetzt kommen Sie ins Spiel. Sie haben doch mit ihr gesprochen, oder?"

„Ja, das war am 15. Dezember. Ich habe sie als Schwester von Frank McLloyd und dessen Cousin Clyde Joslink befragt. Sie wissen doch, den beiden Juwelendieben."

„Ja, ich erinnere mich noch, der oder die Hintermänner hat man bis jetzt nicht gefasst."

„Ja, genau den Fall meine ich. Ich war im Auftrag der Versicherung von Juwelier Martin bei ihr. Ich erhoffte mir noch Informationen, die ich von ihrem Bruder und ihrem Freund nicht erhalten hatte."

„Und, haben Sie etwas herausgefunden?"

Diese Frage hatte Candice erwartet und zugleich befürchtet. Wie soll sie darauf reagieren? Soll sie dem Detective jetzt sagen, dass sie seinen Chef, den hochdekorierten Captain Wilkinson, für den Drahtzieher mehrerer Verbrechen hält? Nach einer Weile Grübeln entschließt sie sich dazu, ihre Vermutungen preiszugeben. „Ist Ihr Chef heute hier?"

„Nein, der ist die letzten Tage auffällig oft abwesend. Er sagt mir auch nicht, wo er hingeht, wie sonst immer. Warum fragen Sie?"

„Ja, wissen Sie, ich weiß nicht so recht, wo ich anfangen soll", dann lächelt sie. „Das Einfache zuerst. Ich finde, wir sollten uns duzen, das macht es für mich einfacher."

Lieutenant Willers grinst. „Mit oder ohne Küsschen?"

„Du musst nun nicht übermütig werden! Für dich bin ich Candice." Sie denkt darüber nach, wie sie ihre Vermutung erklären soll. Detective Willers wird es wahrscheinlich als ungeheuerlich empfinden. „Was weißt du über Captain Wilkinson?"

„Wie meinst du das? Wie er als Chef ist, oder wie er im Privatleben ist? Warum willst du das eigentlich wissen?"

„Das werde ich dir dann sagen. Wie ist er denn so als Chef und Leiter dieser Wache?"

„Ich bin ganz zufrieden. Er ist sehr tüchtig und ist sehr jung zum Captain befördert worden. Als Polizist hat er mehrere Auszeichnungen für Tapferkeit erhalten."

„Traust du ihm kriminelle Handlungen zu?"

„Nein. Obwohl - er ist immer sehr verschlossen, sodass ich mir kein wirkliches Bild von ihm machen kann. Warum fragst du?"

Jetzt muss Candice mit ihren Verdächtigungen rausrücken. „Ich habe deinen Chef im Verdacht, der Drahtzieher für den Überfall beim Juwelier Martin als auch bei dem Geldraub bei Macy's zu sein."

Lieutenant Willers lässt den Stift fallen, mit dem er gespielt hat und schüttelt den Kopf. „Nein, unmöglich. Jetzt gehen Sie, äh, jetzt gehst du zu weit, Candice!"

„Überlege doch mal. Er hatte auf Grund seiner Position alle Kenntnisse, die dafür erforderlich waren. Die Personenbeschreibung von Martha McLloyd von dem Gast, der sich nach ihrem Bruder und dessen Cousin erkundigt hatte, passt perfekt auf ihn."

„Willst du damit sagen, dass mein Chef auch der Mörder der Serviererin ist?"

„Ja, denn nur das ergibt Sinn. Löse dich von dem Gedanken, dass er dein Chef und Polizeioffizier ist, und versuche, das aus meiner Sicht zu sehen."

„Du willst nur deinen Partner entlasten, das ist mir klar."

„Nein, gib dir bitte mal Mühe, etwas sachlicher zu sein. An welchem Punkt, zum Beispiel, endet die Aussage von Hector Hunnicut, dem Sicherheitschef von Macy's?"

Der Detective sieht sie irritiert an und sucht dann den Ordner mit den protokollierten Aussagen hervor. „So, hier steht es. Er hat dem Weihnachtsmann hinterher gesehen, als er fortgelaufen ist. Das ist der letzte Satz."

„Eben, das meine ich. Du hättest ihn noch fragen sollen, woher Mike Callaghan gekommen ist, denn er ist aus einer anderen Richtung aufgetaucht, das hat mir Mr. Hunnicut gesagt. Außerdem ist Mike einen halben Kopf größer als der entflohene Weihnachtsmann. Dieser wichtige Punkt taucht in deinen Protokollen nicht auf!" In ihrer Erregung, mit leuchtenden Augen und glühenden Wangen, sieht sie noch schöner aus als sonst.

„Gut, gut, du hast recht. Ich war etwas voreingenommen bei der Aufnahme der Aussagen. Ich werde dir daher folgendes versprechen: Ich werde mir alle Aussagen noch einmal durchlesen und unter Umständen die Zeugen nochmals aufsuchen, um eventuell fehlende Punkte zu ergänzen. Meinem Chef werde ich das nicht erzählen. Den werde ich dafür genau im Auge behalten."

Candice verabschiedet sich von Lieutenant Willers. Sie ist froh, die Meinung des Detectives hinsichtlich der Schuld von

Mike erheblich erschüttert zu haben. Ihr nächstes Ziel ist der Herald Square, genauer: Der Schuhputzer Jesaja Milton. Sie hofft, ihn heute anzutreffen.

Sie hat Glück, schon von weitem sieht sie ihn auf den Knien vor seinem kleinen Stand sitzen und Schuhe putzen. „Guten Tag, Jesaja. Wie geht das Geschäft?"

Der Schuhputzer wiegt den Kopf hin und her. „Mal so, mal so, heute ist es so", er lacht und die Zähne leuchten in seinem schwarzen Gesicht.

„Jesaja, ich habe ein Bild mitgebracht. Ich möchte gerne, dass Sie es sich genau ansehen." Sie holt das Bild hervor, das die untere Hälfte des Weihnachtsmannes bei dem Geldraub zeigt.

„Donnerwetter, Miss, wo haben Sie das denn her?"

„Das war in der Kamera des toten Reporters, er muss es kurz vor seinem Tode aufgenommen haben. Meine Frage an Sie ist, ob Sie sich an die Stiefel erinnern können?"

Jesaja Milton sieht sich das Bild genau an, schließlich sagt er: „Ich erkenne die Stiefel wieder. Viele der Weihnachtsmänner tragen solche oder ähnliche. Dieser hier", er zeigt mit dem Finger auf eine Stelle am Schaft, „dieser hier hat eine lose Naht, die hat mich beim Putzen gestört, deshalb kann ich mich daran erinnern."

Candy ist ganz aufgeregt, das ist jetzt wieder ein weiterer Hinweis. „Haben Sie den Mann erkennen können?", sie denkt an das Bild von Eric Wilkinson, das sie in ihrer Tasche trägt.

„Nein, der war als Weihnachtsmann verkleidet, mit einem weißen Bart und angeklebten Augenbrauen."

„Ist Ihnen irgendetwas aufgefallen?"

Der alte Mann überlegt. „Doch, Miss, zwei Punkte sind es. Er war trotz seiner Kapuze eher klein und hatte eine wohltönende Stimme."

Candy fühlt ihr Herz klopfen, jetzt passt wieder etwas zusammen.

„Der Mann hatte mir 50 Cent mit den Worten: „Hier, für dich, Nigger!" in meine Blechdose geworfen. Ich kann dieses Wort nicht ausstehen, darum habe ich ihm noch eine Weile hinterher gesehen."

„Das haben Sie toll gemacht!", sagt sie und steckt dem Schwarzen fünf Dollar zu.

„Nicht doch, Miss! Das ist zu viel für so wenig Arbeit."

„Mir ist es so viel wert, das ist schon in Ordnung."

Sie verabschiedet sich von dem alten Mann und fährt zum Untersuchungsgefängnis in Brooklyn, so wie jeden Tag.

Heute hat sie Mike wieder eine Menge zu berichten. Die Identifizierung des Stiefels mit dem Weihnachtsmann, der ihrer Meinung nach wegen der markanten Stimme eindeutig auf den Chef des 10. Polizeireviers hinweist, ist ein wichtiger Punkt in ihrer Liste.

Mike ist immer wieder beeindruckt über ihr geschicktes und kluges Vorgehen. Als sie ihm von dem Mord an Martha McLloyd erzählt, wird er noch blasser, als er zurzeit sowieso schon ist. „Candy, das fängt jetzt an, sehr gefährlich zu werden. Du bist inzwischen diesem Mann mindestens genauso gefährlich geworden, wie diese eigentlich unbedeutende Servicererin."

Candy erschrickt, diesen Gedanken hatte sie auch schon erwogen, nun wird er durch Mikes Bemerkung wieder hervorgeholt. „Meinst du wirklich?"

„Ja, unbedingt. Ich bitte dich mit allem Nachdruck, etwas für deine Sicherheit zu tun. Ich kann es nicht ertragen, hier festgehalten zu werden und dich draußen in Lebensgefahr zu wissen."

„Wie sollte ich mich denn deiner Meinung nach verhalten?"

„Du musst dir eine rund um die Uhr Bewachung organisieren. Ich werde Willy und Eddie fragen, die machen ganz sicher mit. Du hast bestimmt Freunde, die auch einspringen können. Ein bezahlter Wachmann wäre auch eine Möglichkeit."

Candice ist zutiefst geängstigt. Langsam dringt die Tragweite dessen, was Mike sagt, in ihr Bewusstsein. Sie nickt zaghaft, in ihrem Kopf beginnen erste Pläne zu reifen. „Ich bekomme das hin, ich werde mich gleich im Büro hinsetzen und einen Bewachungsplan entwerfen."

Mike sieht ihr ins Gesicht. Er weiß, dass sie es tun wird. Wegen seiner großen Sorge um sie, bestärkt er sie nochmals darin. „Du musst mir versprechen, das wirklich ernst zu nehmen! Ich werde hier sonst verrückt vor Angst um dich."

Candy nickt und greift durch das Gitter nach seiner Hand. „Sei unbesorgt, mein Schatz, ich werde mich sofort darum kümmern."

Mit einem unklaren ängstlichen Gefühl verabschiedet sie sich von Mike. Es wird jetzt Zeit, dass dieser Wilkinson überführt wird, die Trennung von Mike und jetzt noch die Sorge um sich, diesem Druck wird sie auf Dauer nicht gewachsen sein. Langsam reifen erste unklare Überlegungen zu einem konkreten Plan und schieben die finsteren Gedanken in den Hintergrund. Als sie in die Garage in der Nähe ihres Büros fährt, fühlt sie sich schon sehr viel besser. Ihr erster Gedanke gilt ihrer tüchtigen Sekretärin, ihr kommt jetzt eine wichtige Rolle zu.

„Hallo, meine liebe Janet, nimm dir schon mal Block und Bleistift, ich komme gleich zu dir ins Büro!"

Sie hängt ihren Mantel in den Garderobenschrank, mit einem Mal fühlt sie Hunger. Es ist bereits zwei Uhr am Nachmittag und sie hat außer einem Frühstück heute nichts gegessen. Sie geht zu Janet. „Kommando zurück! Warst du schon zum Lunch?"

„Nein, es ergab sich irgendwie nicht."

„Dann machen wir das jetzt so: Steck den Block in deine Tasche, jetzt gehen wir essen. Ich lade dich ein, beim Essen erzähl ich dir, was ich mit dir vorhabe."

An der Ecke 86. Straße West mit der Columbus Avenue ist ein kleines Lokal. Auf dem Weg dahin berichtet Candy Janet die neuesten Einzelheiten. Die hohen Absätze ihrer beider Schuhe klappern laut auf dem Pflaster des Bürgersteiges.

„Ich muss damit rechnen, dass jemand versucht, mich zu töten. Das ist nur eine Vermutung, ich möchte und darf das auf keinen Fall auf die leichte Schulter nehmen."

„Das ist ja furchtbar! Was kann ich dabei tun?"

„Ich möchte eine Bewachung für mich organisieren. Deine Aufgabe ist es dabei, die Fäden zusammenzuhalten und immer zu wissen, wo ich und der Bewacher gerade sind."

Sie sind im Lokal angekommen und bestellen sich zu essen. Janet legt den Notizblock auf den Tisch und holt ihren Füller heraus.

„Wir brauchen zuerst eine Liste all derer, die mich immer begleiten können. Du musst dann herausfinden, wer wann Zeit hat und dann entwirfst du einen Plan."

Janet sieht gespannt ihre Chefin an, ihre Augen leuchten vor Eifer. „Meinst du, dass ich das kann?"

„Ich traue dir das zu, du bist immer klug und umsichtig gewesen, das fällt dir bestimmt leicht."

Janet beginnt, sich Notizen zu machen. Die Liste der möglichen Bewacher ist noch kurz, bisher sind es Eddie Costein, Willy Murdoch und ein Bekannter von Candice. „Wenn uns nicht mehr einfallen, werde ich mich an einen Schutzdienst wenden müssen. Damit werden wir bis morgen warten."

„Ich habe noch einen Bruder, den könnte ich fragen."

„Sehr schön, so werden es immer mehr." Dann fällt Candice noch ein wichtiger Punkt ein: „Was ist mit deinen Kindern, müssen wir da noch etwas organisieren? An manchen Tagen könntest du nicht so lange bleiben, wie es vielleicht erforderlich wäre."

Janet nickt. „Ja, das Problem sehe ich auch. Wie lange mag die Bewachung denn dauern?"

„Ich hoffe, dass es nicht viel länger als eine Woche ist."

„Ich denke darüber nach. Ich bin sicher, dass sich dafür eine Lösung finden wird."

30. Dezember

Am nächsten Morgen liegen bereits die ersten Zusagen für die Bewachung vor. Willy wird immer dann auf Candys Fersen bleiben, wenn er Freischicht mit seinem Taxi hat. Eddie hat noch mehr Zeit, ein Freund von ihm wird zeitweise die Arbeit in seiner Kneipe übernehmen, dann wird er nahezu immer zur Verfügung stehen können. „Ich muss nur eine Gelegenheit zum Schlafen haben, dann mache ich alles mit."

Ein Bekannter von Candy, Jason Woolmind, hat ebenfalls zugesagt. Er kann jeden Tag nach Dienstschluss helfen.

Candy ist unterwegs zur 34. Straße West. Sie hat sich mit Mr. Hunnicut von Macy's verabredet. Sie will ihn fragen, ob es noch weitere Zeugen für den Ablauf des Überfalles an jenem bewussten 23. Dezember gibt.

Mr. Hunnicut freut sich sehr, sie zu sehen, er ist die Höflichkeit in Person. „Meine liebe Miss Evans, Sie sehen heute bezaubernd aus!"

„Kommen Sie, Mr. Hunnicut, ich bin lediglich als Ermittlerin hier. Ist ihnen schon jemand eingefallen, der als Zeuge in Frage kommen könnte?"

Er schüttelt den Kopf. „Gestatten Sie, Miss Evans, Ihnen zu sagen, dass ich keine junge Frau kenne, die so schön ist wie Sie."

Candice schüttelt genervt den Kopf. Diese Sprüche hört sie nun seit ihrer Kindheit. In der Schule hatte es angefangen. Ihre Eltern haben immer darauf geachtet, sie nicht glauben zu lassen, dass ihr Aussehen etwas Besonderes war. Ihre Bemühungen waren nicht ganz erfolglos, das ist der Grund, dass Candice immer wieder überrascht ist, wenn sie Komplimente erhält und es nicht als selbstverständlich ansieht.

Mr. Hunnicut räuspert sich und fährt fort. „Jetzt zu Ihrer Frage: Zwei weitere Zeugen habe ich gefunden, es ist der Pförtner vom Erdgeschoss, der die Tür aufgehalten hatte und der zweite ist ein Verkäufer, der den Überfall aus dem ersten Stock beobachtet hatte. Wenn Sie gestatten, werde ich Sie gerne zu den beiden Herren begleiten." Mr. Hunnicut springt aus seinem Stuhl und reicht ihr seinen Arm. Candice seufzt über die offensichtlichen Bemühungen des Sicherheitschefs, ihr möglichst nahe sein zu wollen. „Danke, ich bin nicht gehbehindert, gehen Sie gerne vor."

Die Aussagen der beiden Herren stimmen in wesentlichen Dingen überein. Wichtig für Candy ist der Hinweis, dass es auf jeden Fall zwei verschiedene Weihnachtsmänner waren. Der eine war in Richtung Herald Square verschwunden, der andere, eben ihr Liebling, war von der gegenüberliegenden Straßenseite gekommen. Candice beschwört sie noch, die Aussage bei der Polizei zu wiederholen. Sie freut sich darüber, nun weitere Munition für Detective Willers zu haben, die das Interesse der

Polizei von Mike abwenden und auf den wahren Täter lenken wird.

Sie bedankt sich bei Mr. Hunnicut, der kein Auge von ihr lassen kann und geht auf die 34. Straße hinaus. Ihre Schritte führen sie zum Herald Square. Sie würde sich gerne einen Moment mit dem Schuhputzer unterhalten. Seine aufgeweckte und zwanglose Art ihr gegenüber, empfindet sie als sehr erfrischend.

„Jesaja, wie geht es Ihnen?"

Der alte Mann sieht erfreut zu ihr hoch. „Einen kleinen Moment, Miss, ich bin gleich soweit."

Geschickt bringt er die Schuhe seines Kunden zum Glänzen, der sich dann mit einem Viertel-Dollar bedankt.

„Vielen Dank, der Herr!", dann wendet er sich Candice zu. „Ich glaube, ich habe etwas für Sie."

Candy kann es kaum abwarten. „Nur zu, Jesaja, ich bin ganz Ohr."

Ich habe mich mal ein bisschen umgehört und ich habe jemanden gefunden. An der Ecke 35. Straße West mit der Avenue of the Americas hat ein Bekannter von mir einen kleinen Kiosk. Robert Dowley heißt er, er steht dort jeden Tag."

Candy ist schon sehr gespannt, Jesaja Milton hat so ein triumphierendes Leuchten im Gesicht.

„Also, der Robert. Er hat die Schüsse gehört und hat zur 34. Straße hingesehen. Zwei Minuten später kommt ein Weihnachtsmann um die Ecke. Der winkt sich ein Taxi und verschwindet."

„Das ist Klasse, Jesaja! Es verdichtet sich immer mehr, dass mein Mike nicht der Täter sein kann. Man kann uns vorhalten, dass es ja irgendein Weihnachtsmann gewesen sein könnte, und nicht der, der geschossen hat. Das wäre jedoch zu viel Zufall. Hat dein Freund noch etwas beobachtet? Konnte er den Mann erkennen?"

„Nein, Miss, dazu war er zu weit entfernt. Das Taxi war von Checker Cab, wie die meisten hier. Im Taxi hat der Mann seine Kapuze zurückgeschlagen, da konnte er nur erkennen, dass er volle, dunkle Haare hatte."

Beinahe hätte Candy den alten Mann vor Freude umarmt. Jetzt gibt es kaum noch einen Grund, ihren Mike weiter im Gefängnis schmachten zu lassen.

„Jesaja, Sie sind uns eine außerordentliche Hilfe." Sie sucht in ihrer Tasche nach dem Portemonnaie.

„Lassen Sie das stecken, ich helfe Ihnen gerne."

Candy sieht den Mann an, wie er dasteht, mit einem vor Freude strahlendem Gesicht. „Haben Sie schon einmal darüber nachgedacht, ihren Unterhalt mit etwas anderem als Schuhe putzen zu verdienen?"

„Das ist mir nie in den Sinn gekommen, Miss. Ich kann doch nur das."

„Ich möchte Sie gerne als Ermittler in meiner Detektei einstellen, was halten Sie davon?"

Der alte Mann weiß nicht, ob er sich darüber freuen soll, das Angebot kommt doch etwas überraschend.

„Wir brauchen jemand, der andere beschatten und verfolgen soll, das ist einfach. Ich bin sicher, dass Sie das können, sonst hätte ich jetzt nicht gefragt."

Der alte Mann windet sich unwohl, dann platzt es aus ihm heraus. „Mein Schreiben ist ganz schlecht, Lesen geht so. Damit kann ich nicht in einem Büro arbeiten."

„Sie sollen nicht im Büro arbeiten, für Sie ist die Verfolgung in den Straßen und die Befragung von Zeugen viel besser geeignet. Und wenn es mal etwas zu schreiben gibt – ich bin sicher, dass Ihnen unsere Sekretärin gerne helfen wird."

Dann lächelt sie den Schwarzen an. „Vergessen Sie nicht, Sie bekommen von mir 50 Dollar in der Woche Gehalt."

Dem Schuhputzer klappt der Unterkiefer herunter. „Was!! So viel! So viel verdiene ich in guten Zeiten in einem Monat."

Candice freut sich über seine Überraschung. Das ist das Gehalt, was im Büro verdient wird, nicht mehr und nicht weniger. „Wann können Sie anfangen?"

„Wenn Sie wollen, sofort, Miss. Ich brauche bei niemandem zu kündigen. Ich schiebe meinen Laden nach Hause, dann kann es losgehen."

„Morgen schon? Dann weiß ich jetzt schon eine Beschäftigung für Sie."

„Ich freue mich, wenn ich Ihnen von Nutzen sein kann."

„Ich benötige für ein paar Tage Schutz. Es muss immer jemand bei mir sein, der meine Umgebung beobachtet und eine mögliche Gefahr erkennt."

Der ehemalige Schuhputzer strahlt, das ist etwas, das er versteht. Candy gibt ihm noch ihre Adresse. „Wir haben bisher nur eine Sekretärin als einzige Angestellte, ich werde sie Ihnen morgen vorstellen. Und jetzt möchte ich mit ihrem Freund sprechen, vielleicht kann ich noch etwas erfahren."

Ein paar Minuten später erreichen sie die Ecke an der 35. Straße. Dort steht ein kleiner, hölzerner Kiosk. Außen ist er vollständig mit Zeitungen bedeckt. Aus einer Luke zwischen all den Zeitungen sieht das freundliche Gesicht eines Schwarzen hervor. Es fängt an zu strahlen, als er seinen Freund Jesaja Milton erkennt.

„Hallo, Bob! Ich habe dir hier jemand mitgebracht."

Candy stellt sich selbst vor. „Ich bin Candice Evans. Ich bin auf der Suche nach diesem Weihnachtsmann, nach dem Sie schon Mr. Milton befragt hat. Können Sie mir das bitte noch einmal mit Ihren Worten erzählen?"

„Kein Problem, Miss! Ich saß hier so wie jetzt in meinem Kiosk und blickte etwas gelangweilt umher. Und dann, etwa 2:15 am Nachmittag, hörte ich drei Schüsse aus Richtung der 34. Straße. Ich öffnete mein Türchen und lief nach draußen. Nur einen kleinen Moment später kam ein Weihnachtsmann um den Herald Square herum. Er lief nicht, war aber relativ flott unterwegs. Er winkte nach einem Taxi, nur einen Moment später hielt eines an und er stieg ein. Ich sah noch, wie er seine Kapuze nach hinten schlug, dann fuhr das Taxi davon."

„Haben Sie noch etwas erkannt, wie zum Beispiel die Nummer des Taxis oder noch etwas von dem Fahrgast?"

„Nein, Miss. Das Taxi war etwa 30 Schritt entfernt, das war zu weit, um Einzelheiten zu erkennen. Es war von Checker Cab, denen gehören über 90% aller Taxen."

„Ihre Beobachtung wird uns auch ohne das Kennzeichen weiterbringen. Ist es Ihnen recht, wenn ich Ihren Namen dem Ermittler vom 10. Revier angebe? Der wird selbst kommen oder jemanden schicken, um ihre Aussage entgegenzunehmen. Kann ich Sie für Ihre Mühe entlohnen?"

Der Schwarze schüttelt seinen Kopf. „Keine Ursache, Miss. Mir genügt es, wenn Sie mir eine Zeitung abkaufen."

Mit der New York Chronicle in der Hand geht Candice zusammen mit Jesaja Milton zu seinem Putzstand zurück. „Wir sehen uns morgen. Ich freue mich auf Sie!"

Jesaja Milton blickt ihr hinterher. Nun steht er seit acht Jahren auf der Straße und putzt jeden Tag die Schuhe der New Yorker. Und plötzlich ist das alles vorbei. Er sieht es mit einem lachenden und einem weinenden Auge. Er ergreift seine umgebaute Karre und hebt sie auf einer Seite hoch. Nachdenklich rollt er sie nach Hause in die 33. Straße West, in das alte Haus gegenüber dem Güterbahnhof.

31. Dezember

Heute Morgen sind im Besprechungsraum der Detektei Callaghan & Evans einige Personen zusammen gekommen. Janet Wilson hat sie alle zu einer Besprechung für Candices Bewachung zusammengetrommelt.

Es sind die beiden Freunde von Mike - Eddie und Willy. Der Bekannte von Candice, Jason Woolmind, ist auch gekommen. Er ist ein Mann Ende zwanzig, groß und schlank.

Die Tür wird geöffnet, und ein weiterer Mann tritt ein. Er stellt sich als Ben Wilson vor, der Bruder von Janet. Eine Ähnlichkeit mit ihrer Sekretärin ist unverkennbar. Er nimmt seinen Hut ab und setzt sich mit in die Runde.

Es klingelt an der Tür. Janet springt auf und lässt einen weiteren Gast herein, es ist Jesaja Milton. Er sieht sich ein wenig unwohl um. Janet führt ihn in den Besprechungsraum. Candice steht auf und begrüßt ihren neuen Mitarbeiter. „Es freut mich, dass Sie mein Angebot angenommen haben, Mister Milton. Willkommen in unserer kleinen, aber feinen Detektei."

Die Anwesenden klopfen zur Begrüßung auf den Tisch. Jesaja Milton lächelt etwas unsicher und nimmt in der Runde Platz. Candice erklärt den Anwesenden den Grund für ihr Treffen. Sie sollen immer an ihrer Seite sein, um einen möglichen Angreifer zu verunsichern und einen Angriff zu erschweren.

Gemeinsam wird mit Janet ein Plan aufgestellt, der die Verfügbarkeit der Einzelnen wiedergibt. Die Bewacher werden eingeteilt. Die Hauptlast trägt Eddie, der nächste ist Jesaja Milton. Er freut sich, dass er schon als vollwertiges Mitglied behandelt wird. Die verbliebenen Lücken füllen Willy Murdoch, Ben Wilson und Jason Woolmind.

Janet klärt noch ein paar organisatorische Dinge. „Ich möchte immer wissen, wo Candy und ihr seid. Ruft bitte immer bei mir an und gebt mir nach Möglichkeit eine Telefonnummer an, unter der ihr zu erreichen seid. Zum Beispiel das Telefon in einer Gasstätte oder ein Fernsprecher in der Nähe."

„Wie sollen wir uns im Falle eines Angriffes verhalten?", fragt Ben, der Bruder von Janet Wilson.

„Ich vermute, dass es nicht dazu kommen wird, wenn der Verfolger bemerkt, dass er bei seinem Plan beobachtet werden könnte. Ich habe immer eine Waffe dabei, die ich auch einsetzen werde. Der einzige von uns, der noch bewaffnet sein wird, ist Eddie. Obwohl", jetzt lächelt Candy, „obwohl er der einzige ist, der keine Waffe benötigt."

Die Anwesenden lächeln und sehen Eddie staunend an.

„Riskiert auf keinen Fall euer Leben. In Anbetracht des bevorstehenden Jahreswechsels möchte ich die Runde jetzt auflösen. Morgen, am 1. Januar 1948, ist für alle frei, lediglich Eddie wird mich begleiten, wenn ich Mike im Gefängnis besuche. Ich hoffe, dass der »Wachdienst« für mich in wenigen Tagen beendet werden kann. Ich wünsche allen heute einen netten Abend und einen guten Start in das Neue Jahr!"

Candice wendet sich an Willy. „Kannst du noch einen Moment bleiben? Ich habe noch eine Frage an dich."

„Klar doch! Was kann ich für dich tun?"

„Kann man herausfinden, wohin bestimmte Taxis gefahren sind, wenn man weiß, wo der Fahrgast eingestiegen ist?"

Willy schüttelt den Kopf. „Candy, wir haben etwa elftausend Taxis in der Stadt New York. Deine Bitte würde nur funktionieren, wenn alle Fahrten säuberlich aufgeschrieben würden, das ist leider meistens nicht der Fall. Was für eine Tour meinst du denn?"

„Am 23. Dezember um 2:20 p.m. ab 35. Straße West, Ecke 6. Avenue."

„Ich werde mich mal umhören, versprechen kann ich dir leider nichts. Es wäre reiner Zufall, wenn wir den Fahrer finden würden. Es sind jetzt erst acht Tage her, ich werde meine Kollegen einmal fragen."

Die Versammlung ist beendet, alle Teilnehmer sind mit Vorfreude auf den letzten Abend des Jahres nach Hause gegangen. Candy sitzt alleine im Besprechungsraum und grübelt. Fast immer denkt sie an Mike, inzwischen ist sie sich sicher, dass er bei der nächsten Haftprüfung auf freien Fuß gesetzt werden wird. Es gibt zu viele Hinweise auf einen zweiten verkleideten Weihnachtsmann, der auch als Täter in Frage kommen könnte.

Sie seufzt leise, sie hatte sich schon auf die Silvesterfeier auf dem Landsitz ihrer Familie in Long Island gefreut. Die war mit zahllosen Gästen groß geplant worden, und nun wird sie nicht daran teilnehmen. Die Sorge um Mike würde es ihr nicht ermöglichen, die Feier entspannt zu genießen.

Ihr armer Mike, er sitzt ganz alleine in einer tristen Zelle, Stunde um Stunde rinnt dort langsam die Zeit dahin. Ihr Herz wird schwer, wenn sie es sich vorstellt. Wegen der Feiertage geht alles so schleppend. Der Bezirksstaatsanwalt hat nicht vor dem 5. Januar Zeit, wenn überhaupt. Vorher ist keine Freilassung zu erwarten.

Mit trüben Gedanken räumt sie im Büro noch etwas auf und geht dann zu ihrer Penthouse-Wohnung an der Central Park West hinüber. In einer Stunde hat sie sich mit Eddie verabredet. Er wird dann zu ihr kommen und sie zu Mike ins Gefängnis begleiten.

Es ist spät am Abend des 31. Dezember 1947. Candice hat sich entspannt auf das Sofa in ihrem Wohnzimmer gesetzt und hört Musik aus dem Radio. New York Radio AM, bei denen gibt es heute Abend ein Silvesterprogramm. Neben ihr auf dem Tisch liegt ihre kleine Waffe, sie vermittelt ihr ein Gefühl der Sicherheit. Der einzige Zugang ist die Wohnungstür zum Treppenhaus, mit der Pistole kann sie jeden eventuellen Angreifer abwehren.

Sie zieht die Beine hoch und greift nach ihrem Buch. Sie hat es von Annie geliehen bekommen, sie ist die Leseratte von ihnen beiden. Es ist „To whom the Bell tolls" (Wem die Stunde schlägt) von Ernest Hemmingway. Das Buch ist vor einigen Jahren erschienen und seit zwei Jahren der Bestseller in den Buchläden von Manhattan. Das Lesen ist etwas anstrengend, weil ihre Gedanken immer wieder abschweifen. Sie muss immer an Mike denken, wie er in seiner tristen Zelle sitzt und jetzt sicher an sie denkt. Hoffentlich ist diese schreckliche Zeit bald vorbei! Ein paar Tränen laufen ihr über die Wangen und sie greift zum Taschentuch.

Um Mitternacht geht sie auf die Dachterrasse und blickt zum Central Park hinüber. Dort beginnt gerade ein lange vorbereitetes Feuerwerk. Die Stadt New York organisiert seit Ende des Krieges ein Feuerwerk zum Jahreswechsel, das immer mehr Freunde gewinnt. Sie kann die dunklen Schatten vieler Besucher im Park erkennen.

Das Feuerwerk beginnt, Raketen in den verschiedensten Farben jagen in den Himmel über Manhattan. Fontänen von goldenen und roten Lichtern glitzern vor dem dunklen Hintergrund. Begeisterungsrufe der Zuschauer klingen leise zu ihr herauf.

Ja, das wäre jetzt schön, hier mit Mike im Arm zu stehen, warm eingekuschelt und an seinen starken Körper gelehnt. Ein

Seufzer entringt sich ihrer Brust, sie geht nachdenklich in ihr Wohnzimmer zurück.

***

Eric Wilkinson steht in seiner Wohnung in der 51. Straße West am Fenster. Er sieht immer wieder auf die Uhr. Seine Freundin Rita Levenworth wollte mit dem Taxi kommen, anschließend wollten sie gemeinsam zu der großen Silvesterfeier im Broadway Plaza Hotel fahren. Sie waren letztes Jahr dort gewesen und haben sich jetzt wieder einen Tisch bestellt. Die Feier vor einem Jahr hatte ihnen gut gefallen, man konnte zu der Musik einer Life Band tanzen, das Büfett war köstlich.

Jetzt ist sie schon zwei Stunden überfällig. Er ruft jetzt bestimmt zum zehnten Mal bei ihr zu Hause an, es meldet sich wieder niemand. Er kennt zwei ihrer Freundinnen, dort ruft er ebenfalls an. Vergeblich, auch dort ist niemand zu erreichen. Wie ein Tiger läuft er vor den beiden Fenstern des Wohnzimmers hin und her. Nach langem Warten holt er sich eine Flasche Whisky, setzt sich an den Tisch und füllt sich ein Glas.

Seine Freundin meldet sich nicht mehr, und wenn, hätte er es nicht mehr mitgekommen. Die ehemals volle Flasche ist fast leer, Eric Wilkinson liegt angezogen auf dem Sofa und schläft seinen Rausch aus. Die Feiern zum Jahreswechsel finden ohne ihn statt.

1. Januar 1948

Heute ist in New York City ein Feiertag. Candy telefoniert schon eine ganze Weile mit ihrer Schwester Annie, die sich mit ihrem Mann in dem Anwesen der Evans beziehungsweise Millburghs auf Long Island befindet.

„Ich versuche schon seit Tagen, den Bezirksstaatsanwalt zu erreichen. In seinem Büro hat man mir erzählt, dass er Winterurlaub in den Alleghenys macht. Man hat mir versichert, meine

Nachricht sofort weiterzugeben, sobald er wieder zurück ist. Dein armer Mike! Warum musste das ausgerechnet über die Feiertage passieren?"

Candy bedankt sich für Annies Mühe, dann überlegen sie gemeinsam, wie sie die Weihnachtsfeier nachholen können.

„Ernest hat mir versichert, dass er sich zwei Tage freinehmen wird."

„Oh, ja, dann machen wir uns ein paar schöne Tage!" In Candice keimt inzwischen etwas Hoffnung, dass diese schreckliche Zeit bald zu Ende gehen wird. Vorsichtig macht sie wieder Pläne für die nahe Zukunft.

2. Januar

Heute ist Freitag, ein ganz normaler Arbeitstag. Janet sitzt in ihrem Büro, das sie inzwischen mit ein paar Blumen hübsch dekoriert hat. Auf ihrem Schreibtisch steht ein Bild ihrer Kinder. Candy ist in ihrem Büro und telefoniert mit Robert Willers. In ihrer obersten Schreibtischschublade liegt ihre Walther PPK mit gefülltem Magazin. Sie erfährt von dem Detective, dass inzwischen Mr. Hunnicut und die beiden Angestellten von Macy's ihre Aussage zu Protokoll gegeben haben.

„Und, was sagst du dazu? Das wird Mike doch entlasten, oder?"

Lieutenant Willers ist zerknirscht. „Du hast recht, Candice. Ich werde Montag den Haftrichter von den neuen Beweisen unterrichten. Wenn es nach mir ginge, könnte dein Partner sofort entlassen werden, eventuell mit der Auflage, sich täglich zu melden."

Candice strahlt über das ganze Gesicht, ein Wermutstropfen macht ihr jedoch noch zu schaffen. „Was ist mit deinem Chef, der müsste doch an der Stelle von Mike eingesperrt werden?"

„Das ist ja mein Dilemma. Ich ermittle ja bereits entgegen seinen Anweisungen. Er müsste bis zu Klärung vom Dienst suspendiert werden. Die bisher vorliegenden Beweise deuten zwar auf ihn, zur Verhaftung reicht es leider nicht."

„Meine Schwester kümmert sich um das Problem mit der Suspendierung. Sie hat gute Kontakte zum Bürgermeister, da läuft allerdings vor Montag leider nichts. Bis dahin musst du deinem Chef aus dem Weg gehen."

„Das sehe ich auch so. In den letzten Tagen ist er allerdings merkwürdig oft nicht hier, da wird mir das leicht fallen."

Sie vereinbaren, Montag wieder miteinander zu telefonieren.

Jesaja Milton hat heute seinen ersten echten Arbeitstag. Er sitzt bei Janet im Büro und bekommt von ihr das Archiv erklärt. Es ist bis jetzt noch nicht umfangreich, die Detektei befindet sich erst in den Anfängen. Der Schwarze druckst ein wenig herum, kommt dann mit seinem Problem heraus.

„Miss, ich habe Schwierigkeiten mit dem Schreiben, würden Sie mir helfen, wenn ich nicht weiterkomme?"

Janet lächelt ihn entwaffnend an. „Zuerst einmal schaffen wir das »Sie« ab. In unserer Detektei duzen wir uns alle. Ich bin Janet für dich! Und zu deinem Problem: Komm immer zu mir, wenn du Schwierigkeiten hast. Ich werde dir bestimmt helfen können."

Jesaja Milton fällt ein Stein vom Herzen. Nach den vielen Jahren auf der Straße, fühlt er sich in diesem warmen und trockenen Büro noch sehr unwohl. Jetzt hat er einen geregelten Tagesablauf und kann nicht einfach nach Hause gehen, wenn ihm danach ist.

„Morgen zeige ich dir, wie du das Telefon bedienen musst, zum Beispiel wie die Weiterleitung und die Annahme von Gesprächen funktionieren. Jetzt kannst du zu Candice gehen, sie möchte dich noch sprechen."

Etwas schüchtern setzt sich Jesaja bei Candice auf den Besucherstuhl. Sie bemerkt sein Unwohlsein und lächelt ihn an. „Arbeit im Büro ist nicht für jeden geeignet. Keine Sorge, wir werden auch bald draußen Arbeit für dich finden. Nun zu dir. Ich habe mir von Janet einen Arbeitsvertrag für dich schreiben lassen. Den sollst du dir sorgfältig durchlesen. Wenn du eine Frage hast, kannst du gerne zu mir oder Janet kommen. Wenn alles klar ist, musst du ihn unterschreiben und mir den Durchschlag zurückgeben."

Jesaja nimmt ihn zaghaft in die Hand und sieht das Schriftstück skeptisch an. In seinem ganzen Leben hat er keinen Vertrag unterschrieben. Er nickt zaghaft. „Gut, Miss. Ich werde ihn mir sorgfältig durchlesen."

„Sehr schön, lass dir Zeit dabei. Und nun zu deiner Arbeit für den heutigen Tag. Das Wichtigste ist, dass du mich immer im Auge behältst und sorgfältig auf jeden achtest, der mir zu nahe kommt. Heute Abend kommt Eddie, um dich abzulösen. Sobald dieser unangenehme Fall abgeschlossen ist, werden wir eine interessante Beschäftigung für dich finden. Heute kann dir Janet noch die übrigen Einrichtungen in unserem Büro erklären."

Sie ruft jetzt Patrick Mulligan, den Redakteur der New York Post, an. Er hatte ihr versprochen, Informationen über Captain Wilkinson aufzutreiben. Nach einem zweiten Versuch erreicht sie ihn am Telefon.

„Entschuldige bitte, Candice, dass ich noch nicht zurückgerufen habe. Wir haben jetzt sehr viel zu tun, außerdem habe ich nichts Bemerkenswertes gefunden."

Das ist schade. Gab es in eurem Archiv denn irgendetwas über ihn?"

„Ja, schon. Wie ich eben bereits erwähnte, es war nicht weiter interessant. Unsere Unterlagen zeigen Eric Wilkinson als strebsamen und erfolgreichen Polizisten, der sich bemerkenswert schnell vom Streifenpolizist zum Captain hoch gearbeitet hat. Er ist förmlich mit Auszeichnungen überschüttet worden."

„Das ist tatsächlich nicht viel, sind keine Verwicklungen mit der Unterwelt bekannt?"

„Nein, der Mann hat eine blütenreine Weste, jedenfalls nach unseren Unterlagen. Zwischen den Zeilen sehe ich den Mann als einen sehr einsamen Menschen."

„Ach - wie kommst du darauf?"

„Es wird nichts über irgendwelche Beziehungen berichtet, keine Frau oder Freunde, lediglich Mitarbeiter und Vorgesetzte. Es gibt einen kurzen Bericht über eine Freundin, sie heißt Rita Levenworth, sie scheint, meinem Reportergespür nach, nichts Festes zu sein."

„Hm, das wirft ein Licht auf diesen Mann, das meine Vermutungen glaubhaft erscheinen lassen. Sag mal, kannst du versuchen, über diese Rita Levenworth etwas zu finden? Es muss etwas dahinterstecken, ganz ohne Grund verändert sich niemand so grundlegend."

„Okay, dein Wunsch ist mir Befehl. Du kennst mein Anliegen: Sobald eine Story zu erkennen ist, möchte ich als erster informiert werden."

„Reporterseele!"

Pat lacht noch, als sie auflegt.

3.- 7. Januar

Das Wochenende läuft geruhsam ab, überwiegend hält sich Candice in ihrer Wohnung auf. Am Tag wechseln sich Eddie und der Bruder von Janet, Ben Wilson, bei der Bewachung ab.

Ben Wilson ist zwei Jahre jünger als seine Schwester. Er hat wie sie dunkle, gelockte Haare, ist schlank und deutlich größer als Janet.

„Es ist nett, dass du uns hilfst" sagt Candice „kannst du auf der Arbeit einfach fehlen?"

„Ich bin selbstständiger Unternehmer, mir gehört eine Schlosserei in Brooklyn. Ich habe zwei tüchtige Mitarbeiter, so geht das ein paar Tage ohne mich. Jetzt um den Jahreswechsel ist sowieso wenig zu tun."

„Das freut mich. Wenn wir mal einen Auftrag haben, dann werden wir zuerst an dich denken."

5. Januar, ein Montag, heute ist endlich der erste normale Arbeitstag nach den Feiertagen und den Wochenenden! Annie Millburgh wird heute wieder versuchen, den Bürgermeister und den Bezirksstaatsanwalt zu erreichen, Candice ist schon sehr gespannt auf ihre hoffentlich baldige Nachricht.

Diese Woche hat Willy Murdoch Spätschicht. Die geht von 3 Uhr am Nachmittag bis 11 Uhr am Abend. Er kommt deshalb morgens ab acht bis zu seinem Dienstbeginn am Nachmittag in Candys Detektei, um sie zu begleiten. Danach wird dieser Job von Jesaja Milton und von Candice' Bekanntem, Jason Woolmind, weitergeführt.

***

Eric Wilkinson ist heute wieder in seinem Büro. Er sitzt hinter verschlossener Tür und grübelt mit finsterem Gesicht über die letzten Tage nach.

Vor zwei Tagen, am 3. Januar, hat er seine Freundin Rita Levenworth zum ersten Mal am Telefon erreichen können. Sie hat ihm erzählt, dass sie ein paar Tage krank gewesen war und sich in der Zeit bei ihren Eltern hat pflegen lassen.

„Du Arme! Ich hoffe, es geht dir wieder gut. Wann können wir uns denn mal wieder sehen?"

„Das sieht im Moment schlecht aus", sagt Rita vage, „ich fühle mich noch nicht ganz wohl, dazu die Arbeit im Geschäft. Wie wäre es gegen Ende der Woche? Vielleicht am Donnerstag, den 8. Januar?"

Es ist noch eine gefühlte Ewigkeit bis dahin. Seine Freundin wirkt darüber hinaus wenig begeistert, als wäre es ihr im Grunde gleichgültig, ob und wann sie ihn wiedersehen kann. Dabei verzehrt sich Eric Wilkinson vor Sehnsucht nach seiner schönen Freundin. Aber was soll er machen? Wenn er zu sehr in sie dringt, und auf ein Treffen besteht, wendet sie sich vielleicht von ihm ab, das könnte er niemals ertragen!

„Sehr schön, Rita. Wo wollen wir uns treffen?" Sie vereinbaren, sich am Abend in einem Restaurant in der 57. Straße Ost zu treffen. Dort haben sie schon mehrmals miteinander gegessen.

Eric Wilkinson legt den Hörer auf und erhebt sich, um unruhig in seinem kleinen Büro auf und ab zu gehen. Wie weit sein Mitarbeiter Lieutenant Willers wohl mit seinen Ermittlungen gekommen ist? Er hat sich die letzten Tage sehr zurückhaltend gezeigt. Dabei hatte er bisher den Eindruck gehabt, als wenn der Fall Callaghan schnell abgeschlossen werden könnte.

Das Büro von seinem Chefermittler ist leer. Er steht eine Weile unschlüssig vor dessen Schreibtisch. Sein Blick fällt auf einen Ordner, der auf einem der Aktenschränke steht. Er ist mit »Macy's Robbery«, der Raub bei Macy's, beschriftet. Er greift danach und schlägt ihn auf. Es sind zwar die Unterlagen des Lieutenants, aber warum sollte er nicht hineinsehen, schließlich ist er ist der Chef dieses Reviers.

Er blättert hastig in den Protokollen. Sein Blick fällt auf die Aussage von einem Jesaja Milton. Dort liest er mit zunehmender Nervosität den Hinweis auf einen zweiten Weihnachtsmann. Mit rotem Stift ist ein Vermerk von seinem Detective darauf geschrieben: »Unbedingt weitere Zeugen befragen!! «.

Sein Herz schlägt schneller, er blättert nervös die folgenden Seiten durch und findet Aussagen zweier weiterer Personen, die alle belegen, dass es neben Michael Callaghan noch einen weiteren Weihnachtsmann gegeben haben muss. Er schließt den Ordner und stellt ihn mit zitternder Hand wieder zurück. In seinem Kopf rumort es, wirre Gedanken quälen ihn. Es scheint so, als wenn sein Plan doch nicht so perfekt gewesen ist.

Doch, er war perfekt! Er hat nur diese Detektivin unterschätzt. Sie offenbart eine Zähigkeit und Ausdauer, die er dieser Modepuppe nicht zugetraut hat. Er muss dafür sorgen, dass diese Nachforschungen unterbleiben. Wenn es nicht schon zu spät ist, sein Detective ist offenbar inzwischen auch zu einer anderen Sichtweise des Falles gekommen. Dessen Vorgehensweise kann er unter Umständen noch steuern, die Detektivin entzieht sich seiner Einflussmöglichkeit. Er hat inzwischen fünf Tote auf seinem Gewissen, auf einen mehr kommt es nicht an. Sein Unterbewusstsein meldet sich wieder mit quälenden Schatten aus seiner geordneten Kindheit. Kalter Schweiß steht auf seiner Stirn, in seiner Brust bohrt ein schmerzender Druck. Er springt wieder auf und läuft vor seinem Schreibtisch auf und ab. Er wägt verschiedene Alternativen ab, letztendlich ist die Konsequenz entweder sein Tod auf dem elektrischen Stuhl, oder selbst weiter zu töten. Er wird diese Detektivin auch töten müssen, sonst ist sein Schicksal auf jeden Fall besiegelt. Und wenn er am Ende doch gefasst werden sollte, dann spielt der Tod dieses Mädchens keine Rolle mehr.

Wie soll er vorgehen? Er beschließt, es wieder mit dem Revolver und dem Schalldämpfer zu erledigen, wie bei dieser Serviererin. Das hatte gut geklappt, die Untersuchungen in dem Fall sind zum Erliegen gekommen. Er grinst böse sein Spiegelbild in der Fensterscheibe an. Er ist eben doch schlauer, als ein gewöhnlicher Verbrecher!

***

Candy ist in ihrem Büro und hat gerade mit Annie telefoniert. Jetzt kommt offensichtlich Bewegung in Mikes Haftüberprüfung. Der Bezirksstaatsanwalt hat Annie rasche Unterstützung zugesagt. Was heißt das schon? Die Mühlen der Behörden mahlen langsam, quälend langsam, und ihr armer Mike muss darunter leiden. Ein Seufzer löst sich aus ihrer Brust. Lange hält sie diese nervliche Belastung nicht mehr aus.

Das Telefon klingelt, es ist Patrick Mulligan. „Hi, Candy! Hier ist der Nachrichtenservice der New York Post."

„Es freut mich, von dir zu hören, Patrick. Was hat denn dein Nachrichtenservice für mich?"

„Ich habe etwas über diese Rita Levenworth erfahren, das ist bestimmt interessant für dich."

„Fang schon mal an, ich greife mir nur etwas zum Schreiben."

„Rita Levenworth ist immer eine schillernde Figur gewesen, es gibt mehrere Berichte über sie. Zuerst taucht sie 1935 auf, da wählte man sie zur Miss New Jersey. Seitdem ist sie immer von reichen Männern umgeben gewesen. Mit reich meine ich richtig vermögend. Vor diesem Hintergrund erscheint ihre Beziehung zu Eric Wilkinson in einem merkwürdigen Licht. Er verdient wohl nicht schlecht als Captain, verglichen mit ihren bisherigen Verehrern ist er eher ein armer Schlucker."

Candy lauscht seinen Worten, der Stift fliegt über das Papier. „Das ist wirklich sehr interessant. Ich bekomme eine Ahnung von seinem Motiv. Vielen Dank, Pat. Sobald ich diesen Mist hinter mir habe, werde ich mich revanchieren!"

„Kein Problem, ich freue mich, wenn ich helfen kann, aber denk dran: Ich bin ein Zeitungsmann! Wenn die Geschichte druckreif ist, erfahre ich es als Erster, ja?"

Candy lacht. „Indianerehrenwort, Pat!"

Sie sitzt am Schreibtisch, in ihrem hübschen und gar nicht dummen Kopf entwickelt sie neue denkbare Zusammenhänge. Sie würde gerne wissen, was diese Rita Levenworth im Moment macht. Steckt sie etwa mit Eric Wilkinson unter einer Decke? Das hält sie für wenig wahrscheinlich, den Zusammenhang möchte sie jedoch gerne klären. Nur, wie kann sie das machen? Die Fahrten nach Brooklyn zu Mike benötigen immer viel Zeit, außerdem muss sie darauf achten, sich so wenig wie möglich draußen sehen zu lassen. Die Gefahr eines Anschlages ist nach wie vor aktuell.

Wozu hat sie jetzt einen neuen Mitarbeiter? Das ist doch genau die richtige Arbeit für Jesaja Milton, der im Moment etwas bekümmert an seinem blitzblanken Schreibtisch sitzt.

Sie geht zu ihm hinüber und setzt sich zu ihm. Der Schwarze blickt sie mit seinen aufmerksamen Augen an. „Jesaja, ich habe eine Aufgabe für dich. Hast du schon einmal Nachforschungen angestellt?"

„Nein, Miss. Ich möchte es aber gerne versuchen."

„Das habe ich mir erhofft. Es geht um eine junge Frau, sie heißt Rita Levenworth. Ich möchte, dass du sie beobachtest und herausfindest, was sie macht. Wo geht sie hin, mit wem trifft sie sich, und so weiter. Janet kann dir helfen, ihre Adresse zu besorgen."

Jesaja ist nicht ganz zufrieden, er hat noch eine Frage, die ihm am Herzen liegt. „Wie soll ich da hinkommen, und wie soll ich sie verfolgen? Ich habe kein Auto."

„Das ist kein Problem. Lass dir von Janet aus ihrer Portokasse Bargeld geben, vielleicht 50 Dollar. Damit bezahlst du dann Bus und Bahn oder Taxi, je nachdem, was notwendig sein sollte. Es reicht dann auch noch für Verpflegung."

Jesaja strahlt und reibt sich die Hände. „Miss, das bekomme ich hin. Wann soll ich anfangen?"

„Du kannst sofort loslegen, wenn du möchtest."

Zufrieden verlässt sie sein Büro. Mit diesem Auftrag hat sie dem ehemaligen Schuhputzer eine Freude bereitet. Er kann jetzt in New York herum streifen, sich mit anderen Menschen unterhalten und seine Beobachtungsgabe einsetzen. Nur wenige Minuten später hört sie ihn mit Janet sprechen.

Willy ist seit 8:30 Uhr in der Detektei. Diese Woche wird er Candys Begleiter bis kurz nach Mittag sein. Während dieser Zeit liest er oft in der Zeitung, die er sich an der Subway Station kauft. Noch lieber unterhält er sich mit Janet Wilson, wenn es ihre Zeit erlaubt. Nun rückt der Besuch bei Mike im Gefängnis in Brooklyn näher. Nachdem Candice ihn bei Janet losgeeist hat, geht die Fahrt wie jeden Tag in die 29. Straße nach Brooklyn.

Sie stellt den Wagen ab und Willy begleitet sie in das Gebäude. Von dem Fernsprecher am Eingang ruft Willy bei Janet an, damit sie weiß, dass sie an ihrem Ziel angekommen sind.

Candy sitzt an dem inzwischen schon gewohnt gewordenem Tisch gegenüber von Mike. Er sieht so blass aus. Wie sie dieses Gitter hasst! Es reicht gerade, dass sie sich an den Händen halten können. Sie erfährt von ihm, dass der Bezirksstaatsanwalt mit einem jungen Mitarbeiter der Staatsanwaltschaft bei ihm gewesen ist. Das ging schneller, als sie erwartet hatte. Annie hat ihren nicht unerheblichen Einfluss als eine der mächtigsten Unternehmerinnen in diesem Staat in die Waagschale geworfen.

„Und, wann wirst du endlich entlassen?" Candy kann es nicht mehr abwarten, ihr Verstand scheint stehen zu bleiben, wenn sie ihren Schatz auf der anderen Seite des Gitters anblickt.

„Das wird noch einige Tage dauern. Meine Schuld ist nicht einwandfrei bewiesen, meine Unschuld jedoch auch nicht. Was auch passiert, es wird wohl noch mindestens eine Woche dauern. Hab´ Geduld, meine liebe Candy. Ich bin sicher, dass alles gut wird, nicht zuletzt dank deiner erstaunlichen Entwicklung zu einer erstklassigen Detektivin."

Candys Augen leuchten wieder. Ihr Mut droht sie mitunter zu verlassen, aber Mikes Lob lässt immer wieder alle Sorgen verschwinden. Sie weiß, dass es nicht nur Gerede ist, sein Lob ist ehrlich und kommt von Herzen.

Nur schwer trennt sie sich nach der Besuchszeit von Mike. Willy gibt noch kurz eine Meldung an Janet ab, dann führt sie ihr Weg wieder zurück nach Manhattan. Etwas Schnee fällt aus einem grauen Himmel, die Temperatur liegt oberhalb des Gefrierpunktes, sodass die weiße Schicht lediglich einen nassen Film auf der Straße bildet. Sie parkt ihr Auto in der Garage im Keller des Hauses unterhalb ihrer Penthouse-Wohnung und geht in Willys Begleitung zurück zum Büro.

***

Sie bemerken beide nicht den Mann, der sie in dreißig Schritt Entfernung verfolgt. Er trägt einen dunklen Mantel und einen schwarzen Hut, den er tief ins Gesicht gezogen hat. Der Kragen ist weit hochgeschlagen, er trägt eine Brille, deren flächiger Glanz Fensterglas ahnen lässt. Das Lächeln ist ihm schon lange vergangen, mit zusammengezogenen Brauen schreitet er unauffällig auf dem Bürgersteig an der 86. Straße entlang.

Diese Frau ist ständig in Begleitung, das scheint organisiert zu sein. Ahnt sie irgendetwas? Wie auch immer, er muss seinen Plan umsetzen, sonst wird er keine Ruhe finden.

***

Jesaja Milton taucht heute nicht mehr im Büro auf. Er hat entweder die Lust verloren und ist nach Hause gegangen, oder ihn hat der Jagdtrieb gepackt und lässt ihn nicht mehr los, es wird eher das Letztere sein.

Heute Abend ist Candys Bekannter, Jason Woolmind, ihr Begleiter. Er ist Junggeselle und kann sich nach Feierabend seine Zeit einteilen, so bewohnt er bis zum Morgen eines der beiden Gästezimmer im Penthouse.

Am folgenden Morgen betritt Jesaja Milton kurz nach acht das Büro und läuft schnurstracks zu seiner Chefin. Er strahlt über sein schwarzes Gesicht, als er sich zu ihr setzt.

Candy lächelt ihn an. „Warum hast du so früh schon so gute Laune?"

Jesaja holt sich einen Zettel aus seiner Tasche, auf den mit krakeliger Schrift einige Notizen festgehalten sind. „Miss, ich habe schon etwas für dich. Rita Levenworth wohnt 106, 35. Straße West. Sie ist gestern Nachmittag nach Hause gekommen, ab dann habe ich sie bis heute Morgen um 1:00 beobachtet."

Candy schmunzelt über seinen Eifer. „War es denn so interessant?"

„Wirklich, Miss. Den ganzen Abend ging es dort zu, wie in einem Bienenhaus. Jede Menge Besucher gingen in der Nummer 106 ein und aus. Ich habe sie mehrmals vor dem Haus gesehen, mit einem Mann im Arm. Ich will heute noch herausfinden, wer das war."

„War es nicht Eric Wilkinson?"

Jesaja Milton schüttelt sein graues Kraushaar. „Nein, ich kenne ihn von dem Bild, das du mir gezeigt hattest. Nein, der Begleiter von gestern Abend war jemand anderer."

Candy lässt sich das Gehörte durch den Kopf gehen. Wie passt Eric Wilkinson dazu? Wie auch immer, es interessiert sie, wie Jesajas Beobachtungen weiter gedeihen. Sie ist sich sicher, dass er den neuen Begleiter ermitteln wird. Es ist offensichtlich, dass Jesaja diese Art der Arbeit Freude bereitet. „Dein erster Auftrag ist dir sehr gut gelungen, ich möchte, dass du die Beobachtung noch ein paar Tage weiter fortführst."

„Fein, Miss. Ich werde mich dann wieder auf den Weg machen."

Sie hört noch, wie er einen Moment mit ihrer Sekretärin spricht, dann klappt die Tür.

Willy kommt mit der Zeitung in der Hand aus dem Konferenzzimmer. „Wie sieht es jetzt aus? Wieder Central Park-Soho-Brooklyn und zurück?"

„Ja, Willy, ich kann es kaum abwarten, Mike wiederzusehen. Ich bin sehr gespannt, ob es etwas Neues von der Haftprüfung gibt."

Der Besuch bei Mike bringt nichts Neues, es tut ihrem Herzen gut, ihn wiederzusehen und seine Hand halten zu können.

Es ist Mittwoch, der 7. Januar. Es war kalt in der letzten Nacht, ein paar Schneeflocken sind gefallen, die nun wie Zuckerguss die Bürgersteige und die Zweige der Bäume überziehen. Auf der Straße hält sich die weiße Pracht nicht lange, die vielen Autos haben das bisschen Schnee bald in schmutziggrauen Matsch verwandelt.

Heute steht wie jeden Tag, wieder der Besuch bei Mike auf dem Plan. Mit geübter Hand lenkt Candy den starken Wagen über die West-Street südlich an Soho vorbei, dann über die Brooklyn Bridge weiter nach Süden.

Willy sitzt auf dem Beifahrersitz und berichtet stolz von dem Versuch, den Taxifahrer ausfindig zu machen, der den verkleideten Weihnachtsmann gefahren hatte. „Ich habe alle meine Kollegen herangezogen. Jeder soll wieder seine Kollegen befragen, und so weiter, das wird dann ein Schneeballsystem, mit dem wir fast alle erwischen."

„Wie lange mag das noch dauern?"

„Keine Ahnung, ein paar Tage vielleicht, vielleicht klappt es auch gar nicht."

Sie merken nicht, dass ihnen ein schwarzer Ford Sedan folgt. Es ist ein Modell, das häufig auf den Straßen zu sehen ist und in der Masse der gleichartigen Fahrzeuge nicht auffällt.

Mike hat nur wenig Neues zu berichten. Der junge Jurist des Staatsanwaltes hatte mit ihm gesprochen. Das Problem ist dabei, Captain Wilkinson unter Beobachtung zu halten und ihn nicht merken zu lassen, dass gegen ihn ermittelt wird. Candy wird immer schwer ums Herz, wenn sie sich am Ende der Besuchszeit von ihrem Schatz trennen muss. Auch der Gedanke, dass es nun nicht mehr lange dauern wird, hilft wenig. Wenn es nur eine normale Abwesenheit wäre, eine Reise oder so etwas. Er befindet sich in einer Vorstufe zur Todeszelle, das setzt ihr doch sehr zu. Auch wenn sich langsam und stetig die Zeichen mehren, dass es dem Ende zugeht.

Candy fährt die gewohnte Strecke nach Hause, jetzt befährt sie den Brooklyn Queens Expressway. Der Highway ist in einem ausgezeichneten Zustand, er ist vor etwa zehn Jahren fertiggestellt worden. Gelegentlich sieht sie in den Rückspiegel, um den Verkehr zu beobachten. „Sag mal, Willy, kann es sein, dass wir verfolgt werden?"

Willy dreht sich um. Auf seiner Seite hat er keinen Außenspiegel, der Innenspiegel ist zu Candy hin ausgerichtet. „Tut mir leid, ich kann hier nicht viel sehen."

„Es ist ein schwarzer Ford Sedan, ein Tudor DeLuxe, den habe ich auf der Hinfahrt schon bemerkt. Das ist bloß so ein Allerweltsauto, das habe ich erst nicht richtig wahrgenommen. Es scheint derselbe Wagen zu sein, der schon auf dem Hinweg hinter uns fuhr." Sie blickt jetzt zunehmend nervöser in den Spiegel.

Jetzt hat Willy das Auto auch gesehen. Es folgt ihnen in etwa 50 Yards Abstand. „Ist es der schwarze Ford Tudor, mit nur einer Person?"

„Ja, den meine ich, kannst du ihn bitte im Auge behalten?" Candy gibt Gas, jetzt zeigt sich, dass ihr Wagen die zivile Version des Alfa Romeo Rennwagens ist. Dröhnend jagt der schnelle Wagen über den neuen Highway. Der Verfolger beschleunigt seinerseits, er kann nicht ganz mithalten, der neue Ford mit V8 Motor ist jedoch auch ganz gut motorisiert.

„Er folgt uns!", ruft Willy, er hat Mühe, den Lärm der Maschine zu übertönen. Er sitzt nach hinten gedreht und blickt gespannt durch die kleine Heckscheibe zu dem schwarzen Verfolger.

Langsam nähert sich der dunkle Wagen wieder. War es etwa doch nur Einbildung, genährt durch die ständige Furcht vor einem Attentat?

Candy fährt auf der linken Spur, sie nähert sich dem Tunnel unter den Columbia Heights hindurch. Der verdächtige

Wagen fährt etwas hinter ihr auf der rechten Fahrbahn. Wegen der Lage der Spiegel und der kleinen Fenster in dem Faltdach ist er nicht immer zu erblicken.

Willy schreit plötzlich: „Gas, Candy, Gas! Und mehr links!"
Der schwarze Ford Tudor ist unerwartet neben dem rechten Fenster aufgetaucht und will sie offensichtlich von der Straße drängen. Candy gibt Gas, ihr roter Wagen schießt unter lautem Brüllen der Maschine nach vorne. Die linke Seite des Tunneleingangs jagt nur wenige Zoll am linken Außenspiegel vorbei. Dank Candys schneller Reaktion und der starken Beschleunigung ihres Wagens sind sie dem Zusammenprall gerade eben entgangen.

***

Eric Wilkinson sitzt am Steuer seiner zweitürigen Limousine. Den ganzen Vormittag fährt er jetzt hinter dem roten Wagen her. Bisher hat sich keine Gelegenheit ergeben, sein Vorhaben auszuführen. Er könnte einen Verkehrsunfall provozieren, das würde zu zwei möglichen Ergebnissen führen. Entweder stirbt die Fahrerin des anderen Wagens und er überlebt, das wäre in seinem Sinne. Oder sie kommen alle ums Leben, dann hat es eben so sein sollen.

Der Versuch vor ein paar Sekunden ist leider misslungen, die Tunneleinfahrt war eine gute Gelegenheit gewesen. Jetzt Der italienische Wagen nimmt Fahrt auf, er hat Mühe, ihm zu folgen. Er holt das Letzte aus seinem Wagen heraus, trotzdem vergrößert sich der Abstand zusehends. Die Autobahnen sind hier nicht lang, irgendwann muss sie den Highway verlassen oder halten. Dann könnte sich wieder eine Gelegenheit für einen Unfall ergeben, also versucht er, dem Wagen zu folgen. Seine Bewegungen sind nur noch mechanisch, er denkt nicht mehr richtig, er hat einzig ein Ziel im Auge: Den Tod dieser ihm immer gefährlicher werdenden Frau.

***

„Gut so, Candy, du hängst ihn ab!" Leider sind sie nicht alleine auf der Straße, die Lastwagen und die zahlreichen Personenkraftwagen behindern ein schnelleres Vorankommen. Willy bemerkt es betroffen, doch er gibt nicht auf. „Pass auf, Candy, ich sage dir, wie du fahren musst. Ich bin nicht umsonst seit fünf Jahren Taxifahrer in New York, den hängen wir ab, weil wir uns besser auskennen!"

Candy nickt, sie beobachtet konzentriert den Verkehr vor sich und blickt immer wieder in den Rückspiegel.

„Folge dem Highway und biege nach zwei Meilen in die Ausfahrt zum Cadman Plaza West ab. Dann musst du genau meinen Anweisungen folgen!"

Candy nickt nur, zum Antworten hat sie keine Zeit. Dann kommt der Abzweig nach rechts. Mit pfeifenden Reifen fährt der Alfa in die lange Kurve der Abfahrt.

„Gleich musst du scharf links abbiegen, in die Prospect Street. Pass auf, der Abzweig ist leicht zu übersehen!"

Präzise folgt Candy seinen Angaben, sie schaltet exakt, bremst punktgenau und weiß die Kurven richtig einzuschätzen.

„Die dritte Straße rechts - - ja, jetzt rechts!" Willy ist in seinem Element, er kennt hier jeden Zoll. „Noch zweihundert Yards geradeaus, dann wieder die zweite Straße rechts!"

Candy fährt genau, der Wagen folgt ungeachtet des hohen Tempos präzise ihren Lenkbewegungen.

„Ist er noch zu sehen?", ruft sie Mike zu.

„Nein, ich kann ihn nicht mehr erkennen! Jetzt nur noch geradeaus!"

Der rote Wagen ist jetzt auf dem Zubringer zur Brooklyn Bridge, auf der geraden Straße lässt Candy den Wagen laufen und kümmert sich nicht um die Geschwindigkeitsbegrenzung auf der Brücke. Eine halbe Stunde später fährt sie in ihre Garage. Der heiße Motor knackt und knistert.

„Ja, geschafft!", ruft Willy, sie lachen beide befreit. Dann wird Candy wieder ernst. „Das hätte auch leicht danebengehen können. Ich bin froh, dass ich so einen guten Kenner der Straßen von New York neben mir habe."

Candy greift sich ihre Handtasche mit der kleinen, aber gefährlichen Waffe. Jetzt ist der Besitz dieser Waffe nicht mehr theoretisch sinnvoll, er ist überlebensnotwendig geworden.

Eddie kommt in ihre Detektei, um Willy abzulösen, seine Spätschicht beginnt bald.

„Du glaubst nicht, was uns heute auf dem Highway passiert ist!"

Eddie lächelt über seinen Freund, als er dann einen genauen Bericht erhält, wird er ernst. „Scheiße, damit zeigt sich, dass Candys Vorsichtsmaßnahmen tatsächlich nötig sind. Wir müssen wirklich mit allem rechnen!"

Willy verabschiedet sich, er muss zum Dienst und fährt mit dem Bus zu der Zentrale der Checker Cab Company.

Jesaja Milton kommt von seiner heutigen Nachforschung zurück. Mit glänzenden Augen sucht er Candy auf. „Miss, ich habe es!"

„Erzähl, Jesaja, lass mich hören, was du herausgefunden hast."

„Ich bin ganz vorsichtig vorgegangen. Ich habe mich an die Dienstboten aus dem Haus 106 in der 35th Straße Ost herangemacht. Dort ist eine schwarze Putzfrau, die hat mir alles haarklein erzählt."

Candy freut sich über den alten Mann. Er hat das geschickt eingesetzt, was er am besten kann - nämlich mit den Menschen reden und sie dabei auszuhorchen. „Was hast du herausbekommen?"

„Das ist so. Diese Rita Levenworth war mal eine Weile mit Eric Wilkinson befreundet, das war vor Weihnachten schon zu Ende. Zu Silvester war sie bereits mit einem anderen unterwegs, mit dem ist sie jetzt noch zusammen. Der Mann heißt Archie Hudson, oder Hobson, oder so. Er soll ein Verwandter eines Automobilfritzen sein. Dort ist angeblich sehr viel Geld." Er sieht auf einen kleinen Zettel und nickt zur Bestätigung.

Candy freut sich über seinen Erfolg. „Jesaja, das hast du ausgezeichnet gemacht. Das freut mich für dich und auch für mich, weil es mir zeigt, dass ich mich nicht in dir getäuscht habe. Wende dich bitte an Janet, damit deine Beobachtungen in einem schönen Bericht enden können."

Jesaja Milton ist glücklich. „Ja, Miss, das mache ich sofort." Er springt auf und verschwindet für eine Weile in dem Büro ihrer Sekretärin. Eine Stunde später sind sie fertig, Janet zieht ihren warmen Mantel an und verabschiedet sich in den Feierabend.

8. Januar

Willy kommt heute Morgen besonders gut gelaunt in das Büro in der 86. Straße. Ohne sich noch wie sonst immer bei Janet aufzuhalten, geht er sofort in Candys Büro.

„Wir haben ihn!"

„Wen habt ihr?"

„Wir haben den Taxifahrer gefunden, der den Weihnachtsmann von der 35. Straße an mitgenommen hat."

„Das ist ja sagenhaft, ich hatte kaum mit einem Ergebnis gerechnet!"

Willy ist sichtlich stolz auf seine Kollegen. „Ja, wir New Yorker Taxifahrer sind schon etwas Besonderes! Die Nachricht ist inzwischen an mehrere tausend Fahrer weitergeben worden. Heute Morgen hat sich dann der Kollege gemeldet. Er heißt

Walther Richfield, er will heute nach seiner Frühschicht hierher kommen."

„Willy, das habt ihr Klasse gemacht! Lass dir mal einfallen, wie ich mich bei euch revanchieren kann."

Willy strahlt. Ja, er und seine Kollegen. Er ist mit Recht stolz auf sie. Er erhebt sich und hält Janet wieder von der Arbeit ab.

Es ist etwa vier Uhr am Nachmittag, da betritt ein Fremder das Büro. Jesaja sitzt auf dem Stuhl bei ihrer Sekretärin. Er springt auf, um den Unbekannten aufzuhalten. Er ruft in Richtung zu Candice' Büro:

„Achtung, Miss! Ein Fremder!"

Candy nimmt die Waffe aus ihrer Schublade, lädt sie durch und sieht vorsichtig aus der Tür heraus. Der Fremde ist ein älterer Herr, vielleicht fünfzig Jahre alt. Er hat eine schwarze Kappe über seine grauen Haare gezogen. Durch seine Hornbrille sieht er den Schwarzen erstaunt an. Als er die Waffe in Candice Hand sieht, hebt er vorsichtig die Hände.

„Wer sind Sie?", fragt Jesaja.

„Ich heiße Walther Richfield, ich bin Taxifahrer bei der Checker Cab Company. Ich wollte zu Miss Evans."

Jesaja sieht fragend zu Candice hinüber. Sie senkt ihre Waffe. „Das ist in Ordnung, Jesaja, ich warte schon auf ihn."

Eingeschüchtert betritt der Gast das Büro von Candice und setzt sich erst nach einer Aufforderung auf den Besucherstuhl.

„Entschuldigen Sie bitte, falls wir Sie erschreckt haben sollten. Wir haben leider berechtigen Grund zu der Annahme, dass jeder Besucher ein potentieller Killer sein könnte."

Walther Richfield verliert seine Schreckstarre, das bezaubernde Lächeln von Candice ist sicher nicht ganz unschuldig daran.

„Willy Murdoch hat uns erzählt, dass Sie einen Fahrgast am 23. Dezember, um 2:20 p.m., an der Ecke 35. Straße West mit der Avenue of the Americas, aufgenommen haben. Ist das richtig?"

Der Taxifahrer nickt. „Richtig, Miss. Das war ein Mann in der Verkleidung eines Weihnachtsmannes."

Candice ist ganz aufgeregt. Mit zitternden Fingern holt sie das Foto von Eric Wilkinson, das Andrew Jenkins aufgenommen hatte, aus ihrer Schublade. „Ist es vielleicht dieser Mann gewesen?"

Walther Richfield sieht sich das Foto genau an, schüttelt dann den Kopf. „Tut mir leid, Miss. Der Mann hatte zwar seine Kapuze abgenommen, aber der lange Bart und die weißen Augenbrauen waren im Gesicht geblieben."

Candy ist ein wenig enttäuscht. „Wo haben Sie ihn denn abgesetzt?"

„Es war nur eine kurze Fahrt, es ging bis zur Ecke der Avenue of the Americas mit der 42. Straße West."

Candy holt einen Stadtplan aus Janets Büro. „Zeigen Sie das hier noch mal auf der Karte."

„Genau hier!", Walther Richfield tippt mit einem nikotingelben Finger auf den Plan.

Jetzt bekommt Candy wieder leuchtende Augen. „Das sind nur einhundert Schritte von dem alten Lagerhaus entfernt. Das ist der Gesuchte, ich bin ganz sicher. Ist Ihnen an Ihrem Fahrgast noch irgendetwas aufgefallen?"

„Na, ja. Er hatte einen fast leeren Sack bei sich. Und noch etwas: Er hatte eine klare Stimme, so wie ein Nachrichtensprecher aus dem Radio. Wissen Sie, wie ich das meine?"

Candice hätte den Mann beinahe umarmt. Dieser Fahrgast war genau der Gesuchte. „Ich könnte Sie herzen! Das ist exakt der Mann, den wir gehofft haben zu finden. Können Sie mir noch einen ganz großen Gefallen erweisen?"

„Sicher doch, Miss!"

„Gehen Sie bitte möglichst morgen noch zu Lieutenant Willers vom Polizeirevier Midtown Manhattan und erzählen sie ihm genau das gleiche wie mir. Und vergessen Sie nicht, die auffallende Stimme zu erwähnen!"

***

Eric Wilkinson sitzt in dem Restaurant in der 57. Straße Ost. Er hat sich hier schon häufiger mit Rita Levenworth getroffen. Das Restaurant ist gut und teuer. Kristallleuchter hängen in jedem Raum, auf allen Tischen liegen weiße Decken. Es ist bereits über der Zeit, seine Freundin ist noch nicht erschienen. Pünktlichkeit war nie ihre große Stärke. Im Gegensatz zu ihm, Genauigkeit und Verlässlichkeit waren immer eine der Eigenschaften gewesen, auf die er stolz gewesen war.

Worauf konnte er jetzt noch stolz sein? Sein Hang zur Genauigkeit war unverändert. Verlässlichkeit? Verlässlich tödlich! Ein tiefer Atemzug lässt den Druck in der Brust nicht verschwinden. Jetzt ist es nicht mehr viel, auf das er stolz sein kann. Vor ein paar Monaten war er noch der Vorzeigepolizist gewesen, er hätte einen prima Schwiegersohn abgeben können. Er unterdrückt ein freudloses Lachen. Nun ist alles vorbei, er muss sich widerwillig eingestehen, dass er jetzt mehr mit dem Abschaum aus der Gosse gemein hat, als mit seinen früheren Idealen. Er kann nun niemanden mehr mit offenen Augen ansehen.

Da kommt sie! Sein Traum von einer Frau! Erfreut registriert er die aufmerksamen Blicke der anderen Männer im Restaurant. Er lächelt, als sie sich zu ihm an den Tisch setzt. Er bekommt einen flüchtigen Kuss auf die Wange. Bei früheren Begegnungen war es doch mehr gewesen? Seine Freundin wirkt etwas unterkühlt und zurückhaltend.

„Wie geht es dir, Eric?"

Solche Worte wechselt man morgens an der Bus-Haltestelle, ihn beschleicht eine unangenehme Ahnung. „Danke, es läuft so." Es läuft überhaupt nicht. Außer der halben Millionen Dollar in seinem Keller läuft gar nichts mehr.

Rita Levenworth zündet sich eine Zigarette an und blickt etwas nervös in ihren kleinen Taschenspiegel. „Ich möchte es kurz machen, Eric. Ich liebe dich nicht mehr."

Eine Eiseskälte packt plötzlich sein Herz, er räuspert sich nervös. „Wie hast du das gemeint?"

„Wie hörte es sich denn an? Ich möchte mich nicht mehr mit dir treffen, so einfach ist das."

Kaltes Entsetzen macht sich in Eric Wilkinson breit. „Könnten wir denn nicht wenigstens noch Freunde bleiben?"

„Denke doch mal nach, Eric. Was soll das denn bringen? Du willst dich nur mit mir schmücken, dazu habe ich keine Lust. Ich habe jemanden gefunden, der mich liebt."

Eric Wilkinson sitzt wie betäubt an dem Tisch. Es kommt ihm vor, als stünde er vor einem großen dunklen Schacht, dessen unendlich tiefer Schlund mit wallendem Nebel gefüllt ist. Sirenenstimmen rufen ihm zu: „Eric, spring! Hier ist jetzt dein Ende!"

Er schüttelt den Kopf. Die Bilder verschwinden, die grausame Leere bleibt. Wie durch einen dichten Schleier sieht er, wie sich Rita Levenworth erhebt und sich verabschiedet. Das ist jetzt auch egal, jetzt ist alles egal. Er sieht ihr nicht hinterher, wie sie mit klappernden Absätzen und schwingenden Hüften das Restaurant verlässt, eine Wolke Parfüm hinter sich herziehend.

Es vergeht eine Weile, bis die ersten klaren Gedanken entstehen. Wie kann es jetzt weitergehen? Geld hat er genug, vielleicht kann er eine andere Frau damit beindrucken? Nein, jedenfalls vorerst nicht. In seinem Kopf melden sich wieder die

Zwänge seiner bürgerlichen Prägung, gepaart mit einer dunklen Angst.

Später in seiner Wohnung ist der Whisky der einzige, vorübergehende Trost.

9. Januar

Der Vormittag ist wieder belegt mit dem Besuch bei Mike. Ihr Begleiter ist wieder Willy Murdoch. Heute zum letzten Mal, ab morgen hat er Nachtschicht. Dann wird sie Jesaja Milton begleiten.

Candy erzählt Mike, dass sie den Taxifahrer ausfindig gemacht haben, der den bewussten Weihnachtsmann gefahren hat. Der hat ihr versprochen, heute zu Detective Willers zu fahren, um seine Aussage zu Protokoll zu geben.

Mike sieht sie glücklich an. „Candy, du bist unvergleichlich! Jetzt bin ich ganz sicher, dass wir es bald geschafft haben."

Ja, sie freut sich mit ihm. Dann erzählt sie ihm von dem Attentat auf dem Highway in Brooklyn.

„O, Gott Candice! Bleibe lieber zu Hause! Ich ertrage es nicht, dich in so einer Gefahr zu wissen."

Candy schluckt. „Das kann ich mir gut vorstellen. Ich muss dich sehen, kannst du dir das nicht vorstellen? Wir werden eben noch besser auf mich aufpassen, als bisher schon."

Mike schüttelt den Kopf. „Ich liebe dich für diese Einstellung. Bleibe trotzdem besser ein paar Tage zu Hause, es kann nun nicht mehr lange dauern. Bitte!"

Schweren Herzens willigt Candy ein und bereut beinahe, dass sie Mike von dem Vorfall auf dem Highway erzählt hat. Er hat natürlich Recht, aber der Gedanke, ihn ein paar Tage nicht sehen zu können, trifft sie hart. Sie fährt nach der Besuchszeit wieder nach Hause. Jesaja und sie beobachten misstrauisch jedes nur irgendwie auffällige Fahrzeug in ihrer Nähe.

Es ist Mittag vorbei, Janet, Jesaja und Candice sitzen im Besprechungsraum und lassen sich eine Tasse Kaffee schmecken.

„Ist es richtig, dass du früher gehen musst, um deine Kinder abzuholen?", fragt Jesaja, an Janet gewandt.

„Ja, das ist richtig, deshalb muss ich immer kurz nach drei das Büro verlassen."

„Ich habe eine Tochter, die hat selbst drei Kinder. Wenn es bei dir mal gar nicht passt und du sie nur unter Schwierigkeiten abholen kannst, dann wird sie dir gerne helfen. Sie wohnt nicht allzu weit vom Kindergarten deiner Kinder entfernt, dann können deine Beiden bei ihr bleiben, bis du zu ihnen kommst."

„Ja, das ist nett von dir, Jesaja. Am liebsten hole ich sie natürlich selbst ab. Das will ich auch so, weil ich dann länger etwas von meinen Kindern habe. Für den Fall der Fälle, ist das jedoch gut zu wissen."

Freitag, der 9. Januar, es ist Nachmittag. Es ist kalt und der Himmel ist mit grauen, tiefhängenden Wolken bedeckt, es wird wohl heute noch Schnee geben.

Lieutenant Willers hält mit seinen untergeordneten Detectives und den Sergeants die übliche Besprechung zum Wochenende ab. Normalerweise wohnt Captain Wilkinson diesen Besprechungen bei, in letzter Zeit hat er häufig gefehlt. Auch jetzt ist er nicht in seinem Büro. Der leitende Officer des Schichtdienstes und zwei seiner Kollegen halten den jetzt geringen Tagesbetrieb am Laufen.

Ein Mann betritt den Raum, es ist ein älterer Herr, vielleicht fünfzig Jahre alt. Er hat eine schwarze Kappe über seine grauen Haare gezogen, sein faltiges Gesicht wird zum Teil von einer Hornbrille verdeckt. Er meldet sich beim diensthabenden Beamten. „Mein Name ist Walther Richfield, ich wollte eine Aussage zu Protokoll geben."

„Das ist schön, einen kleinen Moment bitte, ich habe gleich Zeit für sie."

Der Taxifahrer setzt sich auf den abgewetzten Holzstuhl und sieht sich neugierig um.

Der Sergeant zieht ein Blatt Papier in die Schreibmaschine ein, rückt seinen Stuhl davor zurecht und sieht seinen Gast aufmerksam an. Zuerst kommt der Name des Zeugen, dann berichtet der Taxifahrer von seiner Beobachtung. Er muss langsam sprechen und muss es immer wiederholen, der Polizist kämpft mit zwei Fingern mit der hakeligen Tastatur.

**

Wieder kommt jemand zum Eingang herein, jetzt ist es der Chef des Reviers.

„Hallo, Captain, die Kollegen sind bei der Besprechung!"

Eric Wilkinson sieht schlecht aus. Seine Augen sind eingefallen, seine Haut hat statt der sonst frischen Bräune eine blasse Färbung. Mit seinen vollen Haaren gibt sich der Captain sonst immer viel Mühe, jetzt sind sie ungewaschen und nur nachlässig gekämmt worden. Seine Augen blicken unstet umher. „Guten Tag, meine Herren!"

Er will sich gerade in sein Büro begeben, da sieht er einen Taxifahrer vor der Schreibmaschine sitzen. Er kennt ihn, aber woher? Auf dem Weg in sein Büro zermartert er sich sein Hirn, dann fällt es ihm ein. Der Mann ist der Taxifahrer, der ihn nach dem Überfall zu dem Lagerhaus gefahren hatte! Was will der hier? Hat es mit dieser Fahrt zu tun oder ist es nur ein Zufall? Eine ohnmächtige Furcht bemächtigt sich seiner. Ist die Aussage dieses Mannes jetzt das letzte Puzzleteil, welches das Bild seiner kriminellen Taten komplettieren wird?

Der Captain geht zurück in die Wache und wendet sich an den Officer, der sich mit der Schreibmaschine abmüht. „Können Sie mir bitte das Protokoll geben, wenn der Mann seine Aussage abgegeben hat?"

Der Officer sieht seinen Chef verblüfft an. Seit wann kümmert sich der Boss um so einen Kleinkram? „Kein Problem, Captain, ich gebe ihnen den Durchschlag, sobald ich fertig bin."

Captain Wilkinson geht ruhelos, wie so oft in den letzten Tagen, in seinem Büro auf und ab. Bis Weihnachten ist alles so glatt gelaufen, und nun bricht Stück für Stück das hohle Gebäude seiner Verbrechen zusammen. Er hat jetzt fünf Tote auf dem Gewissen. Sie liegen ihm schwer auf der Seele, er bemerkt mit Schrecken, dass er eben doch nicht der skrupellose Verbrecher ist, der er sein müsste. Diese Erkenntnis kommt jetzt zu spät.

Der Officer klopft an seine Tür und kommt herein. „Hier bitte, der Durchschlag der Aussage von Mr. Richfield."

„Vielen Dank!" Jetzt ist der Captain wieder allein. Er nimmt den blassen Durchschlag in die Hand und wirft einen unruhigen Blick darauf. Tatsächlich! Es ist das Protokoll seiner Fahrt von der 35. Straße zu dem alten Lagerhaus. Entsetzt lehnt er sich zurück und schließt die Augen. Wie kann das angehen? Er ist zwar nicht identifiziert worden, die Aussage passt jedoch gut zu mehreren anderen und bestärkt die Version des Mike Callaghan, dass es eben doch zwei verschiedene Weihnachtsmänner gewesen sind. Wie war es möglich, dass der Taxifahrer gefunden werden konnte? Er war extra mit dem Taxi gefahren und nicht mit seinem eigenen Auto, das er in einer Nebenstraße abgestellt hatte.

Jetzt ist es nur noch ein kurzer Weg zu ihm. Diese blonde Detektivin hat ihn ohnehin als Täter in Betracht gezogen. Einmal hat er schon versucht, sie zum Schweigen zu bringen, nun ist sie gewarnt, ein weiteres Mal würde es noch schwieriger werden.

Seine Freundin hat sich von ihm getrennt, die Frau, wegen der er das alles auf sich genommen hat. Sein Blick fällt auf ihr Bild, das noch auf seinem Schreibtisch steht. Zornig greift er danach und wirft es mit Macht zu Boden, das Glas zerbricht und einige Scherben sausen am Boden umher. Für einen kleinen Moment fühlt er sich etwas besser. Was wird jetzt kommen? Wenn er geschnappt wird, ist ihm der Tod auf dem elektrischen Stuhl gewiss. Es könnte passieren, dass er dann Monate oder auch Jahre in einer Gefängniszelle sitzen muss, um auf seine Hinrichtung zu warten. Er weiß, wie Polizeibeamte im Gefängnis von ihren Mithäftlingen behandelt werden. Wenn sein Tod denn gewiss sein sollte, dann wird er ihn selbst herbeiführen.

Kurz denkt er an die vielen Menschen, die durch seine Hand gestorben sind. Die Augen von Martha McLloyd tauchen aus seinem Unterbewusstsein auf. Mit Entsetzen aufgerissen und erfüllt von Todesangst. Was hat er sich nur damit aufgeladen! Und wofür? Nun ist es nicht mehr zu ändern, vor seinem Tode kann er nur noch einen Abschiedsbrief schreiben und seine Verbrechen beichten.

Er nimmt sich ein Blatt Papier und greift sich seinen Füller. Nachdenklich, mit undeutlicher Schrift und einem schweren Druck in der Brust schreibt er das Blatt voll. Etwas erleichtert lehnt er sich zurück, nun kommt das zwangsläufige Ende. Er greift nach seiner Dienstwaffe in der unteren Schublade seines Schreibtisches.

***

Es ist fünf Uhr am Abend, vor einer halben Stunde ist die Sonne untergegangen. Candy sitzt an ihrem Schreibtisch im Licht einer Schreibtischlampe. Eddie sitzt ihr gegenüber und erzählt gerade, wie er Mike kennengelernt hat. Candy hört ihm aufmerksam zu, vor ihrem inneren Auge sieht sie ihren Schatz.

Das Telefon in Janets Büro klingelt. Candy hebt den Hörer ihres Telefons ab und drückt auf die Annahmetaste. „Detektei Callaghan, private Ermittlungen."

„Ich bin es, Robert. Ich habe eine wichtige Nachricht für dich. Sitzt du gut?"

„Ja, ich sitze gut, du kannst beginnen."

„Captain Wilkinson hat sich vor einer halben Stunde das Leben genommen. Er hat einen Abschiedsbrief hinterlassen, in dem er alles genau beschrieben hat."

„Das ist ja schrecklich! Auf der anderen Seite bin ich natürlich froh, dass es jetzt vorbei ist. Aber auf diese Weise? Ist im Abschiedsbrief noch etwas erwähnt worden, das mich betrifft?"

„Das kann man sagen. Deine Vermutungen sind vollständig bestätigt worden. Er hat zugegeben, den Überfall auf den Juwelier geplant zu haben und der Geldraub sowie die Toten bei Macy's gehen auch auf sein Konto. Für uns ist ebenfalls erheblich, dass der Mord an Martha McLloyd jetzt geklärt ist."

„Wann kann Mike entlassen werden?"

„Ich habe vorhin noch mit der Staatsanwaltschaft telefoniert, eben gerade hat der junge Gehilfe des Bezirksstaatsanwaltes zurückgerufen. Es klappt entweder morgen noch, wahrscheinlich erst zum Montag."

Candy schimpft, sie hält die lange Abwesenheit von ihrem Schatz kaum noch aus, und jetzt wieder eine Verzögerung. „Warum? Er sitzt unschuldig hinter Gittern! Zum Einsperren habt ihr eine halbe Stunde benötigt, für die Entlassung braucht man drei Tage?" Sie atmet langsam aus und versucht, sich zu beruhigen. „Gibt es Hinweise, wo die Beute geblieben ist?"

„Ja, das hat er ebenfalls ausführlich beantwortet. Der Erlös des Schmuckes ist vollständig aufgebraucht, die Einnahmen von Macy's sollten noch unangetastet in der Transporttasche sein. Ich habe zwei Polizisten geschickt, um diese Tasche zu holen. Seine Notizen besagen, dass sie in dem Keller sein sollten, der zu seiner Wohnung gehört."

„Was wird jetzt mit dir, bekommst du einen neuen Chef?"

„Das nehme ich an, bisher hängt alles in der Schwebe."

„Ich drücke dir die Daumen. Ich wünsche dir noch einen schönen Feierabend, vielen Dank für deine Information. Es war sehr anständig, dass du mich so schnell informiert hast."

„Keine Ursache. Sehe ich dich am Montag? Ich möchte meinen Bericht mit dir abstimmen."

„Klar, ich habe jetzt nichts mehr zu tun."

Sie lachen beide entspannt und Candy legt den Hörer auf.

Eddie hat die ganze Zeit gelauscht und ist nun sehr gespannt, die noch fehlenden Punkte zu erfahren. „Wenn du nicht so zäh am Ball geblieben wärst, wer weiß, wie es Mike ergangen wäre."

Candy erzählt ihm alle Details, die sie eben erfahren hat, dann verabschiedet sich Eddie, er kann nun beruhigt zu seiner Familie zurückkehren.

Candy telefoniert noch eine Weile mit ihrer Schwester, sie muss ihr unbedingt die schöne Neuigkeit erzählen.

Annie freut sich mit ihr. „Ich bin sehr zufrieden, dass du in allen Punkten recht bekommen hast. Hoffentlich ist das der Polizei in Zukunft eine Lehre!" Sie verspricht, noch heute Abend den Bürgermeister zu Hause anzurufen, damit Mikes Entlassung schnell abgewickelt werden kann.

„Was machen wir jetzt mit Weihnachten?", fragt Candy.

„Das geht jetzt mit Hochdruck voran. Ich werde gleich mit Ernest darüber sprechen, er hatte versprochen, zwei Tage Urlaub zu nehmen. Vielleicht wird es am nächsten Wochenende klappen. Dann habe ich noch Zeit, unser Haus zu schmücken und einen Christbaum zu besorgen - wenn ich noch einen bekomme", beide Frauen lachen befreit. Candy ist glücklich, die Anspannung der letzten Tage fällt von ihr ab und weicht einer großen Freude. Endlich bekommt sie ihren Mike zurück!

„Ich besuche dich mit meinem Schatz und helfe dir!"

12. Januar

Leider kann Mike am Sonnabend noch nicht entlassen werden. Das Problem sind bürokratische Hemmnisse und die Abwesenheit des Richters, der die Entlassung unterschreiben muss.

Am Montag, den 12. Januar, ist es endlich soweit. Ganz früh am Morgen fährt Candy nach Brooklyn, um ihren Schatz abzuholen.

Ihr Herz klopft, als sie im Sekretariat des Gefängnisdirektors sitzt. Sie lässt die Tür, aus der Mike gleich erscheinen wird, keinen Moment aus den Augen. Dann ist es endlich soweit. „Mike! Da bist du endlich!" Sie stürzt sich auf ihn und sie halten sich beide fest im Arm. Blass sieht er aus, findet sie. Er ist nun zwanzig Tage eingesperrt gewesen, da braucht es viele Küsse und Umarmungen, um es ihn vergessen zu lassen.

In der dritten Januarwoche ist für Mike und Candy viel zu tun. Noch mehrfach müssen sie Lieutenant Willers aufsuchen, um die letzten Formalitäten abzuschließen und die Aussagen zu unterschreiben. Ein anderer Besuch führt sie zu Mr. Hunnicut, dem Sicherheitschef bei Macy's. Er hat eine unerwartete Neuigkeit für sie.

„Die Geschäftsleitung von Macy's hatte eine Prämie für die Wiederbeschaffung der geraubten Einnahmen in Höhe von 10,000 Dollar zur Verfügung gestellt."

„Was, so viel?", Candy und Mike sehen sich erstaunt an.

„Immerhin betrug die Summe des gestohlenen Geldes über 500,000 Dollar!"

Candy überlegt keine Sekunde. „Teilen Sie bitte das Geld unter den New Yorker Taxifahrern auf. Ihre Hilfe war ein wesentlicher Teil zur Ergreifung des Eric Wilkinson."

Am 17. Januar, es ist ein Sonnabend, fahren Mike und Candy am Vormittag nach Long Island zu dem Landsitz der Evans. In der letzten Nacht hat es kräftig geschneit, sodass Candy jetzt sehr vorsichtig fährt. Immer wieder sieht sie zu Mike hinüber, der kein Auge von ihr lassen kann.

Annie hat mit Hilfe ihres Personals das ganze Haus weihnachtlich geschmückt. Im Wohnzimmer steht ein riesiger Tannenbaum, der bis an die Decke reicht.

Es gibt auch eine kleine Bescherung. Die Schwestern und das Ehepaar Millburgh schenken sich untereinander nichts, sodass Geschenke nur zwischen Candy und Mike ausgetauscht werden. Mike hat ein kleines Schächtelchen für sie, sein Geschenk von Candy ist ein großer Karton, eingepackt in glänzendes Weihnachtspapier.

Candy packt mit leuchtenden Augen ein kleines goldenes Herz aus. »Mike« ist darauf eingraviert. Er legt ihr die goldene Kette um den Hals.

„Mike, das ist so süß von dir, ich werde es nie wieder ablegen!" Sie sieht ihn strahlend an: „Jetzt möchte ich sehen, was du für Augen machst, wenn du dein Geschenk auspackst."

Mike greift sich den großen Karton und entfernt zuerst die rote Schleife. Dann fördert er mehrere kleinere Kartons zu

Tage. Er enthüllt nach längerem Auspacken einen Fotoapparat, eine Leica IIIc, mit mehreren Objektiven.

„Candy, du bist verrückt, so viel Geld auszugeben!"

„Sieh das doch so, wir können einen Fotoapparat gut in unserer Detektei gebrauchen."

Sie schlingt ihre Arme um ihn und sie lösen sich erst voneinander, als Annie sich räuspert. „Wenn ihr euch nicht bald trennt, werden wir noch verhungern!"

Es gibt Truthahn, das typische Weihnachtsessen, von der Köchin des Hauses exzellent zubereitet. Während des Essens muss Candy immer wieder von ihrer Suche nach den Beweisen berichten. Als sie schließlich geendet hat, sagt Annie: „Ich freue mich außerordentlich für euch beide. Insbesondere für meine kleine Schwester, die nach langem Suchen nicht nur ihre offensichtlich große Liebe, sondern auch ihre wahre Berufung gefunden hat."

Mike meldet sich zu Wort. „Ich freue mich über deine netten Worte, Annie. Ich bin ebenfalls schwer beeindruckt von Candys detektivischen Fähigkeiten. Ich mag mir nicht ausmalen, wie es mir wohl ohne sie ergangen wäre."

Er ergreift ihre Hand und hält sie fest. „Und noch etwas möchte ich ergänzen", er lächelt jetzt schelmisch. „In Anbetracht von Candys großartigen Leistungen sollten wir unsere Visitenkarten ändern lassen. Und zwar von »Callaghan & Evans« zu: »Evans & Callaghan« !"

Candy strahlt über ihr makelloses Antlitz und Annie und Ernest lachen. Dann wird sie ernsthaft und sagt leise: „Ich habe noch eine andere Idee. Was haltet ihr von:

»Mr. & Mrs. Callaghan«?"

Annie und Ernest als auch Mike sehen Candice eine Sekunde überrascht an, dann bricht der Jubel los. Mike zieht sie fest in seine Arme.

Annie gratuliert als Erste.

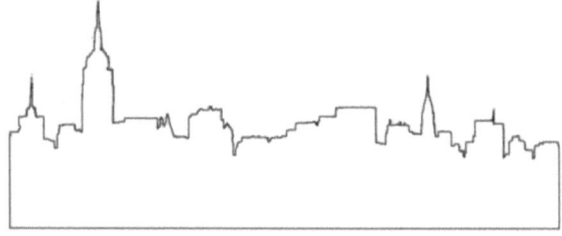

Bisher sind vom selben Autor erschienen:

- Töchter des Stahls – Amerika von 1922 – 1947

  Ein historischer Roman

  Der Werdegang eines jungen Mannes wird beschrieben, sowie die Entwicklung eines schönen und reichen Mädchens. Die schwierigen Zeiten mit ihren Verbrechern und der Not der damaligen Zeit wird mit ihnen lebendig.

  Der Roman beschreibt die Vorgeschichte der Detektivromane, wie alles begann…

- Der Tod im Paradies

  Ein scheinbar einfacher Fall entwickelt sich zu einem ausgewachsenen Verbrechen.
  Privatdetektiv Mike Callaghan lernt bei seinem ersten größeren Fall Freunde, Verbrecher und ein hübsches Mädchen kennen.

- Dieser Roman: Schwarze Weihnachten in Manhattan

- Mit dem Fahrstuhl kam der Tod

  Der bisher letzte Fall der Detektei Callaghan. Ein defekter Fahrstuhl wird einem jungen Mädchen zum Verhängnis. Sie haben es mit einem harten Gegner zu tun, es sind Veteranen des zweiten Weltkrieges, skrupellose Verbrecher und erfahrene Kämpfer.

Interessieren Sie sich für die Abenteuer von Mike Callaghans Großvater, dem Gunfighter?

Dann könnten die folgenden vier Bücher für Sie interessant sein:

1. Vom Herumtreiber zum Gunfighter
2. Der Reiter aus Laramie
3. Das Tal der Siedler
4. Die Minenstadt

Sie beschreiben den Weg eines Jungen zum gefürchteten Revolvermann. Er kehrt seinem bisherigen Leben als Kämpfer den Rücken und entwickelt sich zum Wohltäter eines Tales.

***

Es gibt inzwischen mehrere Krimis unter meinem realen Namen, Peter Eckmann. Sie heißen:

- Der Kreidestrich

Eine junge Prostituierte flüchtet von St. Pauli zurück in ihre Heimat an der Oste. Schergen ihres Zuhälters sind hinter ihr her und trachten nach ihrem Leben. Sie versteckt sich bei einer Verwandten und findet Arbeit bei der Portland Cement. Doch so leicht lassen sich ihre Verfolger nicht abschütteln: Ein Toter ruft

die Polizei auf den Plan, und die junge Frau fürchtet, dass ihre Vergangenheit ans Licht kommen könnte...
Ein Krimi in der beschaulichen Umgebung des Niederelbe-Dreiecks, in dem flaches Land und Todesangst aufeinandertreffen.
Der Roman spielt 1963-1965

- Fähre ins Jenseits

Ein untergetauchter KZ-Kommandant wird von einem früheren Häftling wiedererkannt. Um einer Anzeige und der sicheren Verurteilung zu entgehen, muss der Entdecker seine Erkenntnis mit dem Tod bezahlen. Es bleibt nicht bei diesem Toten, eine grausige Vergangenheit muss verborgen werden.

Ein neuer Fall für die Kommissare Krüsmann und Hansen.

Der Roman beginnt 1965 auf der Schwebefähre in Osten, weitere Handlungsorte sind Stade und Otterndorf

- Die Chemie stimmt

Ein Chemieriese aus den USA will an der Elbe bei Stade ein neues Werk errichten.
Die Besitzer der Ländereien wittern das große Geschäft, Intrigen bahnen sich an und Ränke werden geschmiedet.
Ein junges Paar gerät in die Verstrickungen zwischen den Landbesitzern. Als ein Mord geschieht, muss sich ihre Liebe beweisen.

Ein weiterer Fall für die Kommissare Krüsmann und Hansen.

Der Roman spielt in den Jahren 1966-1972 zwischen Stade und Drochtersen

- Sommer der Diebe

Heranwachsende in Stade spielen Mitte der 80er Jahre Detektiv, aus dem Spiel wird unerwartet Ernst.

Das Mädchen ist die Tochter von Kriminalkommissar Werner Hansen, sie und zwei Jungen aus der Nachbarschaft spielen Ermittler und beobachten Merkwürdigkeiten in der Umgebung, unversehens werden sie Zeugen eines Banküberfalles. Eine spannende Suche nach den Tätern beginnt für die Hobby-Detektive.

Die Täterjagd wird für die 13-jährigen Heranwachsenden plötzlich gefährlich, aus dem Spiel wird bitterer Ernst.

Der Roman spielt in Stade und Umgebung sowie in der Festung Grauerort.

- Mord mit Absicht

Es soll seine letzte Reise werden, eine Fahrt mit dem Wohnmobil entlang der Deutschen Fährstraße. Alexander Finkel hat Krebs und befürchtet, dass er ihn nicht besiegen kann. Vor der Fahrt regelt er seine persönlichen Angelegenheiten, seine letzten Papiere finden in einem Aktenkoffer Platz.

Doch ausgerechnet dieses Koffermodell nutzt auch ein Kleinkrimineller für den Transport seiner Beute. Im

Hamburger Hauptbahnhof werden beide Koffer versehentlich vertauscht und so reist nun Finkels Nachlass mit dem Kleinkriminellen mit und dessen Schatz verstaubt mit seinem Eigentum in einem Lager. Dumm nur, dass das Geld in dem Koffer der Mafia gehört und diese es unbedingt wieder haben möchte ...

Beachten Sie auch bitte meine Internet-Seiten:

www.allan-greyfox.de
 und
www.peter-eckmann.de

Dort finden Sie Hintergrund-Informationen zu meinen Büchern.